우리는
만난 적이
있다

조경란 장편소설
우리는 만난 적이 있다

초판발행 / 2001년 5월 18일
4쇄발행 / 2001년 12월 28일

지은이 / 조경란
펴낸이 / 채호기
펴낸곳 / ㈜문학과지성사
등록번호 / 제10-918호(1993. 12. 16)

서울 마포구 서교동 363-12호 무원빌딩(121-838)
편집 / 338)7224~5 FAX 323)4180
영업 / 338)7222~3 FAX 338)7221
홈페이지 / www.moonji.com

ⓒ 조경란, 2001. Printed in Seoul, Korea
ISBN 89-320-1254-7

값 7,500원

우리는 만난 적이 있다

조경란 장편소설

문학과지성사
2001

1

나에게도 비밀이 생겼다.

　나는 1969년 12월에 태어났다. 12월, 그것도 마지막 날인 31일. 내가 태어난 시각은 오후 4시 무렵이다. 내가 태어나던 날, 그해 첫눈이 내렸고 거리는 금세 흰 눈으로 덮였으며 교통 체증이 일고 통화량이 폭주했다. 엄마는 아침부터 병실 밖이 울리도록 고통스런 비명을 내질렀다. 아버지는 첫돌이 지난 강이를 안고 병실 밖을 서성거렸다. 담배를 피우기 위해서 간호사에게 강이를 맡기고 현관 밖으로 나갔다. 그때 아버지는 한점 한점 허공으로 떨어지고 있는 눈송이를 보았고 직감적으로 새로 태어날 아기가 딸이라는 것을 알아차렸다고 한다. 훗날 나에게 그런 이야기를 들려준 사람은 아버지였다.

강이는 그때를 기억하고 있었다. 굶주림에 시달린 강이는 입술을 비죽거리며 간호사한테 투정을 부렸다. 간호사가 강이를 어르며 이렇게 말했다고 한다. 조금만 참아라, 아가야. 헌데 네 엄만, 참 이상하기도 하지. 아무리 아파도 그렇지, 처음 애 낳는 것도 아니면서. 저 소리 들리니? 너네 아버지 욕을 하고 있는 거야, 비명 소리가 아니라. 강이는 엄마의 쌍욕을 그때 처음 들었다고 했다. 그걸 모두 기억하고 있다는 강이는 그때 겨우 두 살이었다. 그러나 나는 강이의 말을 믿는다. 강이. 나의 오빠.

나는 보이지 않는 힘에 떠밀려 어둡고 좁고 축축한 엄마의 자궁에서 빠져나오기 위해 사력을 다해 발버둥치고 있었다. 엄마는 똑바로 누워 다리를 벌리고만 있었다. 엄마, 체위를 좀 바꿔주세요. 나는 탯줄을 쥐고 흔들며 엄마에게 신호를 보냈다. 숨이 막혀오고 사위는 온통 캄캄하고 끈적끈적한 점액들로 뒤덮여 있었다. 이미 나는 과도한 촉진제와 진통제 때문에 정신이 혼미해지고 있는 참이었다. 잡아뽑기라도 할 듯 세게 탯줄을 잡아당겼다. 돌연 엄마가 침대에서 벌떡 일어서더니 좌변기에 앉을 때처럼 쭈그리고 앉았다. 그리고 갑자기 내 머리 위에서 아주 커다란 비명 소리가 들렸다. 저쪽에서 흰빛이 쏟아져 들어오기 시작했다. 나는 본능적으로 그 빛을 좇아 몸을 한 바퀴 비틀며 머리를 들이밀었다. 내 귀가 빛무리 사이로 쑥 빠져나갔다.

어디선가 울음 소리가 들려오고 있었다. 얼른 눈을 뜨고 사방을 휘둘러보았다. 땀에 젖은 머리카락을 시트에 비벼대며 큰소리로 울고 있는 여자가 눈에 들어왔다. 그 울음 소리는 바로 엄마의 것이었다. 산후 탈진한 상태이긴 했지만 단정히 솟은 콧날과 짙은 눈썹, 붉고 선명한 입매의 엄마는 몹시 아름다웠고 젖은 눈 때문인지 다소 처연해 보이는 얼굴을 하고 있었다. 나는 재롱을 부리듯 꽉 쥔 주먹을 엄마에게 흔들어 보였다. 엄마는 나를 쳐다보지 않았다. 울음 소리는 흐느낌으로 변해가고 있었다. 분만실의 환하디환한 불빛이 소나기처럼 내 몸으로 퍼부어졌다. 그제야 나는 참고 있던 울음을 터트렸다. 엄마는 아주 고개를 돌려버렸다. 나는 내가 기억하고 있는 그 순간을 강이에게도 말하지 않았다. 어쩌면 엄마는 고통 때문에 기절한 것인지도 몰랐으니까. 그러나 나는 그날 깨닫게 되었다. 아름다운 사람들은 대개 이기적이라는 사실을. 엄마는 세상에 갓 태어난 나와 단 한 번도 눈을 마주치지 않았다. 엄마는 알고 있을까. 그 순간의 기억이 평생 지속된다는 것을.

나를 잉태하고 있던 열 달 동안 엄마가 먹은 것은 풋사과밖에 없다. 빨갛고 탐스럽게 빛나는 홍옥이나 국광, 부사가 아니라 연둣빛이 도는 시큼한 풋사과.

처음부터 엄마는 나를 낳을 생각이 없었다. 몇 번인가 혼자서 먼 동네의 산부인과 앞을 서성거리기도 했었다. 강이 하나면 되잖아. 엄마는 아버지에게 말했다. 그렇다고 해서 엄마가 유독 강이를 사랑한 것은 아니었다. 엄마는 강이조차 낳지 않을 작정이었는지도 모른다. 나는 열 달 동안 그들과 함께 있었다. 단지 눈에 보이지 않았을 뿐.

내가 태어난 이후에 엄마는 아버지와 각방을 썼다. 아버지는 기어이 정관 수술을 받고 돌아왔다. 각방을 쓰기 시작한 지 보름 만이었다. 이것도 아버지에게서 들은 이야기다. 아니다. 단지 나의 추측일 뿐이다.

매해 12월 31일은 강이와 단둘이 보냈다. 아침에 쇠고기를 볶아 미역국을 끓여준 사람도 강이였고 색색의 촛불과 노란 프리지어로 장식한 저녁 식탁 위에 생크림 케이크를 준비해준 사람도 강이였다. 엄마와 아버지는 해마다 그맘때면 여행을 가고 집에 없었다. 그들은 해가 바뀌고 신정 연휴가 끝날 무렵에야 서해나 동해, 혹은 따뜻한 남태평양의 바다 냄새를 풍기며 돌아왔다. 강이와 나는 단둘이 어두운 집에서 조용히 식사를 하고 케이크를 나눠 먹고 포도주를 조금 마셨다. 설거지도 강이가 했고 다 돌아간 음반을 바꾸는 것도 강이가 했다. 나는 소파에 깊숙이 몸을 묻고 앉은 강이의 단단한 정강이에 등을 기대고 거실 바닥에 앉아 털실 뭉치가 든 바구니를 놓고 뜨개질을 하곤 했다. 나는 강이의 스웨터와 강이의 목도리를 뜨개질했다. 그가 잠깐 화장실에라도 가면 바늘을 내려놓고 나올 때까지 기다렸다. 화장실 문이 열리는 소리, 봄날 빗줄기처럼 가볍게 떨어지는 오줌 소리, 물 내리는 소리, 슬리퍼를 끌고 화장실에서 나오는 소리…… 화장실에서 나온 강이가 내 뺨에 입을 맞추고 다시 자리에 앉으면 뜨개질을 시작했다. 내 생은 고요했고 우리에게는 아무 일도 일어나지 않을 것처럼 보였다. 그렇게 대부분의 내 생일이 흘러가고 있었다. 강이가 보스턴으로 떠나기 전까지만 해도.

그후의 생일은 언제나 혼자였다. 특별한 날짜 때문인지 나의 생일을 기억하고 있는 사람들이 더러 있긴 했다. 몇 통의 축하 전화와 우편으로 오는 생일 카드. 그러나 그게 전부였다. 나는 몇 통의 전화와 생일 카드로 만족했다.

그를 만나는 동안에도 우리는 12월 31일에는 만나지 않았다. 특별한 이유 같은 것은 없었다. 생일 아침이면 그는 배달 서비스를 통해 내게 커다란 꽃 바구니를 보내왔다. 나는 빈집에서 미역국을 끓이고 맥주를 마시고 강이가 듣던 조동진이나 비틀스를 듣고 그리고 강이의 전화를 기다렸다. 강운아, 생일 축하한다. 강이는 한 번도 잊지 않고 그렇게 전화해주었다. 그러고 보니 내가 생일에 그를 만나지 않고 낡은 녹색 담요를 질질 끌며 빈집을 지키고 있었던 것은 어쩌면 강이의 전화를 기다리기 위해서였는지도 모르겠다. 강이와 전화를 끊고 다시 혼자가 된 나는 버릇처럼 무릎에 얼굴을 묻고 약간 울었다. 뜨개질 같은 것도 그만둔 지 오래였다. 동지(冬至)의 한밤처럼 12월 31일은 1년 중 가장 길고 지루한 날이었다.

1999년 12월 31일.

나는 광화문에 나가 이순신 동상 앞에 설치된 우주 시계추가 2000년으로 바뀌는 순간 가로수들이 일제히 불꽃을 피워내고 대형 카드 섹션이 시작되는 것을 볼 수도 있었으며, 지리산에서 솟구치며 솟아오를 붉은 태양을 볼 수도 있었고, 먼 나라 그리스의 아테네에 가서 푸른 조명으로 빛을 뿜어내는 아테네 신전과 에펠탑을 중심으로 밤하늘을 수놓을 불꽃놀이를 볼 수도 있었다. 그러나 나는 아무 데도 가지 않았다.

1999년 12월 31일, 나는 빈집에서 혼자 타임캡슐을 만들었다.

아버지가 병실에서 나왔다. 나는 죽 그릇을 씻어 들고 복도로 걸어 들어오고 있는 참이었다. 저쪽에서 아버지가 나를 향해 손을 까딱했다. 먼 거리에서도 아버지는 오랜 병을 앓고 있는 환자처럼 까칠하고 수척해 보였다.

네 엄마가, 너를 부른다. 어서 들어가봐라.

아버지는 방금 막 내가 지나쳐온 복도를 걸어 모퉁이로 사라져버렸다. 나는 복도의 플라스틱 의자에 물기가 묻은 그릇을 놓고 두 손을 옷 앞섶에 오래 문질렀다. 그리고 얼마쯤 더 있다가 가만히 병실 문을 열었다.

너한테 할말이 있다.

엄마는 병실 천장에 무연히 시선을 둔 채 나에게 말했다. 엄마, 나를 좀 봐요, 나를 보고 얘기해. 엄마에게 아무 말도 하지 않았다. 링거를 꽂고 있는 엄마의 가는 팔뚝에 푸르스름한 멍이

들어 있었다. 나는 엄마의 얼굴을 보지 않고 엄마의 팔뚝에 눈을 두었다.

너, 올해 몇 살이지?

……!

엄마가 하고 싶은 이야기는 내 나이 같은 게 아닐 것이다. 내가 쑨 전복죽에 소금이 너무 많이 들어갔다거나 믹서에 곱게 간 잣과 검은깨를 넣고 쑨 잣죽이 먹고 싶다는, 그런 이야기를 할지도 몰랐다. 나는 잠자코 있었다.

네가 태어난 해가 69년이지? ……맞지?

엄마는 다짐을 받듯 그렇게 물었다. 엄마의 목소리는 가늘고 희미했으나 여느 때보다 단호하고 다소 도전적으로 들렸다. 나는 고개를 끄덕였다.

아니다.

엄마는 소리 없이 가만히 웃었다.

아니다, 잘못 알고 있었어. 네가 태어난 해는 1969년이 아니라 1968년이다. 그러니까 지금 네 나이보다 사실은 한 살 더 많다는 말야.

그리고 엄마는 입술을 비틀며 히뜩 웃었다.

!……

나는 그제서야 눈을 들어 엄마를 쳐다보았다. 엄마는 회심의 미소를 짓듯, 아니 나를 조롱하는 듯 고소하고 있었다. 내가 놀란 것은 나도 모르게 내가 태어난 해가 바뀌었다는 사실이 아니

라 바로 엄마의 웃음 때문이었다. 엄마는 열아홉에 강이를 낳았고 스무 살에 나를 낳았다. 엄마와 나는 스무 살밖에 차이가 나지 않는다.

엄마는 자꾸만 그렇게 웃고 있었다.

*

나이가 한 살 더 많다거나 한 살 더 적다는 건 그다지 중요한 사실은 아닐 것이다. 그러나 1년이라는 시간은 그렇게 짧은 세월이 아니다. 나는 내 나이가 한 살 더 많다는 사실보다 내가 알지 못하는 사이에 내 생을 지나쳐버린 1년이란 세월이 몹시 궁금해졌고 시간이 흐르면서 내가 저녁의 어두운 창밖과 밤의 낯선 정거장들을 자주 서성거리고 있는 것을 발견하고 있었다. 그랬다. 나는 차츰 우울해지고 있었다. 그 세월이면 생을 뒤바꿀 만한 몇 번의 사건과 사고와 돌이킬 수 없는 우연이 일어나기에 충분한 시간이었다. 엄마는 1년이 지난 후에야 나를 호적에 올렸다. 그 시간 동안 엄마는 무얼 기다리고 있었던 것일까. 나는 끝내 물어보지 못했다.

1년. 그것은 마치 내가 풀지 않으면 안 될 어려운 공안(公案)처럼 어깨를 무겁게 짓누르고 있었다. 할 수만 있다면 내가 탄생하던 그 시간으로 거슬러 올라가 밑줄이 그어진 오래된 책을 다시 펼쳐보듯 한순간 한순간 내 생을 되짚어보고 싶은 욕구에 시달렸다.

1968년. 내가 탄생한 해라고 한다.

그해에는 체코에서 자유화 운동이 일어났고 미국에서 쏘아올린 아폴로 8호가 달 궤도를 선회하였으며 닉슨이 대통령으로 당선되었고 킹 목사와 케네디가 피살되었다. 내가 태어난 땅에서는 극심한 가뭄과 잦은 무장 공비의 출현, 대형 버스 참사가 일어났고 경인고속도로가 개통되었다. 시민 회관에서 박정희 대통령이 국민 교육 헌장을 선포했으며 사소한 부부 싸움 끝에 석유 풍로를 엎어 판잣집 80여 채를 태운 사건이 일어났다. 불량 식품 추방 캠페인이 벌어졌고 문희, 신영균 주연의 「찬란한 슬픔」과 오드리 헵번이 출연한 「어두워질 때까지」 같은 영화가 히트하고 있었다. 살찌게 하는 약 '베스타나볼'이 유행하고 중학교 입시 제도가 폐지되었으며 동대문시장에는 큰불이 났다.

아마도 엄마는 그때 약간 짧은 듯한 보브 형의 헤어스타일을 하고 아버지와 함께 「미워도 다시 한 번」을 보러 갔거나 개인 교습으로 댄스 특강을 받고 있었을지도 모른다. 그 시절 엄마와 함께 영화를 보러 갔던 사람은 아버지가 아닐지도 모른다. 아니다. 아버지는 엄마가 열여덟일 때 만났다고 했다. 강보에 싸인 강이는 혼자 제 엄지손가락을 빨면서 내가 태어나기를 기다리고 있었다.

12월 31일자 신문을 찾아보기 위해서 마이크로 필름을 빨리 회전시켰다. 차르륵. 필름은 끝까지 다 돌아갔다. 그리고 화면에는 '끝'이라는 자막이 들어왔다. 벌써 지나가버린 것일까. 다시 천천히 리와인드해보았다. 신문은 30일자에서 멈춰 있었다. 그해 12월 30일은 월요일이다. 그렇다면 31일은 화요일이라는 이야기가 된다. 주중인 화요일에 신문이 발간되지 않을 리가 있겠는가. 기묘한 일이었다. 그러나 필름을 아무리 돌려보아도 31일자 신문은 찾을 수 없었다.

데스크로 가서 다른 일간지의 마이크로 필름을 신청하고자 했다. 그러나 신문 자료실 직원은 오후 5시 이후에는 자료 대출을 할 수 없다고 말했다. 도서관 이용 시간은 6시까지였다. 두 시간 동안 붙들고 있던 일간지 필름을 반납하고 서둘러 자료실을 나왔다. 무료한 표정으로 시계를 가리키는 직원에게 잠깐만 보면 된다고 사정할 수도 있었고 다음날 일찍 도서관을 다시 찾을 수도 있었다. 그러나 나는 그렇게 하지 않았다. 두려웠던 것은 아닐까. 서른한 해가 지난 후 알게 된, 내가 모르고 있던 내 생의 1년을 그런 식으로 마주치게 된다는 사실이 말이다. 6층에 멈춰 선 엘리베이터는 꼼짝도 하지 않았다.

도서관 마당에 몇 그루의 단풍나무들이 오후의 쇠락한 빛을 받으며 붉게 물들어 있었다. 나는 팔을 뻗어 신중하게 두 개의 단풍잎을 땄다. 이파리에 묻은 먼지를 닦아 수첩 사이에 끼워 넣었다. 어쩌면 1968년 12월 31일은 이 세상에 존재하지 않았던 날이었을지도 몰라. 나는 이렇게 중얼거리면서 휘적휘적 도서관을 벗어나고 있었다.

1999년 10월의 일이다.

알루미늄 재질로 만들어진 타임캡슐은 달걀처럼 둥글고 매끈한 타원형이었다. 뚜껑을 열고 안을 들여다보았다. 캄캄한 내부에서 비릿한 쇳내가 풍겼다. 손끝으로 외양을 툭 치자 둔중한 소리가 오래 울렸다. 타임캡슐이 놓인 거실 테이블 위에는 한 장의 가족 사진과 누렇게 변색된 강이의 배냇저고리가 있었다. 가족 사진은 강이가 보스턴으로 떠나기 전에 시내 사진관에 가서 찍은 사진이었다. 목 둘레에 레이스가 달린 분홍색 블라우스에 짙은 보라색 원피스를 입은 엄마와 그 곁에 엉거주춤 앉은 아버지, 그 두 사람 뒤에 강이와 내가 어깨를 맞대고 서 있었다. 내 어깨는 오목하게 들어간 강이의 겨드랑이께에 가 닿았다. 단 한 장의 가족 사진이었다.

1999년 12월 31일 밤은 점점 더 깊어가고 실내는 환한 빛 속에 무방비 상태로 노출되어 있다가 일제히 소등이 시작된 것처럼 급격히 어두워지고 있었다. 나는 4년 동안 왼손 무명지에 끼고 있던 14K 반지를 빼냈다. 우리가 만난 첫해 봄에 서휘경이 내 손에 끼워준 반지였다. 10년이나 그보다 더 먼 미래의 어느 날, 나는 타임캡슐을 열어보면서 그가 내 손에 반지를 끼워주면서 했던 사랑의 맹세나 그가 그 말을 할 때 수줍게 웃던 웃음과 그때 드러나보인 희고 고른 치아, 그의 등 뒤로 지나가는 가볍고 흰 새털구름과 탁자 위 물컵 주변에 번져 있던 물방울 무늬 같은 것을 담담하게 떠올리게 되리라. 그리고 한마디 작별 인사도 없이 내 곁을 떠나버린 나의 아름다운 엄마와 엄마를 사랑했던 아버지. 그리고 나의 강이.

가족 사진과 반지, 착착 접은 강이의 배냇저고리를 캡슐 안에 집어넣었다. 뚜껑을 꼭 닫았다. 공기가 들어가면 색깔이 변하고 부식될지도 모른다. 따로 진공 처리를 하거나 아르곤 가스를 주입해서 산화를 막을 수도 있겠지만 구태여 그렇게까지 하지는 않았다. 어쩌면 내가 원한 것은 영원한 보존이 아니라 차라리 세월이 흐를수록 지속될 부식이나 변색이 아니었을까. 그러나 나는 꼭히 그렇다고도 대답할 수는 없다. 그 시간, 내게 중요한 것은 내 방식대로 치르는 하나의 의식이었다. 의식은 결의를 새롭게 하는 법이니까.

등을 밝히지 않은 마당은 어둡고 교교한 기운이 흐르고 있었다. 금방 눈이라도 쏟아질 것처럼 짙은 구름이 동쪽 하늘에서 가만히 웅크리고 있었다. 이곳에 땅을 사고 설계를 한 사람은 엄마였다고 한다. 엄마는 무엇보다 마당이 넓었으면 좋겠다고 했다. 강이와 내가 태어나기 전부터 엄마와 아버지는 이곳에서 살았다. 아주 짧은 동안 집을 비워야 했던 적이 있긴 했지만 우리는 곧 이 집으로 되돌아올 수 있었다. 강이와 내가 태어날 때마다 아버지는 마당에 차례로 사과나무 한 그루씩을 심었다. 제법 둥치가 굵어진 사과나무는 봄에는 분분히 흰 꽃을 피우고 가을에는 작고 둥근 열매를 맺었다. 아버지는 사과나무 밑에 강이와 나의 태반을 묻었다고 한다.

나는, 땅속 깊은 곳에서 숨쉬며 그 가느다란 뿌리로 나와 강이의 태반을 빨아들이며 키가 크고 꽃을 피우고 열매를 맺는 나무의 힘차고 역동적인 모습과 그 나무 줄기에 손톱을 박고 하늘로 오르는 내 모습을 상상해본다. 입김을 뿜어낼 때마다 사과나무의 마른 가지가 미세하게 흔들거린다. 여진이 지나가듯 마당이 떨리고 내가 선 차갑고 어두운 땅이 긴 잠에서 깨어나는 짐승처럼 꿈틀거린다. 나는 돌연한 공포를 느끼며 사과나무 둥치를 가슴으로 끌어안는다.

강이와 향이의 사과나무. 그 두 그루의 나무 틈에 흙을 파내고 타임캡슐을 묻었다. 손바닥이 얼얼해질 때까지 흙을 다독거렸다. 나는 폭죽이 터지며 저 너머 어두운 밤의 공간으로 불꽃놀이가 시작되는 것을 까만 눈으로 지켜보았다.

그렇게 나의 1999년 12월 31일이 홀연히 지나가고 있었다.

*

엘리베이터 앞에서부터 늘어선 줄이 학원 건물 밖 인도로까지 길게 이어져 있었다. 귀에 리시버를 꽂고 회화 테이프를 듣거나 강의 교재를 훑어보고 있는 학생들이 두 줄로 늘어서서 엘리베이터가 내려오기를 기다리고 있었다. 오늘은 학원 개강일이다. 1월과 2월은 방학을 한 학생들 때문에 학원이 가장 붐비는 시즌이고 대부분의 모든 클래스가 마감된다. 나의 수업도 오후 5시 클래스만 제외하고는 정원이 다 찼다. 강의실은 6층부터 시작된다. 엘리베이터는 6층과 10층에서만 선다. 나는 늘어선 사람들을 비집고 비상구 문을 열었다. 계단은 가파르고 무엇보다 어두웠다. 난간을 꽉 쥐고 천천히 계단을 오르기 시작했다.

엘리베이터를 탄다는 것. 그것은 마치 내게 발밑에는 시퍼런 강물이 흐르는데 뚝 끊어진 다리를 밧줄 하나에 의지해서 저쪽으로 건너야 할 때처럼 두렵고도 가슴 죄는 일이다. 나는 지하 카페나 음식점에는 가지 않는다. 술을 마시러 갈 때는 말할 것도 없다.

한 남자가 오랜만에 형을 집으로 초대한다. 형은 그에게 아파트 로비에서 만나자고 한다. 남자는 아파트 11층에 살고 있다. 둘은 함께 엘리베이터를 탄다. 엘리베이터 문이 닫히자마자 형의 이마에는 땀이 솟고 전력 질주한 육상 선수처럼 숨을 헐떡인다. 도대체 무슨 일이에요? 남자는 형에게 묻는다. 나는 엘리베이터가 무서워. 형이 참담한 어조로 말한다. 남자는 웃는다. 형이 너무도 우스꽝스럽게 보였기 때문이다. 저녁 식사가 끝난 후 형은 층계로 걸어 내려간다. 남자는 형을 비웃는다. 그때까지만 해도 남자는 그것이 슬픈 일이라는 것을 몰랐으리라. 그리고 형은 갑자기 직장을 그만두게 된다. 형의 직장이 52층으로 옮겨졌기 때문이다. 형이 3층에 있는 사무실의 일자리를 구한 건 6개월이 지나고 나서였다. 어느 날 남자는 자동차를 몰고 조지 워싱턴 다리를 지나다가 갑자기 혈압이 높아지고 시야가 어두워지는 것을 경험한다. 얼마 뒤 알바니아로 갔을 때는 15마일 이상을 더 달려 지름길인 다리를 돌아서 갔다. 남자는 주치의를 찾아가서 말한다. 나는 다리가 무서워요. 그러나 누가 높이에 대한 두려움과 폐쇄 공포증에 관해 명백한 대답을 할 수 있을 것인가. 남자의 형은 여전히 엘리베이터를 무서워하고 남자는 다리를 무서워한다. 그들의 어머니는 비행기 타는 것을 무서워했다.

아주 오래 전에 강이의 방에서 읽었던 짧은 소설이다. 엘리베이터를 무서워하는 화자의 형이 가엾어서 책을 덮고도 한참 망연히 앉아 있던 생각이 난다. 때로 삶의 어떤 일부분은 돌연한 장애물에 의해서 결정되거나 방해받을 수 있다는 사실을 인정할 도리밖에 없다.

나의 직장은 6층에 있다. 시간표가 바뀔 때마다 7층이나 8층, 혹은 10층에서 강의할 적도 있지만 어차피 6층부터 10층 사이에는 엘리베이터가 서지 않는다. 이곳에서 벌써 4년째 근무하고 있다. 아직은 견딜 만하다.

이번 달 잭의 수업 시간은 오후 4시부터 시작된다고 표시되어 있었다. 잭은 지난 12월에 수업을 한 주 쉬고 크리스마스와 신정 연휴를 보내기 위해 부모가 있는 캐나다로 갔다. 떠나기 전날 밤 잭은 나에게 전화를 했다. 선물로 뭘 사다주면 좋을지를 물어왔다. 단풍잎으로 만든 시럽이나 한 통 사다달라고 했다. 어제 돌아온다고 했었지. 어젯밤 내게 전화를 했을지도 모르겠다. 나는 어제 이른 저녁 식사를 하고 와인 두 잔을 거푸 마시고 이불을 뒤집어쓰고 음악을 듣다 까무룩히 잠이 들었다. 벨이 울렸어도 아마 듣지 못했을 것이다. 캐나다. 잭의 나라이기도 하면서 이제는 강이의 나라이기도 한 그곳. 5년 전 내가 혼자 떠나온 나라. 일부러 시간을 맞추지 않는다면 이번 달에는 함께 점심 식사를 하긴 좀 어려울 듯싶다. 나는 오전 11시부터 2시까지 시간이 비었다.

점심 시간이면 1층 맥도널드에서 햄버거로 간단히 끼니를 해결하거나 근처의 초밥집에 갔다. 이따금씩 잭과 함께 학원 뒷골목에서 김치찌개나 오징어볶음을 먹기도 했다. 그러나 나는 주로 거리가 환히 내다보이는 던킨 도너츠 창가에 앉아 머그 컵에 커피를 리필해 마시면서, 버스 정거장에 서 있는 낯선 사람들의 등허리나 리어카 위에 상반신이 없는 마네킹의 긴 다리를 깃발처럼 세우고 스타킹을 파는 장사꾼들을 구경하며 시간 보내는 것을 좋아한다. 그리고 작은 연못이 있는 도심 속의 공원도.

햇살이 쏟아지긴 했지만 겨울의 인근 공원은 산책하는 사람을 찾아보기 힘들 만큼 적요롭고 을씨년스럽기까지 했다. 공원의 나무들은 바싹 마른 가지들을 해가 비추는 쪽을 향해 힘겹게 벌리고 서서 이따금씩 바람이 불 때마다 윙윙, 소리를 내고 있었다. 이제 한두 달 후면 저 마른 가지에서 초록빛 새순이 솟고 하나둘씩 연약한 이파리가 피어날 것이다. 나무들은 서둘러 꽃을 피우고 그 사이로 사람들은 산책을 나오고 도시락을 싸들고 짧은 소풍을 올 것이다. 그 틈에 끼어 나는 샌드위치를 베어 물고 연못 속에 매끈한 돌멩이 하나를 던지고 종종걸음을 치며 공원을 빠져나갈 터이다. 어느 순간부터인가 1년 치 달력을 한꺼번에 후르륵 넘겨버리는 것처럼 시간이 쏜살같이 지나가고 있다. 목도리를 친친 둘러매고 연못을 향해 난 산책길로 접어들었다. 종잇장처럼 구겨진 겨울 낙엽들이 바스락거리며 발에 밟혔다. 개강하는 날은 대개 수업에 관한 대략적인 소개나 학생들의 프로필을 살피는 것으로 끝나곤 한다. 점심 시간은 아직 한 시간이나 남아 있었다.

연못을 빙 두르며 놓여 있는 나무 의자로 가 앉았다. 바닥은 먼지가 많고 아주 차가웠다. 언제 눈이 내렸었던가. 잔설이 남아 있는 몇몇 바위들이 햇살을 퉁기며 되새김질하는 커다란 짐승처럼 묵묵히 앉아 있었다. 편의점에서 사온 캔 커피 뚜껑을 땄다. 커피는 미지근했다. 내 맞은편 의자에 한 남자가 앉아 있었다. 남자가 눈에 띈 것은 아마 그곳에 나와 남자를 제외하곤 아무도 없었기 때문일 것이다.

남자는 터진 망토를 바느질하고 있었다. 실로 기운 누더기 옷 몇 벌을 겹겹이 껴입은 남자는 곧 먼 길을 떠날 집시처럼 보였다. 게다가 맨발이었다. 흑발을 짧게 밀어버린 남자는 이국에서 온 거지였다. 아니면 갈 곳을 잃은 불법 체류자일까. 남자와 시계를 번갈아 흘긋거리면서 천천히 커피를 마셨다. 옷을 다 꿰맸는지 남자가 자리에서 일어났다. 망토를 툭툭 털어 몸에 두르고는 의자에 놔두었던 비닐 봉지를 집어들었다. 아마도 비닐 봉지 안에는 먹다 남은 음식들, 그리고 바늘과 실이 들어 있을 터였다. 남자의 재산은 그게 전부일 거라고 짐작되었다. 남자가 내 쪽으로 걸어오고 있었다. ……? 사위를 둘러보았지만 연못가 주변에는 남자와 나밖에 없었다.

키가 크고 기골이 장대한 남자는 정말 작정한 듯 내 쪽으로 바짝 다가왔다. 나는 의자 끝에 엉덩이를 걸치고 엉거주춤하게 앉았다.

남자가 내 발치 앞에서 우뚝 걸음을 멈추었다. 남자는 푸른 눈을 갖고 있었다. 남자는 내 눈동자와 미간을 뚫어질 듯 쏘아보았다. 그리고는 나에게 이렇게 물었다.

"Who are you?"

"……!"

남자의 푸른 눈은 정교하게 반짝거리고 있었고 그 맑고 또렷한 눈동자를 통해 나는 남자가 정신이상자나 단순한 거리의 부랑자가 아니라는 사실을 순간적으로 알아차렸다. 그러나 나는 아무런 말도 할 수 없었다.

"Where are you from?"

"……!"

남자는 내 대답을 기다리지 않았다. 그 두 마디를 화두처럼 던져놓고 훌쩍 몸을 돌려 빠른 속도로 걸어가고 있었다.

"잠깐만요!"

나는 엉겁결에 남자를 불러 세웠다.

"당신은, 당신은 누구입니까."

나는 남자를 향해 되물었다.

"아, 아나가리카!"

망토 자락을 휘날리며 남자가 홀연히 저쪽으로 사라져버렸다. 나는 헛것을 본 듯 두 눈을 비벼댔다. 아나가리카, 아나가리카. 집 없는 자, 집 없는 자. 나는 집 없는 자입니다.

그제야 나는 남자가 보이지 않는 커다란 돌덩이를 들어 단숨에 내 정수리를 후려치고 간 것임을 깨닫고 있었다.

*

롯데백화점 앞에서 내려 지하도를 건넜다. 바겐세일 기간인지 도로는 백화점 주차장으로 들어가려는 자동차와 인파로 붐비고 있었다. 소한(小寒) 추위는 꾸어다가도 한다고 했던가. 이른 아침에도 영상을 기록하던 온화한 날씨가 기다렸다는 듯 갑자기 기온이 뚝 떨어졌고 얼음 조각처럼 찬 바람이 뺨을 스치고 있었다. 영서 지방에는 대설 주의보가 발령되었고 곳곳의 차량

운행이 통제되었으며 항공기가 결항되었다고 한다. 나는 두꺼운 외투 속으로 목을 움츠리며 낯선 사람들 속에 섞여 공연히 그 주위를 어슬렁거리다가 제일은행 방면으로 나가 횡단보도를 건너 영풍문고 안으로 슥 들어갔다.

지하 1층에서 2000년도 다이어리와 탁상용 달력 하나를 골랐다. 1월에는 대나무 스키를 타는 아이와 2월에는 가오리연을 날리고 있는 아이의 사진이 귀퉁이에 조그맣게 박혀 있는 가로로 길쯤한 달력이었다. 새해가 시작된 지 10여 일이나 지나고 있는 참이었다.

그에게서 전화가 걸려온 것은 지난 7일, 금요일 저녁이었다.

도시락집에서 사온 김밥을 먹은 뒤 커피 한 잔을 마시며 우편으로 배달되어온 『내셔널 지오그래픽』지를 읽고 있었다.

옛날 먼 잉카에서 산 제물로 바쳐졌던 아이들이 해발 6,700미터에서 언 채로 발견되었다. 제목은 '얼음 속에서 깨어난 미라.' 길게 땋은 새카만 머리의 소녀 주위로는 금과 굴 껍데기로 만든 라마와 남성상(像) 같은 부장품들이 놓여 있고 어깨에는 누군가 소녀의 죽음을 애도하며 덮어놓았을 외투가 걸쳐져 있었다. 소녀는 여태도 긴 잠에 빠져 있는 듯 고요히 눈을 감고 웅크리고 앉아 있었다. 14세로 추정되는 그 소녀 이외에도 태아처럼 동그랗게 몸을 만 소년과 번개를 맞아 얼굴 한쪽이 검게 탄 소녀의 미라도 발견되었다. 얼마나 많은 세월이 흘렀는데……번개를 맞은 소녀에게선 여전히 살이 탄 냄새가 풍겼다고 한다.

내세를 향한 잉카인들의 열망은 가족들로 하여금 자발적으로 희생물을 바치게 했을 것이며 산 제물로 선택된 그들의 죽음을 위로하느라 내세로 떠나는 데 필요한 여러 벌의 샌들을 함께 놓아주었을 것이다. 맨 처음에 발견된 소년은 몇 년이 지나도 입을 수 있을 만한 아주 커다란 외투를 입고 있었다고 한다. 몇 년이 지나도 입을 수 있는 아주 커다란 외투…… 그러니 어느 날엔가는 죽은 자의 몸에서 싹이 돋고 환한 꽃이 피겠다.

그때 전화벨이 울렸다. 나는 책을 덮고 소파에서 일어나 수화기를 집어들었다. 딱히 그의 전화라는 예감은 없었지만 나는 그렇게 했고 이윽고 약간의 침묵을 사이에 두고 그의 목소리가 이쪽으로 건너왔다. 그라는 것을 확인하고 나서야 나는 그 전화가 그에게서 온 것임을 벨이 울리던 순간부터 알아차리고 있었다는 것을 눈치 챘다. 단지 나의 예감이 빗나갈지도 모른다는 사실이 두려웠을 것이다. 나는 번번이 빗나가고 마는 예감에 이미 지칠 대로 지쳐 있던 상태였다.

서휘경과 이강운, 아니 서휘경과 이향이는 지난 가을에 헤어졌다. 헤어진 후 첫번째 전화 통화다. 그러나 우리는 알고 있다. 저편 상대의 불규칙한 숨소리만 듣다가 그냥 끊어버리고 마는 한밤의 돌연한 전화의 정체에 대해서. 그리고 그 짧은 전화 후의 걷잡을 수 없이 고동치는 심장 소리와 거대한 눈덩이 속에 파묻혀 사위를 분간할 수 없는 빙하 지대에 혼자 남겨진 듯한 외로움과 그 견딜 수 없이 차가운 사무침에 대해서.

지독한 감기라도 걸렸는지 그의 목소리는 콱 잠겨 있었다. 우리는 발 빠른 사냥꾼의 엽총에 쫓기는 연약한 새들처럼 파들거리며 서둘러 약속 장소와 날짜와 시간을 정하고는 전화를 끊었다. 채 1분도 안 되는 짧은 통화. 그가 막 수화기를 놓으려는데 문득 내가 이렇게 내뱉고 있었다. 감긴가 봐요, 다진 마늘 한 숟가락 정도를 입에 넣고 씹어 먹으면서 물을 마셔봐, 곧 좋아질 거야. 그가 소리내어 웃듯 흠흠거리며 중얼거렸다. 당신은, 당신은 변한 게 없구나.

주문한 음식이 나오기를 기다리는 동안이나 혹은 영화 상영 시간을 기다리는 동안 우리가 마주 보고 앉았을 때, 내가 암컷과 수컷이 눈과 날개가 하나씩이어서 짝이 되지 못하면 평생 날지 못한다는 전설 속의 새에 관해 이야기하거나, 철 지난 구두를 보관할 때는 신문지를 구겨넣고 보관해야 모양이 망가지지 않는다는 등의 사소한 이야기를 두서없이 할 적마다 그는 나에게 이렇게 말했다. 당신은 참 별걸 다 알고 있어, 라고.

……내가 사랑에 관해 좀더 많은 것을 알고 있었다면 그래도 우리는 헤어졌을까. 그러나 누구도 사랑에 관해 많은 것을 알고 있다고 말할 수는 없을 것이다.

전화를 끊고 나서 아무 일도 없었던 것처럼 다시 잡지를 펼쳐 들었다. 안동시 정상동 택지 개발 지구 내 야산에서 묘 이장을 하는 중에 조선조 의료 기관인 전의감에서 벼슬을 지낸 이명정의 부인 문씨(文氏)의 미라가 발견되었다. 사망 연대가 1560년

대로 추정된다고 하니 거의 440여 년 만의 발견이었다. 발굴 당시 미라는 탈수만 됐을 뿐 피부나 머리카락이 거의 완전하게 보존된 상태였고 팔다리 또한 굳지 않아 옷을 벗길 수 있을 정도로 움직였다고 한다. 그녀는 지금 안동대 박물관에 안치되어 있다. 조간 신문에서도 읽은 기억이 났다.

언젠가 안동으로 내려가 그녀를 보고 오리라. 저녁 내내 나는 그렇게 뜬금없이 중얼거리면서 밀린 세탁을 하고 수면제 한 알을 두 조각으로 쪼개 먹고 나서야 잠이 들었다.

약속 시간은 이미 30여 분 정도 지나 있었다. 영풍문고를 나와 길을 건넜다. 구 화신백화점 자리에 새로 건축된 타워빌딩으로 들어가 엘리베이터 버튼을 눌렀다. 그는 33층 스카이라운지 'Top Cloud'에 있다. 헤어진 이후 창밖으로 가을이 다 지났고 겨울이 오고 지금은 해가 바뀌었다. 돌이켜보면 그리 짧은 시간은 아니다. 그러나 그렇다고 아주 많은 시간이 흘렀다고는 말할 수 없다. 그는 벌써 나에 관한 모든 것을 잊은 것일까. 내가 엘리베이터를 무서워한다는 사실을 잊은 것일까. 그가 약속 장소를 말했을 때 왜 나는 거기는 안 된다고 못 박지 못했을까.

나는 빙벽 끝에 간신히 매달려 있다 들끓는 햇살 속에 갑자기 내던져진 한 덩어리의 얼음처럼 차가운 땀을 뚝뚝 흘리며 엘리베이터 한귀퉁이에서 무릎을 꺾은 채 쪼그려 앉아 있었다.

그는 레드 와인 한 병을 시켜놓고 도심의 야경이 내려다보이는 창가에 앉아 있었다. 군청색 긴 에이프런을 두른 종업원이 나를 안내했다. 서휘경…… 조도가 낮은 실내를 걸어 들어가면서 가만히 그의 이름을 불렀다. 입술을 조금만 더 둥글게 만다면 곧장 가벼운 휘파람 소리가 날 것만 같은 그의 이름. 그래서 내가 사랑한 그 남자의 이름을.

그가 창에서 눈을 떼 테이블 앞에 가만히 서 있는 나를 물끄러미 건너다봤다. 나는 잠시 더 그러고 서 있다가 마주 앉았다.

"잘 지냈니?"

"……"

나는 대답하지 않았다. 잘 지냈니? 혹은 잘 지내지? 하는 말은 헤어진 후 부지불식간에 내뱉고 마는, 취중의 사랑한다는 말보다 더 절망적인 말이다. 그토록 절망적인 표현을 나는 알지 못한다.

안감을 덧댄 사파리를 입고 허리를 꼿꼿하게 세우고 앉아 잔을 기울이는 그는 마치 지리학회 회원이나 병리학자처럼 창백하고 피곤해 보였다.

"감기는 좀 어때요?"

"더 마른 것 같은데, 그때 약 먹은 건 효과가 없나 보다."

꿈을 꾼 것처럼 하룻밤 사이에 혼자가 된 지난해 봄에 나는 그의 손에 이끌려서 한의원에 갔었다. 그의 선배가 한다는 춘천의 한의원이었다. 진맥을 받고 선배와 셋이 저녁 식사를 하고 늦은 밤에 그와 나는 베어스타운호텔에 묵었다. 창밖으로 검은 강이 내려다보였고 간헐적으로 빗방울이 떨어졌었지. 그는 오래 샤워를 했고 나는 몸을 덜덜 떨어대며 맥주를 마시고 있었지. 잠결에도 내 엉덩이에 닿는 그의 맨몸의 보드랍고 따뜻한 감촉 때문에 혼자가 된 것을 문득문득 잊어버렸고, 사나운 꿈에서 소스라치며 깨어날 적마다 서러운 듯 몸을 돌려 맹렬히 입술을 부비곤 했었는데.

한약을 두 제나 먹었는데도 여전히 현기증이 일고 체중이 떨어졌다. 그러고 보면 그는 나에 관한 많은 것들을 아주 잊고 있는 것은 아닌가 보다.

일본 된장인 미소 드레싱을 곁들인 참치샐러드와 요구르트 소스를 곁들인 고기만두와 바닷가재 꼬리, 홍합, 가리비로 만든 모듬해산물구이. 그 위의 팽이버섯과 초록빛 파슬리와 치커리, 바질, 붉은 래디시. 음식의 빛깔은 생경스럽도록 화려하고 자극적이었다.

나는 수저나 물컵을 당겨 놓아주던 그 시절처럼 저도 모르게 그의 앞으로 반듯하게 펼친 냅킨을 내밀고 있었다. 그것은 내 안의 무엇인가 내 마음을 교란시키고 있다는 최초의 증거일 거였다. 한 번 헤어진 사람들은 다시 만나면 안 되었다. 그것은 두 번의 헤어짐을 의미하는 것일 테니까. 허리를 곧추세우며 자세를 바로잡고 나이프를 들었다. 까만 옷을 맞춰 입은 젊은 남자와 여자가 듀엣으로 노래를 부르고 있었다. 나는 날마다 깊은 잠을 자요, 내 삶은 너무도 고요해요, 오오, 그대 나의 잠을 깨워줘요, 스틸 라이프, 오, 나의 스틸 라이프……

"난 사실 숯불갈비나 피자, 샤브샤브 같은 게 먹고 싶었어. 그런 건, 혼자 불쑥 식당에 들어가서 먹기 힘든 음식이니까."

나는 미각을 잃어버린 깔깔한 입 안으로 시금치를 갈아넣고 만든 초록빛 만두 하나를 밀어넣으며 되는 대로 내뱉고 있었다.

"……자릴 옮길까?"

접시에는 손도 대지 않고 와인만 비우던 그가 물었다.

"병원은 좀 어때? 아직도 많이 바쁘지? 얼굴이 좀 상했는걸."

"아이들은 날마다 태어나고, 세상의 모든 여자들이 꼭 순번을 기다리면서 차례대로 애를 낳는 것처럼 정신이 없어. ……한 달 동안 어딜 좀 다녀왔다. 어딜 가나 너무 춥고 발이 시렸어. 가방은 또 왜 그렇게 무겁던지. 내가 어딜 다녀왔는지, 궁금하지 않니?"

발이 시렸다고?……

나는 나이프로 바닷가재 꼬리를 잘게 잘라 입에 넣고 간간이 와인으로 목을 축였다. 그의 목소리는 노랫소리에 묻혀 이따금씩 잘 들리지 않았으나 다시 되묻지 않았다.

"강운아."

문득 그가 내 이름을 불렀다. 나는 그를 쳐다보지 않았다. 그가 다시 내 이름을 불렀다. 향이야, 라고. 나이프와 포크를 내려놓고 냅킨으로 입술을 닦았다. 그리고 창밖을 내다보았다. 네온이 성성한 도심의 빌딩들과 좁고 구불거리는 차도를 지나가는 버스의 긴 지붕들, 주머니에 손을 찌르고 그 옆을 종종걸음치며 걸어가는 낯선 타인들의 등을 말없이 지켜보고 있었다.

"향이야……"

침통한 표정으로 그는 그렇게 세 번이나 내 이름을 불렀다. 부르고는 다시 고집스럽게 입술을 꼭 다물어버렸다. 그가 새로 와인 한 병을 더 주문하는 것을 보면서 손을 씻고 오겠다며 자리에서 일어났다. 내 이름 뒤에 따라 나올 다른 말이 두려웠을까. 줄줄이 놓인 둥근 테이블들과 카운터를 빠르게 지나 화장실로 들어갔다.

33층 스카이라운지의 화장실은 한 벽면 전체가 통유리로 되어 있었다. 나는 자동 센서가 달린 커다랗고 둥근 세면대에서 손을 씻고 통유리 앞에 놓인 의자에 가 앉았다. 남산타워와 은밀한 도시의 요새처럼 환하게 불 밝힌 동대문 두산타워, 빽빽하게 밀집한 빌딩 숲과 구불거리는 길에 수많은 골목을 숨긴 인사동 거리, 푸른빛의 간접 조명을 받으며 성채처럼 우뚝 선 세종문화회관 건물…… 33층에서 바라보는 도심의 한밤은 셀 수 없이 많은 빛을 흩뿌려놓은 듯 화려한 빛무리로 들끓고 있었다. 의자를 뒤로 젖힐 때마다 자동 센서에서 저절로 물이 줄줄 흘러내렸다.

탑 클라우드. 높은 구름, 구름의 꼭대기. 나는 스카이라운지에 앉아 있는 게 아니라 유리로 만들어진 비행선을 타고 우주를 유람하다가 지나는 길에 잠깐 이곳에 멈춰 있는 거란 느낌에 휩싸이고 있었다. 할 수 있다면 어둡고 서툰 노랫소리가 들리는 실내에 있는 그를 여기 데리고 와 나란히 앉아 눈을 마주 보지 않고 긴 이야기를 나눴으면 하는 부질없는 생각을 하기도 했다. 마주 보고 있지 않아도 그는 다시 그토록 간절히 내 이름을 부를 것인가. 나는 내 자신과 그런 내기를 하고 있는 셈이었다. 누군가 화장실에 들어와 야경을 찬탄하기도 했고 담배를 피우며 휴대 전화로 긴 통화를 하기도 했다. 화장실 문이 열렸고 또 문이 닫혔다. 그러나 나는 꼼짝도 않고 바람이 불 때마다 고요히 흔들리는 우주 비행선에 앉아 낯선 땅과 낯선 거리와 낯선 빛줄기들을 바라보고 있었다.

그는 혼자 두 병째의 와인을 마시고 있을 것이다. 그러고 보니 우리는 오늘 손 한번 잡지 않았다. 어쩌면 그건 그다지 중요한 문제는 아닐 것이다. 중요한 건 지금 내가 행복한지 불행한지 전혀 알 수 없다는 사실이었다. 그러나 나는 지금 내가 행복하다고는 말할 수 없는 상태라는 걸 잘 알고 있었다.

*

그후로 엄마가 쌍욕을 입에 담는 것을 본 사람은 아무도 없었다. 그러나 내가 태어나던 날 엄마가 터트린 온몸을 쥐어짜는 듯한 그 절망적인 울음은 자주 목격하게 되었다. 그것은 강이와 내가 여덟 살, 일곱 살일 무렵이었다. 아마도 그때 가장 힘들고 곤혹스러웠던 사람은 아버지였을 것이다. 불과 한 달 사이에 아버지는 한꺼번에 10년을 살아버린 사람처럼 머리카락이 세고 볼품없이 늙어버렸다. 자동차 부품을 만들던 아버지의 공장에 부도가 났다. 우리는 엄마가 사랑하던 단아한 이층집과 봄마다 새로 잉어를 사들여가며 돌봤던 작은 연못과 사과나무가 있던 마당을 떠나지 않으면 안 되었다. 엄마는 그 사실을 받아들이고 납득하는 데 누구보다 애를 먹었고 비통해했다. 아버지는 재빨리 집 명의를 외삼촌 앞으로 바꿔놓고, 어느 날 엄마와 강이와 나를 신월동 산동네의 사글셋방으로 데리고 갔다. 눈 깜짝할 사이에 벌어진 일이었다.

자줏빛 공단 원피스를 입은 엄마는 치맛자락이 더러워지는 것도 모른 채 마당에 주저앉아 가지 않겠다고 떼를 쓰며 엉엉 울었다. 내 짐이 든 가방과 제 것 두 개를 어깨에 포개 멘 강이가 엄마를 따라 소리 없이 눈물을 흘렸다. 내가 운 것은 섧디설운 엄마의 울음 소리 때문이 아니라 강이가 울고 있었기 때문이었다. 여덟 살의 강이는 엄마의 치맛자락을 당기며 조용히 울었다. 울음을 그친 엄마가 자리를 털고 일어난 것은 강이의 머리 위에 있던 해가 산등성이를 지나 서쪽으로 다 이울고 있을 무렵이었다.

방은 하나였다. 크지도 작지도 않은 방에서 엄마와 아버지와 강이와 내가 잠을 자고 밥을 먹고 텔레비전을 보았다. 늘 아침에 늦게 일어나는 엄마를 위해 아버지는 밥을 지어놓고 공장으로 나갔고 엄마가 일어나면 강이와 내가 수저를 챙기고 국을 데워 엄마와 밥을 먹었다. 엄마는 자주 울었고 울다가 지치면 주황색 알약을 먹고 긴 잠을 잤다. 방 안은 엄마의 짐들로 가득 찼다. 엄마의 옷과 구두와 침구와 몇 개의 박스들. 그 박스 안에 무엇이 들어 있는지 강이와 나는 알 수 없었다. 아마도 그건 아버지도 마찬가지가 아니었을까. 엄마의 짐들은 고스란히 아랫목에 쟁여져 있었다. 그 집으로 이사온 후에도 엄마는 날마다 버스를 타고 나가 목욕을 했고 매일 옷을 갈아입었고 화장을 하고 구두를 바꿔 신었고 어두워지면 귀신처럼 머리를 풀고 소리 내어 흐느끼기 시작했다. 엄마가 울기 시작하면 강이는 내 손을 잡고 밖으로 나갔다. 우리는 낯선 동네의 좁은 골목을 지나 구정물이 흐르는 개천까지 한 바퀴 돌았다. 때로는 민둥산 위에 있는 작은 유치원 앞까지 산책을 나가기도 했다. 담이 헐린 유치원 건물엔 늘 아무런 기척이 없었다. 그 아래 녹슨 기구들이 놓인 놀이터에도.

강이는 더 이상 학교에 가지 않게 되었다. 아버지는 강이가 전학가는 것을 원치 않았다. 잠깐이면 된다. 아버지는 말했다. 마치 방 한구석에서 들고양이처럼 웅크리고 있는 엄마가 들으라는 듯 단호한 목소리로. 강이는 밥상 위에 교과서를 펼쳐놓고 혼자 공부했고 나는 그 옆에서 전집 중에 몇 권 가방에 넣어 온 『톰 소여의 모험』이나 『동물 농장』 같은 동화책을 읽곤 하였다.

공부가 끝나면 강이는 내게 받아쓰기 문제를 내고 덧셈, 뺄셈을 가르쳐주었다.

요강이라는 물건을 처음 알게 된 것도 그 집에서였다. 네 가구가 쓰는 공동 화장실은 대문을 나가 따로 담 옆에 붙어 있었다. 아귀가 맞지 않아 삐걱이는 나무문을 열 때마다 화장실 바닥이며 변기 색깔이 보이지 않을 정도로 다닥다닥 붙어 있던 수백 마리의 귀뚜라미떼들이 후닥닥 튀어올랐다. 신발에 귀뚜라미가 밟혔고 발을 옮길 적마다 툭툭 터지는 소리가 들렸다. 내가 화장실에 갈 때마다 긴 막대가 달린 빗자루를 든 강이가 열어둔 문 앞에 서서 나를 기다렸다. 나는 귀뚜라미가 싫지 않았다. 그러나 엄마는 화장실에 가지 못했다. 아버지가 옥빛 사기 요강을 사들고 왔고, 얼굴이 누렇게 뜬 엄마는 강이와 나를 방에서 내보내고 요강에 앉아 볼일을 봤다. 요강을 비우는 건 아버지의 몫이었다. 엄마는 자주 울었다. 요강에 앉아서도 울고 밥상 앞에서도 울고 강이가 내 손톱을 깎아주는 것을 보고도 울었다.

깊은 밤이면 강이와 나는 차례로 잠에서 깨어나곤 했다. 그때도 이불을 뒤집어쓰고 자는 버릇이 있었던 건 다행한 일이었는지도 모르겠다. 흡사 새끼 고양이가 비스킷이나 땅콩을 깨무는 듯 깨드득, 깨드득거리는 소리. 나는 이불 밖으로 눈만 내밀고 어두운 사위를 살폈다. 그 소리는 엄마와 아버지 이불 속에서 나는 소리였다. 나는 어둠 속의 고양이처럼 귀를 쫑긋쫑긋 세웠다. ……? 그것이 엄마가 혼자 이불을 뒤집어쓰고 월병 같은 중국 과자나 비스킷, 어떤 날은 영양갱을 먹고 있는 거라는 사실을 알아차리는 데는 얼마 걸리지 않았다. 잠에 겨운 아버지는 엄마 옆에서 빈 과자 봉지를 손에 쥔 채 자꾸만 고개를 떨구고 있었다. 내가 눈을 뜨면 곧 강이가 잠에서 깨어났다. 나는 큰 소리를 내며 웃고 싶었다. 그러나 다시 이불을 쓰고 강이의 가슴에 고개를 묻어버리곤 했다. 그리고 강이의 귀를 잡아당기곤 빠르게 속삭였다. 쉿! 쳐다보지 마, 엄마가 울고 있어. 강이가 희고 가는 팔로 내 어깨를 감싸쥐었다. 나는 강이의 엄지손가락을 입에 물고 잠이 들었다. 깊은 밤이면 이따금씩 엄마는 그렇게 이불을 쓰고 앉아서 혼자 과자를 먹었다. 아침이면 엄마의 이부자리에 월병이나 비스킷 부스러기들이 흩어져 있었다.

먼 나라 인도 북부에 타지마할이라는 궁전이 있다. 16세기 무굴 제국의 자한이라는 왕은 왕비를 사랑했다. 열네번째 아이를 낳던 왕비가 먼저 죽게 되었다. 죽기 전에 왕비는 왕에게 약속을 받았다. 만약 자신이 죽으면 아름다운 무덤을 지어줄 것. 왕은 죽은 왕비를 기리기 위해서 22년 동안 2만여 명의 백성들과 석공들을 동원해서 질 좋은 흰 대리석으로 세상에서 가장 아름다운 무덤을 세웠다. 마침내 타지마할 궁전이 완성되었다. 그런 아름다운 무덤이 다시 생기는 것을 원치 않았던 왕은 무덤 건축에 참여했던 건축가들의 손목을 모두 잘라버렸다.

만약 아버지가 그 먼 나라의 왕이었다면 아버지 역시 세상에서 가장 아름다운 무덤을 엄마에게 만들어주었을 것이다.

　석 달 뒤, 우리는 다시 옛집으로 돌아가게 되었다.

　엄마는 유방암에 걸렸다. 말기가 가까워져서야 발견했기 때문에 별다른 도리가 없었다. 한쪽 가슴을 도려내고도 엄마는 오랫동안 병을 앓았고 완치되지 않았다. 말기라는 사실보다 엄마는 한쪽 가슴을 절단했다는 사실 때문에 더욱 괴로워했을지도 모르겠다. 집에서 입는 옷 한 벌도 꼭 손수 디자인해 단골 의상실에서 지어 입던 엄마였으니까. 매일 아침마다 화장을 하고 신발을 바꿔 신던 아름다운 엄마였으니까. 엄마의 대소변을 받아내며 간호하고 꽃을 사다 머리맡에 놓아주던 아버지는 외국의 병원을 수소문하고 예약해두었다. 출국 날짜를 며칠 앞두고 퇴원한 엄마는 눈을 감고 말았다. 강이는 캐나다에 있었고 나는 저녁 수업을 하고 있었다. 엄마의 죽음을 지킨 사람은 아버지밖에 없었다.

　내가 집에 돌아와 안방 문을 열었을 때 엄마의 몸은 이미 싸늘하게 식어 있었다. 그리고 엄마 옆에 굵은 노끈을 목에 친친 동여맨 창백한 아버지가 누워 있었다. 세상에서 가장 아름다운 무덤을 만들어주는 대신 아버지는 스스로 목을 졸라맨 것이다. 그것이 마지막까지 아버지가 엄마를 사랑한 방식이었을까. 각별히 도톰한 엄마의 아랫입술 쪽으로 얼굴을 돌리고 누운 아버지의 표정은 마치, 이거면 당신에게 충분하겠소? 라고 묻고 있

는 듯 보였다. 나는 나란히 누워 죽은 그들의 머리맡에 놓인 흰
종이를 태연히 집어들었다.

너희 엄마가 갔다. 혼자 가는 엄마가 불쌍하고 애처로워서
아버지도 따라간다. 옛날에 엄마에게 청혼할 때 함께 죽기로
약속했기 때문에 나는 그 약속을 지켜야 한다. 사랑하는 내
아내, 내가 책임지고 함께 가니 이 아버지는 행복하다.

아버지가 남긴 유서에는 그렇게 씌어 있었다.

*

나는 우선 내가 하지 않으면 안 될 일들을 하나하나 기록해나
갔다. 그렇게 많지도 번거롭지도 않은 것들이었다. 그리고 그때
는 뭣보다 그가 곁에 있어주었으니까. 돌이켜보면 그 순간이 우
리가 서로에게 가장 다정했던 때가 아니었나 싶다. 고통은 인간
들을 서로 가깝게 하는 힘이 있다는 말을 그때 믿게 되었다. 지
금도 그렇다고는 말할 수 없지만.
강이에게 전화를 걸어 엄마와 아버지의 죽음을 알렸다. 강이
는 언젠가 그런 전화가 걸려올 것을 예감하고 있던 사람처럼 담
담하고 침착하게 그 사실을 받아들이고 나서는 마지막에 나를

위로하였다. 그러나 강이는 집으로 돌아오지는 않겠다고 말했다. 강이가 그 말을 했을 때 나는 가만히 고개를 끄덕이며 수긍했다. 나 역시 돌아오고 싶지 않았을 테니까. 나는 강이를 이해했다. 내가 강이를 이해하지 못하거나 강이가 나를 이해하지 못할 일은 아무것도 없다. 강이야. 나는 울먹이며 강이의 이름을 불렀다. 그래. 강이가 침울한 목소리로 대꾸했다. 나는 약간…… 무섭다. 강운아. 강이가 나의 이름을 불렀다. 그리고 말했다. 잊지 마라, 네가 혼자가 아니라는 사실을. 그러나 강이의 목소리는 너무 먼 곳에서 들려오고 있었고 잡음이 쏟아졌다. 나는 강이의 이름을 몇 번인가 헛되이 부르다가 수화기를 내려놓았다. 전화를 끊자마자 정말 구체적으로 두려워지기 시작했다. 그것은 어쩌면 지금부터 내가 치러내야 할 시간들보다 이제 다시 강이가 이 땅으로 돌아오지 않을지도 모른다는 선명하고도 뚜렷한 짐작 때문이었을지도 모른다.

엄마와 아버지는 잿빛 가루가 되어 내 앞에 놓였다. 나는 흰 장갑을 낀 손으로 엄마와 아버지의 골분을 한곳으로 쏟아부었다. 그리고 한 손으로 그것을 마구 휘저어버렸다.

장례를 치른 후 집을 내놓았다. 아버지가 땅을 사고 엄마가 설계를 하고 강이와 내가 차례로 태어나 자란 집. 강이와 향이의 사과나무가 자라는 오래된 그 집을 말이다. 아주 헐값에 집을 내놓았다. 강이가 이곳으로 돌아오고 싶어하지 않는 이유처럼 나도 서둘러 이 집에서 벗어나고 싶었다. 이 집은 더 이상 우리의 집이 아니었으니까. 헐값에 내놓는 대신 한 가지 조건을 붙였다. 마당에 있는 두 그루의 사과나무는 베지 말아줄 것. 아마도 나는 완전히 그 집을 떠날 마음이 없었는지도 모르겠다.

그리고 엄마의 고양이들.

태어난 지 나흘 후 내가 집으로 왔을 때 그 집에는 수많은 고양이들이 엄마의 침실이나 거실, 마당, 욕실, 식탁 위, 심지어는 내가 사용하게 될 유모차며 요람까지 진을 치고 앉아 있었다. 가슴 전체가 크림색인 고양이, 온몸이 새카만 고양이, 한쪽 귀가 찢어진 오렌지색 고양이, 흰색과 갈색 얼룩 무늬가 있는 고양이…… 그들을 지금 다 기억할 수는 없다. 중요한 건 엄마는 고양이를 좋아했고 강이와 나는 고양이를 좋아하지 않았다는 사실이다. 고양이들과 나에게 유일한 공통점이 있다면 그건 무엇이든 몸을 덮어주는 것이면 좋아한다는 것이었다. 신문지 사이나 바닥에 깔린 러그, 소파에 걸쳐놓은 커다랗고 얇은 숄이나 욕실의 둘둘 말려 있는 타월, 그리고 강이의 따뜻한 등 같은 것들 말이다. 마치 일찍 어미와 헤어진 새끼들처럼.

둥그런 호(弧)를 그리며 천천히 일어서서는 핑크빛 혓바닥이 보이도록 입을 벌려 하품하는 고양이는 거만하고 오만한 인상을 주었지만, 곧장 창틀을 넘어 마당으로 달려 나가거나 나무 위로 펄쩍 뛰어오르며 작은 새를 사냥할 때의 모습은 몹시도 매혹적이고 절대적인 아름다움을 갖고 있다는 것만은 인정하지 않을 수 없었다. 새 고양이를 들이거나 새끼 고양이가 좀더 자

라면 엄마는 언제나 고양이 발바닥에 버터를 발라주곤 했다. 도
망가는 것을 막기 위한 방법이었을 것이다. 유일하게 엄마 침대
에서 잠을 자는 커다란 까만 고양이는 아침이면 엄마의 창백한
뺨을 혓바닥으로 핥곤 했다. 엄마는 깔깔한 고양이의 혓바닥이
뺨을 핥는 그 시간을 느긋이 즐기다가 미소를 짓곤 할 수 없다
는 듯 침대에서 일어나고는 했다. 엄마는 고양이들을 휘장처럼
거느리며 창가의 흔들의자에 앉아 차를 마시거나 마당을 산책
했다.

많은 고양이들이 새로 들어와 살게 되거나 장염이나 다른 질
병 등으로 죽어 나가곤 했지만 아래턱에 흰색 반점이 있는 까만
고양이는 13년을 우리와 함께 살았다. 고양이의 수명치고는 몹
시 길고긴 시간이었다. 처음에 까만 고양이는 기민하고 날렵한
몸매를 갖고 있었다. 엄마가 그 까만 고양이에게 피임 수술을
시킨 건 첫번째 임신이 끝나고 나서였다.

까만 고양이는 차례로 새끼 네 마리를 낳았다. 진통 때문인지
까만 고양이는 글글거리며 신음 소리를 냈고 내 발뒤꿈치를 세
게 물기도 했다. 첫번째 새끼 고양이가 태어나자마자 까만 고양
이는 그 새끼 고양이를 단박에 물어 죽였다. 자신의 통증이 너
무도 심했기 때문이었다. 엄마는 죽은 첫번째 새끼 고양이를 마
당으로 들고 나가 정원수 뒤로 휙 던져버렸다. 두번째 새끼 고
양이가 태어나자 까만 고양이는 얼마쯤 더 그대로 드러누워 있
다가 이윽고 양막에 싸여 있는 새끼 고양이의 몸을 혀로 핥아낸

다음 탯줄을 이빨로 끊고 태반을 깨끗이 먹어치웠다. 제가 낳은 새끼의 몸을 말끔하고 정교하게 핥아내고 있는 까만 고양이의 모습은 몹시도 경이롭고 아름다웠다. 처음으로 내가 그 까만 고양이를 사랑하게 된 순간이었다. 어미 고양이는 곧 잠이 들었다. 젖을 빠는 새끼 고양이 세 마리의 몸을 둥글게 감고 잠든 어미 고양이의 모습은 지금도 잊을 수 없다. 그때만큼은 질투와 식탐이 많고 군주같이 거만했던 모습은 찾아볼 수 없었다.

그러나 잠에서 깨어난 까만 고양이는 새끼들에게 돌아가지 않았다. 새끼 고양이들은 욕실에서 잠을 잤고 주방 바닥에서 먹이를 먹었다. 까만 고양이는 예전처럼 엄마의 침대에서 잠을 잤고 우리가 식사를 끝낸 후면 튀는 공처럼 가볍게 식탁 위로 올라와 엄마가 챙겨준 접시 위의 먹이를 먹곤 하였다.

새끼들은 곧 뿔뿔이 다른 집으로 나누어졌다. 매번 다른 고양이가 새로 들어오거나 죽어 나가거나 또 새끼를 낳거나 하였지만 그 까만 고양이는 엄마가 기른 고양이들 중 가장 아름다운 외모를 가진 고양이였다. 그러나 피임 수술 후 까만 고양이의 몸매는 급격히 변해버렸다. 까만 고양이는 예전의 우아하고 날렵한 몸매를 찾기 힘들 만큼 뚱뚱하고 둔해졌다. 성적 본능과 어미의 본능을 박탈당한 까만 고양이는 그저 간신히 움직일 줄 아는 무력한 짐승에 불과했다. 하지만 까만 고양이는 절대로 엄마의 침대를 떠나지 않았으며 누구에게도 그 자리를 내줄 수 없다는 의사 표시를 하곤 했다. 엄마는 강이와 내가 불쑥 침실에 들어오는 것을 좋아하지 않았다. 까만 고양이는 혓바닥으로 엄마의 뺨을 쓸고 엄마와 함께 잠을 잤다. 강이와 나는 고양이들의 위력 앞에서 속수무책이었고 무력했다.

어느 날 까만 고양이는 한해살이 꽃들이 자라는 마당 한귀퉁이의 작은 화단 속에서 죽은 채 발견되었다. 고양이들은 피 속의 뜨거운 열 때문에 시원하고 차가운 곳으로 숨어 들어가 죽을 때를 기다리곤 하는 것이다. 까만 고양이의 죽음은 엄마에게 커다란 상처가 되었던 것 같다. 한동안 다른 고양이를 새로 들이는 것도 잊고 있었으니까. 신월동 사글셋방에 살았던 3개월 동안 엄마는 고양이들을 보러 가기 위해 이따금씩 택시를 대절해 혼자 그 집엘 다녀오곤 하였다.

엄마가 죽고 나자 집 안에 들끓고 있던 일곱 마리의 고양이들은 약속이나 한 듯 일제히 사라져버렸다. 누군가는 오래된 우물 속에서 고양이들을 발견했다고도 하고 누군가는 시내로 가는 진입로에서 자동차에 치인 채 납작하게 죽어 있는 것을 보았다고도 하고 또 누군가는 마을을 둘러싸고 있는 민둥산 쪽으로 흰 수염을 불불이 휘날리며 달려가는 것을 보았다고 했으며 어떤 이는 고양이가 네 다리를 활짝 펼치고 동쪽 하늘로 멀리 날아가는 것을 보았다고 했다.

아무튼 나는 그 집을 떠나게 되었다. 숨이 막힐 듯한 배기 가스와 하늘을 뒤덮은 스모그와 나쁜 공기들, 셀 수 없이 많은 간

판들이 있는, 함정처럼 곳곳의 도로가 파인 도시로 이사했다. 그러나 나는 화려한 네온과 수많은 사람들, 차로 10여 분 안에 도착할 수 있는 따뜻한 식당과 대형 서점과 번잡한 거리, 작은 공원과 산책로가 있는 이 도시를 좋아하였다. 주말 아침이면 트레이닝복을 입고 공원까지 뜀박질을 하고 도시락집에서 사온 포장 음식으로 식사를 하고 월요일과 목요일 저녁에는 버스를 타고 나가 세종문화회관 뒷골목의 식당과 좁고 어두운 찻집을 순례했다.

내가 사는 곳에서 15분 정도만 걸어가면 사거리가 나온다. 지하도로 내려가면 출구가 네 개 있다. 필요에 따라서 출구를 결정하곤 하는데, 이를테면 음반과 한솔도시락 상점으로 나가려면 들어온 곳에서 가장 오른쪽에 있는 출구를, 프리지어를 사거나 식빵을 사기 위해서는 왼쪽으로, 그리고 나머지 출구로 나가면 공원으로 향한 길이 나 있고 작지만 소박한 쇼핑 몰이 있고 우체국과 구두 수선집, 신문 가판대가 있다. 버스 정거장도 걸어서 10분 거리밖에 안 된다. 무엇보다 빈 들판처럼 황량하고 넓은 마당을 가진 집들이 띄엄띄엄 있던 외지고 스산한 마을을 떠나온 것이 기뻤다.

태어나고 한 달이 지난 후에야 나는 이강운(李康雲)이라는 이름을 갖게 되었다. 편안할 강, 구름 운. 나는 어감이 강하고 어쩐지 우울한 느낌을 주는 내 이름이 싫었지만 할 수 없는 노릇이었다. 그렇다고 엄마가 자주 내 이름을 불러주었던 것은 아니었다. 나는 강이의 이름을 사랑하였다. 康怡. 엄마와 아버지를 보내고, 이사온 첫날 나는 새로 이름 하나를 만들었다. 이름 가운데 향기 향(香)자를 넣었다.

향이. 이것이 나의 새 이름이다.

*

금요일 오후 수업이 끝나고 현선생, 캐서린과 함께 택시를 타고 방배동 '와사비 비스트로'에 갔다. AFKN & CNN 수업을 맡은 현선생과 미인 회화를 담당하는 캐서린은 이번 달 모두 나와 같이 오후 6시에 수업이 끝난다. 함께 근무한 지 벌써 3년이 다 돼가는 현선생이 나의 지난 생일을 기억해냈고 갑작스럽게 저녁 약속이 만들어졌다. 모두들 주말 수업은 없었다. 나의 생일이 아니더라도 현선생과 나와 잭은 가끔씩 금요일 저녁에 모여 식사를 하고 맥주를 마시고 노래방엘 가기도 했다. 한국에 온 지 4개월밖에 안 되는 캐서린은 캐나다인이다. 캐서린은 금방 잭과 가까워졌고 그리고 나와 가까워졌다. 잭은 저녁 수업이 끝나는 대로 합류하기로 하였다.

퓨전 레스토랑인 '와사비 비스트로'는 방배중학교 맞은편 2층 건물에 있다. 2층엔 중국 식당이 있다. 이따금씩 나는 이곳에 와서 마요네즈와 게살, 열대 열매인 아보카도와 연어나 새우, 광어, 멜론 등으로 일곱 가지 색을 내 만든 레인보우 초밥이나 양송이버섯, 날치알, 참치를 말려 잘게 썬 가쓰오부시 등을 넣은 덮밥을 먹곤 한다.

엄마와 아버지, 그리고 강이와 함께 살았을 적에 나는 요리를 즐겨 하곤 했다. 이를테면 토마토 소스와 홍합이나 오징어를 넣은 해물 스파게티나 은행 · 밤 · 대추 · 버섯을 넣고 지은 영양솥밥, 가다랭이포로 국물을 우려낸 일본식 우동 같은 것들. 때로는 시간이 오래 걸리는 치즈 케이크나 육수에 채 썬 양파와 모차렐라 치즈, 식빵을 넣고 끓인 어니언 스프 같은 것들도. 늘 옆에서 강이가 나를 도와주곤 했다. 요리를 잘하는 사람은 내가 아니라 강이였지만 강이는 나와 요리하는 시간을 좋아하였다. 강이가 요리사라면 나는 미식가에 가까운 편이다. 내가 새우튀김을 하고 있으면 강이는 커다란 대바구니 접시에 키친 타월을 깔거나 튀김옷의 온도가 높아지지 않도록 반죽 그릇에 얼음을 더 채워넣곤 했다. 식탁은 매번 풍요로웠고 실내는 달콤한 냄새로 가득했다. 이제는 다 지난 일이다.

혼자가 된 이후에 집 근처의 한솔도시락이나 초밥집에서 도시락을 사와 저녁 식사를 하곤 한다. 일인분에 꼭 맞게 요리를 하는 건 생각만큼 쉽지가 않았다. 음식의 양은 지나치게 많았고 대부분 쓰레기통에 버리게 되었다. 나는 요리하는 것을 곧 그만두고 말았다. 다만 시간을 보내는 데는 요리하는 것 이상 훌륭한 방법을 알지 못하긴 하지만.

학원에서 돌아오면 신문을 읽고 세탁과 청소를 하고 텔레비전을 보다가 종합 비타민제를 한 알 먹고 이불을 쓰고 누워 깊은 잠에 빠진다. 구태여 요리를 하며 시간을 보내지 않아도 아직은 견딜 만하다. 눈을 뜨면 아침이고 출근을 하고 다시 저녁이 오고 누군가에게 전화조차 하기 힘든 늦은 밤이 된다. 그러나 가끔 나는 새벽 3시나 4시쯤 누군가 머리채를 잡아당긴 것처럼 뜬금없이 잠에서 깨어나 해가 뜰 때까지 무연히 침대 위에 웅크리고 앉아 있는 나를 발견하고는 한다.

잭이 오기를 기다리는 동안 현선생과 캐서린, 그리고 나는 저녁 식사를 하고 천천히 맥주를 마셨다. 현선생은 이번 달부터 새로 맡게 된 수업과 연말에 가족들과 함께 대관령으로 스키 타러 갔다 온 여행에 대해 이야기했고 캐서린은 한국에서 만난 남자 친구에 관해 한동안 이야기했다. 흰 피부에 금발인 캐서린은 마흔여섯 살이다. 그녀의 남자 친구는 서른두 살. 캐서린이 양재동 하나로마트에서 쇼핑을 하고 있는데 웬 키가 껑충한 한국 남자가 익스큐즈 미? 하고 말을 붙여왔다고 한다. 남자는 그때껏 외국인과 대화해본 적이 없었는데 캐서린을 보는 순간 혼자 틈틈이 공부하고 있던 영어가 부지불식간에 튀어나왔다고 했다. 캐서린과 그 남자는 다음날 피자를 먹으러 갔고 그 이튿날 함께 잤다고 했다. 댓츠 서프라이즈! 현선생이 캐서린에게 건배를 했다. 나는 처음 듣는 이야기는 아니다. 동거를 시작한 그들은 결혼 계획을 세워놓고 있다. 캐서린의 남자는 몹시도 이 나라를 떠나고 싶어한다. 그는 홀어머니에 다섯 형제 중 장남이다. 직업은 택시 운전사. 그리고 나는 캐서린이 왜 자신의 나라를 떠나왔는지 알고 있다.

짙은 회색 터틀넥 스웨터에 까만색 재킷을 걸쳐 입은 잭이 식당 문을 열고 성큼 들어왔다. 잭은 캐서린과 내 옆자리, 빈 의자를 당겨 앉았다. 잭에게서 가볍고 상큼한 스킨 코롱 냄새가 풍겼다. 나는 매운 것을 잘 먹는 잭을 위해 고추장이 든 덮밥을 주문하고 샐러드와 쭈꾸미튀김, 맥주를 더 시켰다. 잭이 종이 봉투에 든 꾸러미를 내게 내밀었다. 봉투 속에는 뚜껑에 캐나다 국기가 새겨진 1킬로그램짜리 시럽이 들어 있었다. 스물일곱 살의 이국 청년은 내가 팬케이크를 좋아하고 그 위에 단풍잎으로 만든 제 나라의 시럽을 끼얹어 먹는 걸 좋아한다는 사실을 알고 있다.

우리는 10시에 자리에서 일어났다. 현선생이 자리를 옮겨 맥주를 더 마시자고 했지만 그저 해보는 말에 불과했을 것이다. 남편이 정한 그녀의 귀가 시간은 10시였다. 나는 가방을 챙겨 들고 먼저 카운터로 다가갔다. 여느 때라면 각자 돈을 내 계산을 했을 터이지만 그날은 내 생일을 축하하기 위한 자리였다. 지갑 속에는 만원권 서너 장밖에 들어 있지 않았다. 가방을 뒤적여 다이어리를 찾았다. 신용 카드는 다이어리 맨 뒷장에 꽂혀 있다. 그러나 다이어리는 보이지 않았다. 그제야 지난밤 다이어리의 속지를 새로 갈아 끼우곤 그대로 책상 위에 두고 왔다는 것을 깨달았다. 일행들은 모두 식당 문밖에서 내가 계산을 치르고 나오기를 기다리고 있었다. 낭패였다. 하는 수 없이 나는 내 얼굴을 알고 있는 여주인에게 모자라는 대로 현금을 지불하고 주민등록증을 맡겼다. 그리고 내일 찾으러 오겠다고 말했다.

일요일 저녁, 세탁기를 작동시켜놓고 나는 다시 와사비 비스트로에 갔다. 현금을 내고 주민등록증을 돌려달라고 말했다. 그러나 내 주민등록증은 그곳에 없었다. 누군가 이미 돈을 지불하고 주민등록증을 찾아갔다고 여주인이 말했다. 키가 175미터쯤 되고 까만 뿔테 안경을 쓴 남자라고 했다. ……까만 안경? 그날 같이 왔던 흑인 남자 말인가요? 나는 단정하며 물었다. 여주인은 고개를 저었다. 한국 남자라고 했다. 그리고 나를 아주 잘 아는 사람이라고 덧붙였다고 한다. 나를 아주 잘 아는 사람이라니……!

2

하선을 처음 만난 것은 강이가 여덟 살, 내가 일곱 살 나던 해였다. 활처럼 휘어진 가늘고 둥근 눈썹과 쌍꺼풀진 커다란 눈과 볼록하게 도드라진 이마와 콧날, 일자로 반듯하게 자른 길고 새까만 생머리. 그리고 땀구멍 하나 보이지 않는 살굿빛 피부, 둥글지만 다소 각이 진 탓에 음각이 뚜렷해 보이는 얼굴. 언뜻 보면 그 애는 사기로 만들어진 중국 인형처럼 보였다. 어쩌면 세상에는 그런 모든 것을 갖고 있는 여인들이 또 있을지도 모르겠다. 그러나 하선의 눈빛만은 독특했다. 턱을 약간 치켜든 채 사뭇 상대를 내려다보는 듯한 차갑고 서늘하면서도 강렬한 눈빛은 오만하거나 거만한 시선이라고는 느낄 수 없다. 외려 어딘가 안쓰럽고 연민이 느껴지거나 오래 마주 보다가는 돌연히 눈물을 뚝뚝 흘리게 만들 것만 같은 눈빛이다. 세상에 같은 사람은 없듯 세상에 같은 눈빛을 가진 사람도 없는 법이다. 무슨 이유에선가 하선은 누구와 눈이 마주치더라도 절대 먼저 시선을 돌리지 않는다.

나무들마다 앞다퉈 소록히 새순을 틔워내고 소매가 없는 가벼운 원피스 한 벌만 입어도 좋을 만큼 햇살이 따뜻한 날이었다. 머리 위로 한 무리의 새떼들이 지나가고 새들이 지나갈 적마다 흰 뭉게구름이 조용히 옆으로 비껴나 서쪽으로 움직이고 있었다. 무릎까지 올라오는 길고 흰 양말을 신은 반바지 차림의 강이와 흰 바탕에 파란색 물방울 무늬가 프린트된 원피스를 입은 나는 사과나무의 어린 묘목 근처에서 공깃돌을 주워올리며 이제 막 새순이 돋기 시작하는 잔디밭에 이마를 맞대고 앉아 있었다.

무슨 기척을 느꼈던가. 나는 강이의 머리를 와락 가슴에 껴안은 채 고개를 들어 하늘을 올려다봤다. 가슴이 붉은 작은 새 한 마리가 무리를 벗어나 빠른 속도로 하강하고 있는 것이 보였다. 어린 새 한 마리는 다리가 부러진 것처럼 강이의 무릎으로 툭 떨어졌다. 무리 지어 날던 새떼들이 궤도를 바꾸며 허공을 빙빙 맴돌고 있었다. 강이가 두 손으로 조심스럽게 새를 감싸쥐었다. 마당을 어슬렁거리던 엄마의 고양이 세 마리들이 혓바닥을 날름거리며 발톱을 휘두르기라도 할 듯 이쪽을 노려보고 있었다. 강이와 나는 바싹 무릎을 붙이고 앉았다. 눈까풀을 파르르 떨며 학학거리던 어린 새는 강이와 나를 번갈아 쳐다보았다. 강이와

나는 새의 머리 부분에 길고 더부룩하게 난 갓털을 향해 따뜻한
입김을 불어주었다.

강이야.

나는 강이의 한쪽 귀를 잡아당겨 조용히 이름을 불렀다.

응?

쉿! 소리내지 마. 곧 손님이 올지도 몰라.

……누군데?

기다려봐.

마치 그렇게 하면 새가 다시 날 수 있을지도 모른다는 듯 강
이와 나는 새의 여린 몸에 입김을 불어넣었다. 강이의 손바닥
안에서 몇 번인가 파닥거리며 날갯짓하던 가슴이 붉은 새가 마
침내 손바닥을 벗어나고 마당을 벗어나, 키 큰 나무들 사이를
비집고 날아올라 간절히 저를 기다리는 무리 쪽으로 긴 줄이 달
린 연처럼 펄쩍 날아가기 시작했다. 강이와 나는 서로의 두 손
을 꽉 얽어쥔 채 이제 무리와 함께 저 먼 곳을 향해 하염없이 날
아가고 있는 새에게 시선을 고정시키고 있었다.

아무 일도 없었던 것처럼 뭉게구름은 다시 서쪽으로 느리게
움직이고 햇살이 쏟아지고 엄마의 고양이들은 권태로운 듯 하
품을 하며 마당을 어슬렁거리기 시작했다.

소리도 없이 하선이 우리의 마당 안으로 쓱 들어온 것은 바로
그때였다. 그 애는 리비아 여인처럼 흰 천을 몸에 두르고 마당
한가운데 서 있었다. 흰 천을 둘렀다는 것은 사실이 아닐 것이

다. 그 애는 흰옷과 흰색 구두와 양말과 머리띠를 하고 있었다. 어쩐 일인지 내 눈에는 그 애가 흰 천을 두르고 서 있는 것처럼 보였을 뿐이다. 내가 알지 못하는 집들 중 하나에서 그 애가 살고 있다면 여기까지 꽤 먼 길을 걸어온 셈이었을 것이다. 그러나 그 애의 구두는 흙 한 점 묻어 있지 않았다. 나는 어쩌면 그 애가 오래 전부터 우리집 마당에 그렇게 서 있었던 것은 아니었을까 하는 의심을 떨치지 못했다. 단지 강이와 내가 발견하지 못했을 뿐. 그 애를 향해 가만히 손짓했다.

내 이름은 하선이야.

그 애가 붉고 작은 입술을 열어 말했다.

내 이름은 강운, 그리고 얘는 나의 오빠 강이.

나는 그 애의 아름다운 뺨을 만져보고 싶은 애틋한 충동을 참아내며 가까스로 말했다.

어서 와.

강이가 인사를 하며 그 애 앞으로 한 발 다가갔다. 그리고 이렇게 물었다.

너는, 어디서 온 거니?

하선이 한쪽 팔을 들어 담장 밖을 가리켰다. 그 애가 가리킨 곳은 숲으로 난 작은 길이었고 그 숲 너머에는 강이와 내가 한 번도 가보지 못한 또 다른 길과 도시가 있었다. 그 봄날, 혹시 나는 꿈을 꾼 것은 아니었을까. 아무려나 나와 강운, 하선은 그 따뜻한 봄날에 처음 만났고 친구가 되었다. 그때 하선은 겨우 다섯 살이었다.

정확히 6시가 되면 서른 살의 하선은 나의 집으로 올 것이다.

하선이 오기 전에 청소를 하고 장을 봐와서 쇠고기와 표고버섯, 오이, 당근을 넣어 둥글고 얇게 부친 전으로 둘둘 말아 모양을 낸 밀전병과 낙지와 가래떡, 양념장을 넣고 끓여 모듬전골을 만들었다. 저녁 식사 후에 하선이 맥주를 마실지도 몰라 안주감으로 오징어채와 게맛살을 김으로 묶어 오징어채김말이를 준비했다. 딱히 그 애가 무엇을 좋아했고 식성이 어떤지 기억나지 않았다. 아주 오래 못 보고 산 것도 아닌데 말이다. 그러나 나는 강이에 관한 것은 모두 기억하고 있다. 아마 강이가 함께 있었다면 매듭 모양으로 묶은 다시마에 잣 하나씩을 박아넣고 낮은 온도에서 튀겨낸 다시마 튀각이나 내장을 빼 손질한 멍게에 생크림을 넣고 뭉근한 불에서 졸인 멍게무스를 더 만들었을 것이다. 그러나 강이는 지금 여기 없다. 나는 아직 아무렇지도 않다. 오랜만에 요리를 하면서 시간이 가기를 기다렸다. 휘파람을 불었고 머리를 새로 빗었다. 요리를 하면서 누군가를 기다려보는 것도 퍽 오랜만이었다.

혼자 밥을 먹게 되면서부터 나는 식사 도중에 신문을 읽게 되었다. 찬과 밥을 입에 넣고 우물거리는 그 사이, 그 길고 고요한 침묵을 혼자 견딜 수 없는 것이다. 밥 먹을 때 신문을 보는 사람은 두 종류이다. 혼자 오래 산 사람이거나 말이 통하지 않는 늙은 부모와 함께 사는 사람들.

무릎까지 내려오는 검은색 하프 코트에 긴 부츠를 신은 하선은 6시 10분에 스케치북만한 꾸러미를 들고 집 안으로 들어왔다. 이사온 후 누군가 내 집을 방문하기는 오늘이 처음이다. 이사하던 날, 하선은 어머니가 살고 있는 제주에 머물고 있었다.

"이게 무슨 냄새야?"

하선이 이마를 찡그리며 물었다.

"쇠고기와 기름과 밀가루 냄새야."

하선에게 물잔을 내밀며 변명하듯 빠르게 중얼거렸다. 환기를 시킨다는 걸 잊었다. 하선은 오감이 민감한 아이다. 후각이 예민한 건 나도 마찬가지긴 하지만. 강이도 하선 앞에서는 담배를 피우질 못했다.

"괜한 짓을 했구나. 왜 그런지 요즘 밥을 잘 먹질 못해."

"너, 또 단식했었니?"

"……일주일 동안만."

하선이 풀죽은 음성으로 말하며 선물 꾸러미를 탁자 위에 올려놓았다. 여느 때처럼 하나로 단정히 묶지 않고 풀어내린 길고 까만 머리카락 때문일까. 지난번 보았을 때보다 약간 수척해진 것도 같았다.

"그럼 미리 말을 해줬어야지. 너 땜에 장을 보고 요릴 했는데. 네가 무슨 수도승이니 머리 깎고 참선하는 사람이니? 것도 아니면 몸매를 유지하기 위해서 일주일에 딱 한 번만 식사하는 무용수라도 되니?"

나는 차갑게 식고 있는 음식 접시들을 노려보면서 신경질을 부리고 있었다. 불쑥 눈물이 솟을 것만 같았다. 하선은 내 등을 가볍게 어루만지더니 냉장고를 열어 캔 맥주와 잔을 꺼내 다시 소파에 앉았다. 그 애에게서 창 앞에 놓아둔 라벤더나 선인장에서 핀 한 떨기 꽃향기 같은 것이 풍겨왔다. 그 냄새 때문일까. 마음이 금세 누그러지고 있었다. 나는 안주가 담긴 사각 접시를 들고 하선 앞에 마주 앉았다.

"요즘 왜 전화 안 하냐고, 어머니가 걱정하셔."

"……"

제주도에 혼자 살고 있는 하선의 어머니 이야기다. 아침에 일어나 창을 열면 화순 앞바다와 깎아지른 듯이 우뚝 흘립한 삼방산이 보이는 곳이다. 낮고 오래된 스카이호텔이 바로 앞에 있는 옥빛 협제바다는 30여 분 거리에 있다. 강이와 둘이 그곳에 가 오래 머문 적도 있고 얼마 전까지만 해도 나 혼자 불쑥 내려가 며칠씩 머물곤 하던 곳이다.

하선의 어머니에게 오랫동안 전화하지 못했다. 그녀는 강이와 나와 하선을 친형제처럼 생각한다. 그녀의 안방 낡은 장롱에는 내가 두고 온 잠옷과 면 티셔츠 몇 벌이 들어 있다. 집에 내려갔다 다시 짐을 꾸릴 적마다 혼자 살고 있는 그녀는 무언가 그대로 두고 가기를 원했다. 하다못해 칫솔이나 타월이나 가벼운 옷 같은 것들. 또 올 건데 뭐, 하면서. 그래, 오래 적조했었다. ……엄마가 죽고 난 후부터다. 그와 헤어진 이후부터 그래

왔을까.

"요즘 어깨 통증은 좀 어떻고? 아직도 많이 아프니?"

하선의 잔에 맥주를 따라주며 물었다. 등을 하나 더 밝혀야 할 것처럼 실내는 어두워지고 있었다. 그러나 나는 선뜻 자리에서 일어나지 않았다. 다소 침울해 보이는 하선의 표정 때문이었을까.

"그렇지 뭐, 조금도 낫질 않아. 다음 주말엔 아버지랑 강원도에 함께 가기로 했어. 거기 어느 산골에 무슨 약초 같은 걸로 치료를 하는 사람이 살고 있대."

어렸을 적부터 하선은 이유를 알 수 없는 어깨 통증에 시달렸다. 국내의 소문난 병원과 한약방, 오랜 물리 치료도 통증을 없애주지 못했다. 하선이 미국에 머물 때 통원 치료를 받았던 보스턴의 병원에서도. 제주 어머니의 요청에 따라 큰 굿을 한 적도 있었으나 모두 허사였다. 그 애의 아름다움 속에 그토록 격심한 통증이 숨어 있을 거라고는 아무도 상상할 수 없을 것이다. 그 애는 잘 웃지 않았다.

"저거, 풀어봐. 오후에 시내에 들렀다가 샀어."

하선이 포장된 꾸러미를 내 쪽으로 밀어주었다. 가위로 끈을 자르고 조심스럽게 포장을 풀었다. 나무 액자 속에 담긴 그림이었다. 제목은 '생태(生態).' 그림 중앙에서 조금 왼쪽으로 치우쳐 있는 뱀 한 마리가 목을 꼿꼿이 세운 채 두려움이 가득한 눈으로 주위를 응시하고 있고, 그 뱀의 주변으로 수십 마리의 다른 뱀들이 똬리를 틀 듯 에워싸고 있는 그림이었다. ……갑자기 웬 뱀 그림을?

"천경자 화백이 어느 자리에선가 이 그림을 설명하면서 그랬 대. 이 가운데 머리를 들고 있는 뱀이 저여요, 라고."

"……이 뱀이, 요즘의 너니?"

나는 그림을 내려놓으며 뜬금없이 물었다. 묻고 보니 공연한 말을 했다 싶었으나 이미 하선은 나의 말을 놓치지 않았을 터 였다.

"그 작가를 본 적이 있어. 전시회장에서."

어떻게든 나는 말을 돌리고 싶었다. 하선의 눈빛이 더 깊어지 고 뺨이 어두워지고 있었다. 그렇다고 아주 없는 말을 한 건 아 니다.

캐나다에서 혼자 돌아온 1995년, 호암갤러리에서 열린 그의 전시회에 간 적이 있었다. 10월이나 11월? 가을이었던 것만은 분명하다. 전시회장 한가운데 황금빛 투피스와 은색 스타킹에 황금빛 굽 낮은 구두를 신은 그가 우뚝 서 있었다. 어쩐 일인지 그의 주변엔 한 사람도 보이질 않았다. 나는 그의 그림이 실린 두꺼운 화집을 사들고 기웃기웃거리며 옆으로 다가갔다. 사인 을 부탁한다고 말했을 것이다. 책에 사인 들어 있잖아요. 그녀 가 눈썹을 찡그리며 다소 성가시다는 듯 말한 기억이 난다. 그 러면서도 부러 두꺼운 펜을 찾아와 내가 들고 있던 화집에 한 글자 한글자 공들여가며 사인을 해주었다. 내가 그를 기억하고

58

있는 건 그의 그림이 아니라 그의 눈부신 황금빛 투피스 때문이었을지도 모른다. 그 빛깔은 엄마의 옷장 속에서 자주 볼 수 있던 낯익은 빛깔이었으니까.

그날의 전시장에서 내가 가슴에 담아온 그림은 「생태」가 아니라 '고(孤)'라는 제목의 그림이었다. 머리에 파랗고 붉고 노란 꽃을 꽂은 여인이 이윽한 눈으로 먼 데를 응시하고 있던 그림. 이곳에는 존재하지 않을 것만 같은 그런 여인. 여인의 어깨쯤에 작은 나비 한 마리가 앉아 있었던가. 그때 나는 그 그림을 보면서 누구의 얼굴을 떠올리고 있었던 것일까.

전시회장에서 나와 지리도 잘 모르는 도심의 거리를 오래 걷다가 따뜻한 곳에 들어가 우동 한 그릇을 사 먹었던 기억이 난다.

그새 하선은 맥주를 더 꺼내왔고 내 잔도 말끔히 비어 있었다. 딱히 무슨 말을 하고 싶어서 온 것은 아닐 테지만 나는 어쩐지 하선이 무슨 말인가 하고 싶어한다는 것을 직감하고 있었다. 그러나 하선은 줄곧 입을 다물고만 있었다. 음식을 먹을 수 있었으면 좋으련만. 단식 후에는 오랫동안 음식을 넘기지 못했다. 처음 겪는 일도 아니다.

"음악이라도 틀까?"

"아니, 그냥 지금이 좋아. 종아리가 퉁퉁 부었어, 너무 오래 걸어다녔나 봐."

"어딜 그렇게 다녔는데?"

"······"

"하선아?"

"……응?"

"왜 그래, 무슨 일 있는 거니?"

"……"

"하선아. 너 요즘도 은비학 공부하러 다니니?"

은비학(隱秘學)은 오컬트occult를 번역한 것으로 신비 현상이나 점술, 마법에 관한 일종의 사변적인 학문이다. 사실 나는 은비학에 관한 것은 아무것도 알지 못한다. 다만 하선이 얼마 전부터 은비학을 공부하고 있다는 것, 영지주의gnosticism에 관한 주제로 사람들과 일주일에 한 번씩 모임을 갖고 있다는 것 정도만 알고 있을 따름이다. 나는 물끄러미 하선을 건너다보았다.

*

학원 수업이 끝나는 늦은 오후가 되면 버스 정거장으로 가서 가장 먼저 도착하는 버스에 올라타곤 하였다. 학원 앞 버스 노선은 주로 광화문이나 강남 방면으로 가는 게 대부분이었고, 어느 날엔가는 생전 처음 가보는 낯설고 궁벽진 동네에서 길을 잃고 헤매기도 했다. 그러면서 차츰 나는 내가 새로 이사온 도시의 지리를 익혀나가기 시작했다.

수천만 개의 반딧불과 잘게 부순 색색의 보석들을 흩뿌려놓은 듯한 서울의 야경은 여행 중 한 번 들러본 밤의 베네치아나 홍콩처럼 몹시도 아름답고 화려했다. 나는 특히 한밤의 세종로 거리를 산책하는 것을 좋아하였다. 나뭇가지마다 전구를 친친 두른 거리의 가로수들은 금방이라도 불꽃을 피워올리며 활활 타오를 듯했고 투명 유리로 외관을 꾸민 신문사의 건물이며 세종문화회관, 그리고 종로 1가의 종로타워와 동대문시장 주변으로 밀집된 두산타워 건물, 남산타워의 불빛을 이정표처럼 따라 걷다 보면 밤의 산책은 알지 못하는 새에 새벽녘까지 이어지고는 했다. 강남 지역에는 주황빛과 청색 조명으로 단장한 코스모타워를 비롯한 삼성역 주변의 고층 빌딩들이 환하게 조명을 밝히고 있었다. 그리고 그 불빛 사이를 가로지르며 느리고 빠르게 질주하는 한밤의 자동차들, 고요한 한강으로 떨어져 어른거리는 교각의 불빛들, 그 강 위로 느릿느릿 움직이는 유람선들. 내가 아는 서울은 밤의 도시였다.

나는 걷고 또 걸었다. 나는 밤의 거리와 낯선 골목이 주는 평온한 몽상과 사색의 시간이 좋았다. 그러나 어둡고 차가운 집에 돌아와 불을 밝히고 보일러를 켜놓은 채 차 한 잔이 든 머그 컵을 감싸쥐고 창문 앞에 서 있을 적이면 세상의 모든 길들이 다 문처럼 활짝 열려 있는 것만은 아니라는 사실을 홀연히 깨닫곤 하였다.

그런 날이면 종종 정체를 알 수 없는 한밤의 전화를 받곤 했다.

전화는 주로 자정이 넘어서 걸려왔다. 처음에 나는 그것이 서휘경의 전화일 거라는 짐작을 했었다. 그가 아니라는 확신이 든 건 숨소리 때문이었다. 전화기 속에서 들려오는 사람의 숨소리는 내가 익히 알고 있는 그의 숨소리가 아니었다. 그러고 보면 나는 여태껏 그의 숨소리까지도 선명히 기억하고 있다는 말이 된다. ……그렇다는 걸 차마 부인할 수는 없다. 헤어지긴 했지만 한때 그는 나의 남자였고 나의 아버지이며 나의 오빠, 나의 친구였으니까. 헤어진 후, 상대에 관한 모든 것을 잊을 수 있다면 그건 차라리 불행한 일인지도 모른다. 그것은 그와 함께했던 시간들이 송두리째 사라져버린다는 말과 다르지 않을 테니까. 누군가와 헤어져본 경험이 있는 사람들은 알 것이다. 완전히 헤어진다는 것이 얼마나 불가능한 일인지를. 적어도 우리가 살아 있는 동안에는 말이다.

계절이 바뀌었지만 여전히 나는 아침에 일어나 눈뜰 때마다, 거리가 내다보이는 창가에 앉아 팍팍한 도넛을 씹고 있을 때나 젖은 속옷을 널고 있을 때, 그리고 모르는 새 불쑥불쑥 길게 자란 발톱을 깎을 적마다 그를 떠올리곤 하는 것이다. 그럴 때면 무릎을 껴안고 잠시 웅크리고 앉아 있곤 한다. 그렇게 얼마쯤 시간이 흐르고 나면 다시 몸을 움직일 수 있을 만큼 마음이 안정되고 밥도 지어 먹을 수 있고 텔레비전을 볼 수도 있게 된다. 그를 아주 잊을 수 있을 거라는 지나친 기대를 하지만 않는다면 그렇게 부지불식간에 찾아오는 시간도 아주 나쁘지는 않았다.

외려 나는 그런 식으로 혼자가 아니라는 사실을 확인하고 싶은 지도 몰랐다. 그래, 적어도 그 전화는 서휘경에게서 걸려오는 것은 아니다. 어떻게 내가 그의 숨소리를 잊을 수 있겠는가.

그렇다면 누구인가. 혹시 저승을 떠돌고 있을 죽은 엄마나 아버지의 전화는 아닐까. 엄마나 아버지는 더 이상 내게 아무런 할말이 없을 것이다. 그들은 벌써 나를 잊었을지도 모른다. 사랑하는 사람을 남기지 않고 죽는 것은 옳지 않다.

나의 새로운 전화번호를 알고 있는 사람은 그리 많지 않았다.

샤워를 하고 오렌지 주스 한 잔을 마시고 물기가 떨어지는 머리를 타월로 탁탁 두드리며 말리고 있다가 전화벨 소리를 듣게 되었다. 밤 1시 35분을 막 지나고 있는 참이었다. 예정된 일이었던 것처럼 타월을 식탁 의자에 걸쳐두고 전화가 놓인 거실 테이블로 뚜벅뚜벅 걸어갔다. 발을 옮길 적마다 바닥으로 물기가 묻어났다. 전화벨은 계속 울렸다. 수화기를 든 손에 가만히 힘을 주고 있다가 찌가 움직이는 낚싯대를 낚아채듯 재빨리 수화기를 집어들었다. 저쪽에서 웅웅거리는 바람 소리 같은 것이 쏟아지고 있었다.

"……여보세요."

침착해야 했다. 쉽게 빠져나갈 수 없는 길고 집요한 싸움이나 게임에 휘말리게 될지도 몰랐으니까. 그쪽에서는 여전히 말이 없었다. 나는 서둘러 무슨 말인가를 해야 했다. 매번 그랬듯 오늘도 그가 먼저 전화를 덜컥 끊어버리기라도 한다면 나는 또 오

래도록 잠을 설칠 테고 누구도 깨워줄 수 없는 긴 악몽에 시달
릴 테니까. 이런 식으로 사나흘에 한 번씩 밤의 괴전화를 받고
살 수는 없는 노릇이다. 입 안이 쩍 말라왔다. 반쯤 남아 있는
주스 잔은 저쪽 식탁 위에 있었다.

  "전화 끊지 말고, 내 말 좀 들어요. 아무 말도 하지 않아도 좋
아요. 그저 내 얘기만이라도 들어준다면…… 어쩌면 나는 당신
이 누군지 알 수 있을지도 모르겠어요. 괜찮나요?"

  되는 대로 내뱉고 있었다. 상대는 전화를 끊거나 하지는 않았
다. 나는 호흡을 고르느라 상대가 눈치 채지 못하도록 소리내지
않고 숨을 몰아쉬었다.

  "……오늘도 꽤 추운 날씨였죠. 올 겨울엔 삼한사온이 실종
됐다고 하더군요. 차고 건조한 시베리아 고기압보다는 중앙아
시아에서 광범위하게 발달한 강한 고기압의 영향을 받기 때문
이라고 들었어요. 그래도 참 신기하죠? 남쪽 어느 지방에서는
크고 붉은 꽃이 벌써 피었다더군요. ……두꺼운 외투를 입고 목
도릴 동여매고 장갑까지 끼고 출근했어요. 점심에는 현선생과
뜨거운 만두전골을 먹었고요, 제 수업을 듣는 수강생 중 몇몇이
저녁 식사를 하자고 했지만 거절하고 모처럼 일찍 집에 돌아와
깊은 잠을 잤어요. 깨어나 보니 자정이 가까워 있었죠. 그러니
까 내 말은……"

  다행히 상대는 전화를 끊지 않고 내 말을 듣고 있었다. 그의
숨소리는 이제 규칙적으로 고르게 들려오고 있었다. 그 숨소리

를 통해 나는 그가 순식간에 전화를 끊어버린다거나 하는 짓은 하지 않을 거라고 직감했다. 괴전화라도 전화를 걸어온 목적은 있을 것이다. 그렇게라도 전화를 하지 않으면 안 되는 이유 같은 것들 말이다.

"그러니까 내 말은, 이런 식으로 계속 같은 날을 반복할 수는 없단 말이죠. 무슨 말인지 알겠어요?"

"……"

"좋아요. 당신이 아무 말도 하지 않아도 괜찮아요. 그런데 나는, 당신이 누군지 이제 알아야겠어요. 당신은 이미 내가 누군지, 내가 어디에 살고 있는 것까지 알고 있을지도 몰라요. 이건 너무 불공평하다고 생각하지 않나요?"

나는 따지듯 물었다. 상대가 쉽게 전화를 끊지 않을 거라는 확신 때문이었다. 수화기 저쪽에서 바람 소리가 거세지고 있었다. 아마도 그는 이 시간에 공중전화 부스에 몸을 숨긴 채 서 있는지도 몰랐다. 영하 11도의 추위 속에서 말이다.

"……"

"……"

"당신은……"

나는 엉겁결에 들고 있던 수화기를 놓칠 뻔했다. 당신은, 하고 상대가 돌연 입을 열었기 때문이다. 가슴이 쿵쿵 뛰어오르기 시작했다.

"당신은 그날, 검정색에 가까운 회색 외투를 입었고 목도리나 장갑은 끼지 않았습니다. 발목까지 내려오는 긴 치마에 짧은 앵글 부츠를 신고 있었습니다. 당신은 그날 저녁 초밥에 맥주를 조금 마시더군요. 그리고,"

……그날? 회색 외투와 초밥이라면 상대가 말하는 그날은 현 선생과 캐서린, 잭과 함께 방배동 음식점에 갔던 날을 말하는 것일 터이다. 그런데 남자는 마치 그날 저녁의 나를 확대경으로 들여다본 것처럼 말하고 있지 않은가. 남자는 내가 상상하는 것보다 나에 관한 것들을 더 많이 알고 있을지도 모른다. 그렇다면 어떤 게임도 싸움도 시작할 수 없다. 나는 남자에 관해 알고 있는 게 아무것도 없었으니까. 변조된 게 아니라면 목소리조차 기억에 없었다. 나는 순식간에 전의를 상실하고 말았다.

"그리고 10시에 자리에서 일어났습니다. 일행들이 뿔뿔이 택시를 잡아타고 가는 걸 확인하고 당신은 가장 마지막에야 택시를 탔습니다. 택시 안에서 문득 고개를 돌려 뒤를 돌아다봤습니다. 나는 어쩌면 당신이 나를 봤을지도 모른다고 생각했는데……"

나는 내가 가장 마지막에 남아 택시를 탄 기억도 또 택시 안에서 불현듯 뒤를 돌아다본 기억도 없다. 남자의 말이 사실이라면 남자는 그날 나와 함께 있었을 것이다. 나는 볼 수 없는 곳에서.

"당신, 대체 누구야?"

기어코 나는 발악하듯 소리치고 말았다. 불규칙한 숨소리를 내다가 남자는 덜컥 전화를 끊어버렸다. 낯선 사내의 숨소리도 바람 소리도 더 이상 들려오지 않았다. 그러나 나는 한 발짝도 몸을 움직일 수가 없었다.

내 주민등록증을 가져간 사람은 바로 이 남자다.

*

강이에게 말하지 못한 게 하나 더 있다.

나보다 한 시간 더 수업이 많았던 강이를 강이의 교실 앞 복도에 서서 기다리고 있다가 함께 손을 잡고 먼 길을 걸어 집으로 돌아왔다. 강이와 나는 책가방과 양말을 벗고 하나씩 옷을 다 벗은 다음 나란히 욕실에 들어가 양치를 하고 손과 발을 씻었다. 파출부 아주머니가 준비해둔 치즈 케이크와 코코아 한 잔씩을 마시고 곧장 강이의 방으로 올라갔다. 아버지는 공장에 나가 있었고 엄마는 방에 틀어박혀 있었다. 강이와 내가 학교에 가거나 귀가할 적에도 엄마는 나와보지 않았다. 그런 건 아무래도 상관없었다. 엄마는 아버지가 출근할 때나 퇴근할 때조차 밖으로 나와보지 않는 사람이었으니까.

우리는 알몸으로 침대에 팔을 괴고 누워 동화책을 읽었다. 강이가 나에게 한 단락을 읽어주면 그 다음엔 내가 강이에게 한 단락을 읽어주는 식으로 우리는 날마다 책 한 권씩을 읽었다. 이층에는 강이와 내 방이 따로 있었지만 나는 주로 강이의 방에서 숙제를 하고 동화책을 읽고 오후의 긴 낮잠을 잤다. 강이와 그렇게 누워 있을 때면 나는 강이의 보드라운 살갗과 이따금씩 내 다리를 스치고 지나가는 강이의 단단한 무릎뼈의 느낌을 좋아했다. 우리가 알몸으로 함께 시간을 보내는 건 강이에게도 나에게도 몹시 익숙한 것이었고 우리에게는 그것이 식탁에 앉아 함께 밥을 먹고 함께 소파에 앉아 텔레비전을 보는 것보다 자연스러운 행동이었다.

그러니까 내가 막 엄마 뱃속에서 힘겹게 이 세상으로 나왔을 때 나는 곧장 병실로 옮겨졌었다. 나는 오랫동안 악을 쓰며 울어댔다. 세상에 갓 태어난 나를 한 번도 돌아보지 않은 엄마와 나를 한 번 슬쩍 일별하고는 내도록 엄마의 곁을 지키고 있던 아버지에 대한 서운함 같은 것이 있었을지도 모르겠다. 어쨌거나 나는 좁고 미끄러운 엄마의 산도(産道)를 지나올 때의 공포감을 그때껏 떨쳐버리지 못한 건 사실이었다. 얼굴이 시뻘겋게 달아오르고 그러다 못해 열까지 오르는 줄도 모르고 엉엉 소리 내어 울었다. 간호사들과 여의사가 달려오기도 했으나 나의 울음을 그치게 하진 못했다. 나는 곧 숨이 넘어갈 듯 울었다.

그때 강이가 병실 안으로 들어왔다. 정확히 말하면 강이를 안고 있던 간호사가 들어왔던 것이다. 흰 담요에 싸인 강이가 손가락을 빨고 있다가 울고 있는 나를 쳐다봤다. 나는 울음을 뚝 그치고 말았다. 한눈에 그가 내 오빠라는 것을 알아차렸기 때문이었다. 어라? 애가 울음을 그쳤네? 간호사가 탄성을 지르듯 외쳤다. 그리고는 살며시 강이를 내 옆에 뉘었다. 나는 정말 울음을 딱 그쳤다. 눈을 빛내며 내 얼굴을 유심히 바라보고 있는 강이의 뺨을 손바닥으로 한번 쓸어보았다. 강이가 웃었다. 그 애가 웃을 때마다 분홍빛 작은 혓바닥이 보일락 말락 했다. 나는 주먹으로 눈물을 훔쳐내고 강이를 따라 까르르 웃었다. 강이가 하나씩 옷을 벗었다. 그리고는 버둥거리며 제 담요에서 빠져나와 내 희고 깨끗한 담요 속으로 들어왔다. 나는 그것이 나의 탄생을 축하하는 강이만의 오롯한 방식이라고 믿었다. 강이가 다정하게 내 어깨를 끌어안았다. 강이의 살갗은 엄마의 뱃속처럼 따뜻하고 온화한 느낌을 주었다.

오랫동안 너를 기다렸단다. 난 그 동안 혼자 너무 심심하고 쓸쓸했거든. 내 이름은 강이야.

강이가 내 귀에 대고 속삭였다.

……여기가 어디니?

지금부터 네가 살 곳이야. 너무 두려워하지 마, 금방 익숙해질 테니까.

이제부턴, 내가 널 외롭지 않게 해줄게.

우리는 서로 부둥켜안은 채 깊은 잠에 빠지기 시작했다.

나흘 후 나는 엄마와 아버지, 그리고 강이와 함께 집으로 왔다. 나는 나의 요람을 강이의 방으로 옮겨줄 때까지 줄기차게 울어댔다. 그때까지만 해도 울음은 하나의 내 유창한 언어였고 사람들은 그렇다는 것을 곧 깨닫게 되었다. 나는 행복했다. 조금만 울기 시작하면 강이의 침대로 갈 수 있었고 강이와 같은 음식을 먹게 되었고 같은 옷을 입을 수 있었다. 엄마와 아버지가 아래층 큰방에서 잠을 자고 위층에서는 강이와 내가 함께 잠을 자고 아침이면 함께 깨어났다.

강이가 초등학교에 들어가고 중학교, 고등학교에 입학할 때까지 우리는 늘 함께 지냈다. 나의 초경을 가장 먼저 발견한 사람도 강이였다. 생리대와 레이스가 달린 속옷을 사준 사람도 엄마나 아버지가 아니라 강이, 나의 오빠였다. 엄마와 아버지도 강이와 내가 한방을 쓰는 걸 말리거나 따로 간섭하지 않았다. 그들은 강이와 나를 한날 한시에 태어난 일란성 쌍둥이처럼 여기는 것 같았다. 아무런 불만이 있을 수 없었다.

얼마 전에 텔레비전에서 생명의 신비를 다룬 다큐 프로그램을 시청한 적이 있다. 산모가 방 안에서 가족들에 둘러싸인 채 아이를 낳는 장면이 고스란히 방영되었다. 아기가 태어나자 산모의 어린 네 아이들이 벌거벗은 채 손뼉을 치며 아기의 탄생을 축하하였다. 갓난아이와 네 명의 아이들은 그렇게 맨몸으로 이 세상에서 처음 만나고 곧 뺨과 입술을 비볐다. 그 장면은 내게 고통의 신음과 피비린내를 찾아볼 수 없는 조용하고도 신성한 하나의 의식이나 축제처럼 보였다. 가족들 품에 안긴 갓난아기가 이마를 찡그리며 웃고 있는 것을 한참 지켜보다가 텔레비전을 꺼버렸다. 그리고 화장실로 가 세면대 물을 틀어놓고 얼마쯤 울었다.

그날 강이와 내가 읽은 동화책의 제목은 '황금 열쇠'였다. 한 가난한 소년이 땔감을 구하기 위해 썰매를 타고 숲으로 들어간다. 외진 숲에서 소년은 쇠로 만들어진 상자 하나와 눈 속에 묻혀 있던 황금 열쇠를 발견한다. 소년은 상자에 열쇠를 꽂는다. 그리고 뚜껑을 연다. 이야기는 거기서 끝나 있었다. 우리는 상자 속에 무엇이 들어 있었을까 궁금했다. 강이는 상자 속에 다리를 다친 작은 새 한 마리가 들어 있을 거라고 했고 나는 소년이 원하던 땔감이 들었을 거라고 말했다. 그러나 우리는 달리 그것을 확인할 방법이 없었다. 상자 속에는 과연 무엇이 들어 있었을까.

얇은 책 한 권을 다 읽고 나서 여느 때처럼 블록 맞추기 놀이를 했다. 나는 그네와 작은 정원이 있는 초록빛 집을 만들고 싶어했으나 강이가 커다란 비행기를 만들고 싶어했으므로 블록을 들고 비행기 꼬리를 만들어가기 시작했다. 강이가 몸체와 날개를 만들고 있었다. 강이는 순식간에 비행기의 몸체와 양 날개를 만들었다. 그리고 마지막으로 내가 서툴게 만든 꼬리를 몸체 끝에 붙였다. 비행기가 완성되었다. 강이와 나는 비행기를 날리기 위해서 창가로 다가갔다. 정원으로 난 창문을 열었을 때 우리는 짙은 보라색 원피스를 입고 노란 양산을 쓴 엄마가 정원을 가로질러 대문 쪽으로 나가고 있는 것을 발견했다. 그러니까 우리가 학교에서 돌아왔을 때 엄마는 잠이 든 상태거나 아파서 누워 있었던 게 아니었다. 엄마의 뒤로 배웅을 하듯 고양이 몇 마리들이 뒤따르고 있었다. 뭔가에 쫓기고 있는 사람처럼 엄마의 걸음은 몹시 빨라 보였다. 강이가 창틀로 올라서는 걸 보고 나는 방에서 나왔다.

왜 그랬는지 나도 정확히 알 수는 없다. 아무도 없는 아래층을 돌아다니다가 물 한 잔을 마시고 엄마의 방으로 들어갔다. 여느 때와 달리 엄마의 방문이 한 뼘쯤 열려 있었기 때문일까. 아무려나 나는 불쑥 엄마의 방으로 들어가고 말았다. 커다랗고 까만 고양이 한 마리가 엄마의 침대 위에 웅크리고 있다가 내가 들어가자 몸통을 활처럼 구부리고는 털을 곤두세웠다. 비단 고양이 때문만은 아니지만 엄마의 방은 언제나 낯설게 느껴지곤 했다. 그렇다고 엄마의 방이 그닥 특이할 것도 없었는데 말이다. 침대와 벽 한 면을 가린 옷장과 낮은 의자가 놓인 화장대, 창가로 향해 놓여 있는 흔들의자. 눈싸움을 하듯 방 한가운데 우뚝 서서 고양이를 마주 노려보다가 방을 나섰다. 문을 도로 닫으려는데 화장대 위에 놓인 흰 종이 한 장이 눈에 들어왔다. 나는 몸을 돌렸다. 그리고 종이를 집어들었다.

가지 말라 애인이여 작별의 말 없이
나는 밤새껏 지키었다
그러기에 이제
내 눈은 감기기만 한다
나는 걱정스럽다

내가 자고 있는 사이에

그대를 잃지 않을까

가지 말라 애인이여 작별의 말 없이

나는 깜짝 놀라 일어났다

그리하여 그대에게

닿으려 손을 내밀었다

나는 혼자 중얼거렸다

꿈이었던가?

오직 내 마음을 가지고 내가 그대 발을 잡을 수 있다면

그리하여 내 가슴에

그대 발을 꼭 껴안을 수 있다면

가지 말라 애인이여 작별의 말 없이

ㄹ자를 단번에 휘갈겨 쓰고 ㅇ자를 왼쪽에서부터 둥글게 굴려 쓰는, 틀림없는 엄마의 필체였다. ……킥킥 웃음이 났다. 그러다가 불현듯 걷잡을 수 없도록 커다란 웃음이 터져나오기 시작했다. 강이는 이층에서 비행기를 날리고 있고 아버지는 공장에 나가 있고 엄마는 걸음을 재촉하며 외출을 해서 아무도 없는 아래층에서 나는 허리를 비틀어대며 눈물이 쑥 빠져나오도록 큰 소리로 웃고 또 웃고 있었다. 돌연한 내 웃음 소리에 놀란 까만 고양이가 팅기듯 엄마의 침대를 벗어나 창을 넘어 마당으로

사라져버렸다. 나는 입을 다물었다. 훗날에야 그것이 엄마가 쓴 글이 아니라 타고르의 시라는 것을 알게 되었지만 그런 것은 이미 중요하지 않았다.

엄마의 방에서 나와 거실 창으로 다가갔다. 정원의 나뭇잎은 온통 초록빛으로 빛나고 연못의 비단 잉어들은 느리게 유영하고 있었고 고양이들은 사지를 뻗고 잔디에 누워 잠을 자거나 엉겨붙은 채 서로의 몸을 혓바닥으로 핥아주고 있었다. 저쪽 하늘에선 날개를 활짝 편 매 두 마리가 고양이를 낚아채기 위해 낮게 비행하며 기회를 엿보고 있는 것이 보였다. 여느 때와 하나도 다를 게 없는 날이었다. 그러나 나는 마당 한편에 강이가 이층에서 날린 비행기가 형체를 알아볼 수 없도록 산산조각나 있는 것을 알아채지 못했다.

*

나는 바다로 난 긴 방파제에 서 있었다. 방파제는 유리관을 눕혀놓은 것처럼 사방과 천장이 투명한 유리로 만들어져 있었다. 등대가 있는 곳까지 한 걸음씩 다가갈 적마다 방파제가 바다 밑으로 서서히 가라앉았다. 그러나 유리로 만들어진 방파제 안으로 바닷물은 한 방울도 새어 들어오지 않았다. 아마 나는 혼자서 산책을 하고 있었던 것 같다. 이제 막 수평선으로 이울고 있는 태양의 주위로 화환 모양의 둥근 광선이 나타나고 있었다. 하늘은 보랏빛에서 짙은 남빛으로 차츰 변해갔다. 그리고 갑자기 지진이 몰려오듯 발밑이 흔들리면서 격파(激波)가 일기 시작했다. 집채만한 커다란 파도가 방파제를 향해 돌진해왔다. 숨이 멎어버릴 것만 같았다. 비명을 질렀던 것도 같다. 이윽고 파도는 내가 서 있는 유리로 만들어진 방파제를 덮쳤다. 하얀 포말이 세상에서 가장 큰 짐승의 길고 축축한 혓바닥처럼 내 몸을 쓸고 지나가고 있었다. 나는 비명을 내지르며 잠에서 깨어났다. 진땀을 흘렸는지 이불이며 베개가 흥건히 젖어 있었다. 아침 7시가 막 지난 시각이었다.

젖은 옷을 갈아입고 지갑을 들고 밖으로 나갔다. 출근 시간인지 거리는 배기 가스를 뿜어대는 자동차들로 붐볐고 지하도 안은 두꺼운 옷을 껴입은 사람들이 서둘러 계단을 내려가고 있었다. 여태도 부지불식간에 찬물을 뒤집어쓴 것처럼 온몸이 덜덜 떨리고 있었다.

햇반 한 개와 콩나물, 쪽파 한 단을 사고 길 건너 빵집에서 갓 구워낸 바게트를 샀다. 인근 상점들은 대개 24시간 영업을 하거나 아주 이른 시각에 문을 열었다. 동네에 오피스텔이나 원룸이 많은 탓일 것이다.

콩나물을 다듬고 쪽파를 썰고 국이 끓기를 기다리는 동안 햇반을 전자 레인지에 넣고 3분쯤 돌렸다. 말간 콩나물국에 밥 한 공기를 말아 먹기 시작했다. 식사를 하면서 버릇처럼 조간 신문을 펼쳐 들었다. 여느 때와 다르게 나는 오늘의 운세가 있는 지면부터 찾았다. 69년생 닭띠, '마무리지을 일을 더 이상 미루지 말라.' ……! 마무리지을 일이라니. 그때 문득 나는 내 나이가 내가 알고 있는 것보다 한 살 더 많다는 것을 떠올렸다. 그렇다면 68년 원숭이띠? 68년생 원숭이띠의 오늘의 운세는 '눈을 부릅뜨고 주위를 살펴라'였다. 나는 수저를 놓았다. 가수면 상태에 빠졌다 방금 깨어난 것처럼 머릿속이 어수선하고 무거웠다. 마무리지을 일을 더 이상 미루지 말고, 눈을 부릅뜨고 주위를 살펴라니. 아무리 생각해봐도 그럴 일은 없다. 미뤄둔 일도 없고 주위를 살피지 않는 날도 없다. 나는 내가 전신주에 홀로 앉은 새처럼 늘 깨어 있다고 생각해왔다. 혼자가 된 이후부턴 그렇게 살아야 한다고 생각했던 것이다. 오늘의 운세 같은 걸 믿는 편은 아니었지만 만약 어느 정도 신빙성이 있는 거라면 오늘 같은 날은 아예 집 밖에 나가지 않는 편이 나을 거라는 말이 된다.

그러나 우선 출근부터 해야 했다. 국에 밥 한 공기를 말아 다 비우고 나서 바게트 반쪽에 버터를 발라 그것도 허겁지겁 다 먹어치웠다. 꿈 때문이었을까. 납득할 수 없는 식욕이었으나 자꾸만 허기를 느끼고 있었다.

유난히 그런 날이 있다. 휴일이 끝나거나 시작되는 월요일과 금요일처럼 학생들이 약속이나 한 듯 일제히 결석을 하고 느닷없이 정전이 돼 모니터가 탁 꺼지고 판서할 때 쓰는 검은색 마커가 하나도 없거나 공연히 수업도 잘되지 않는 날. 발음이 비숫해 혼동하기 쉬운 r과 tl이 섞인 단어와 문장을 카세트테이프로 들려주며 받아쓰기를 시켜놓고는 테이프가 다 돌아간 것도 모르고 망연히 강의실 창밖을 내다보고 있었다. 맨 앞자리에 앉은 학생이 지적해주지 않았다면 아마 나는 50분 내내 그러고 앉아 있었을 게 틀림없었다. 그렇다고 간밤의 꿈을 떠올리고 있던 것도 아니었는데 말이다. 시간은 더디게만 흘렀다.

점심 시간에 현선생이 칼국수를 먹으러 가자고 했지만 거절하고 자판기에서 음료수를 뽑아 강사 휴게실에 꼼짝도 않고 앉아 있었다. 식사를 마친 현선생이 샌드위치와 토마토 주스 한 병을 사다주었다. 주스와 샌드위치 두 쪽을 먹고는 화장실에 가 문을 걸어 잠그고 립스틱을 새로 발랐다. 저녁에는 따뜻한 식당에 가 쇠고기덮밥이나 새우가 많이 들어간 해물 스파게티 같은 음식을 먹고 싶었다. 나는 빨리 집으로 돌아가고 싶었다. 욕조에 10여 분쯤 몸을 담그고 있다가 머리를 감고 얼음을 가득 채운 스프라이트에 피자 두 조각을 먹어야지. 비디오숍에도 들를까. 밤은 아주 길 텐데. 그러나 수업은 아직도 네 시간이나 더 남아 있었다.

2시 수업에 맞춰 교재를 챙겨 들고 7층으로 올라가는데 잭이 8층에서 걸어 내려오고 있었다. 아마 1층에서 엘리베이터를 타고 10층에서 내렸을 것이다. 외국인 강사 휴게실은 10층에 있다. 그러니까 잭은 나를 만나기 위해서 제 수업 시간보다 서너 시간 일찍 도착해서는 계단을 내려오고 있던 참이었다. 전화를 하면 될 텐데. 나는 말하지 않았다. 잭은 내일 함께 외출을 했으면 좋겠다고 했고 나는 시계를 들여다보면서 얼른 장소와 시간을 정하고는 그와 엇갈려 계단을 올라갔다. 해브 어 굿 애프터눈. 계단을 내려가며 잭이 손을 들어올렸다. 그래, 너도. 나는 대꾸하고 서둘러 계단을 올라갔다. 내일은 토요일이다. 잭과의 주말 데이트도 처음은 아니다. 아직 서울 지리에 서툰 잭은 토요일과 일요일이면 학생들이나 다른 외국인 강사들과 어울려 인사동이나 덕수궁, 경복궁 같은 서울의 고궁들을 둘러보는 것을 즐겼다. 그는 내가 혼자 주말을 보내는 걸 이해하지 못했다.

나는 뜨거운 물이 담긴 욕조에 누워 목욕을 즐기지도 못했고 사들고 들어온 피자도 먹지 못했다. 귀가한 후 목욕이나 저녁 식사를 먼저 했더라면 상황은 조금 달라졌을 것이다. 그러나 현관문을 열자마자 빨간 불이 들어와 깜박거리고 있는 전화기의 응답 버튼을 먼저 눌렀던 것이다. 전화기에는 세 개의 음성이 녹음돼 있었다. 하나는 예의 그 말없이 끊는 전화. 그리고 그뒤에 이어지는 전화는 밀린 카드 대금 납부를 요구하는 은행 직원의 전화였다. 세번째 전화는 낯선 남자의 음성이었다. 낯선 남자?…… 아니다. 이제 나는 그 사람의 이름을 기억할 수 있다.

남자는 내일 오후 5시에 프라자호텔 커피숍에서 만났으면 한다고 했다. 그뒤에 자신의 이름을 밝혔다. 그리고 곧 전화는 끊어져 있었다. 아주 간단한 음성이었다. 그러나 그도 알았을 것이다. 자신의 이름만으로도 내가 그에 관해 많은 것을 떠올릴 수 있다는 사실을.

키가 175미터쯤 되고 검은 뿔테 안경을 썼다는 남자. 내 주민
등록증을 가져간 그 남자. 그제야 한동안 나를 둘러싸고 있던
뿌연 안개의 연막이 서서히 걷히는 듯한 느낌이 들었다. 그러나
그는 나에게 완전히 잊혀진 사람이었다. 나는 그의 목소리며 인
상착의도 얼른 떠올리지 못했으니까. 그러나 정말 그랬을까. 보
일러도 틀지 않은 차갑고 어두운 실내를 서성거리며 두서없이
그런 생각들을 떠올리고 있었다.

김석희. 그와 나는 1995년 여름에 처음 만났다.

*

창밖으로 성긴 눈발이 흩날리고 있었다. 창문을 활짝 열었다.
바람이 불 때마다 허공을 가르던 눈발이 창틀을 훌쩍 넘어와 옷
앞섶이며 거실 바닥으로 떨어져 점점이 물방울을 만들고 있었
다. 몇 방울씩 모여 점점 번지기 시작하는 물방울은 그리스의
지도 같기도 했고 누군가 한껏 쏟아낸 눈물의 흔적 같아 보이기
도 했다. 신고 있던 슬리퍼로 바닥을 문질렀다. 흔적은 금세 사
라지지 않았다. 일기 예보가 맞는다면 저녁에는 폭설로 변할 것
이고 또 며칠 동안 기온이 뚝 떨어질 것이다. 눈이 내리는 긴 밤
이면 나는 이불을 뒤집어쓰고 누워 오랫동안 잠을 뒤척이곤 했

다. 금세라도 눈 쌓인 무거운 지붕이 내 얼굴 위로 무너져내릴 것만 같은 두려움과 돌연한 공포 때문이었다. 유난히 눈이 많이 내리는 겨울이다. 그러나 입춘(立春)은 며칠 남지 않았다.

　잭과의 약속 시간은 오후 3시였다. 그를 만나기 전에 밀린 신용 카드 요금과 공과금을 내기 위해 은행에 가야 한다. 시간이 남는다면 며칠째 연체된 비디오도 반납하고 세탁소에도 들르고. 토요일인 데다가 눈까지 내리고 있다. 시내로 나가는 길엔 벌써 교통 체증이 일고 있을지도 모른다. 탈수가 끝난 세탁물들을 건조대에 널어놓고 어제 저녁에 사들고 온 조각 피자를 데워 먹고는 서둘러 얼굴을 씻고 무릎까지 내려오는 길고 두꺼운 스웨터와 외투를 덧껴입은 채 현관을 나섰다. 가방 속에 우산을 챙겨넣는 것도 잊지 않았다.

　1층 현관 앞에 놓인 조간 신문이 흥건히 젖어 있었다. 2층에 살고 있는 집주인은 서울 근교 대학의 미대 교수라고 했다. 학기 중을 제외하고는 늘 외국으로 스케치 여행을 다닌다고 들었다. 오십이 넘어 보이는 여주인은 혼자 살고 있다. 내가 입주한 3층은 처음엔 서재나 그림들을 걸어두기 위한 공간이었다고 한다. 그래서였을까. 이 집을 보았을 때 무엇보다도 넓고 휑해 보이는 공간이 마음에 들었다. 게다가 벽돌 마감에 흰색 칠이 되어 있었다. 침실에도 문이 달린 게 아니라 벽돌로 쌓아올린 아치 모양으로 트여 있었고 원룸처럼 화장실과 방 하나 외엔 따로 문 달린 곳은 없었다. 나는 당장 계약을 했다. 주인은 그때 한

번 보고는 그뒤로 다시 만나지 못했다. 달리 만날 일이 있는 것도 아니다. 건축한 지 이제 1년쯤 되는 크림색 건물은 청결하고 따뜻했고 보일러가 고장나는 일도 수도나 전기가 고장나는 일 같은 것도 없었으니까.

그러나 1층에 살고 있는 사람에 대해서는 아는 게 거의 없다. 다만 현관 앞 건조대에 널린 옷가지들을 통해 1층에 사는 사람이 남자라는 것, 그것도 서른대여섯을 넘지 않으리라는 걸 짐작하곤 하였다. 남자의 자동차는 빨간색 소형차다. 출근할 때 보면 그의 자동차는 주차창에 반듯하게 세워져 있으나 퇴근할 때 보면 어느샌가 바퀴 자국을 남기고 사라지고 없다. 1층에 사는 남자는 주로 밤에 일을 하는 사람이 틀림없다. 그리고 몹시 깔끔하고 청결한 성향이라는 것까지, 내가 알고 있는 것은 거기까지가 전부다. 그 사람과 맞부딪친 적은 아직 한 번도 없었다. 그러나 조만간 나는 1층 남자를 방문할 작정이다. 젖은 신문을 1층 현관 밑으로 쑥 밀어 넣어주고 대문을 잠갔다.

생각했던 것보다 차는 밀리지 않았고 눈발은 지상에 떨어지자마자 곧 녹아내렸다. 우산을 쓴 거리의 사람들이 한쪽으로 몰려가고 질척거리는 도로로 전조등을 켠 자동차들이 경적을 울리며 지나가고 있었다. 폭설일 거라는 예보는 어긋날지도 몰랐다. 약속 시간보다 20여 분 먼저 도착했으나 잭은 벌써 로비를 서성거리고 있다가 나를 발견하고는 회전문을 밀고 밖으로 나왔다. 요금을 지불하고 택시의 뒷문을 닫아주다가 나는 감청색 긴 코트를 입은 잭이 나를 향해 다가오고 있는 것을 보았다. 서울의 많은 곳을 돌아다니긴 했으나 63빌딩을 와보기는 처음이다. 하긴 나는 아직 남산타워도 가보지 못했으니까.

회전문을 통과해 1층으로 들어갔다. 잭은 내가 먼저 들어가도록 내 뒤에 섰다가 문을 밀어주고 뒤따라 들어왔다. 그와 헤어진 이후 누군가 내 앞에 물컵이나 수저를 챙겨 놔주기만 해도 공연히 가슴이 뚝 떨어지고는 한다. 나는 회전문을 통과하면서 깊은 숨을 토해냈다.

"왜 여기서 만나자고 한 거니?"

키가 큰 잭을 올려다보며 물었다. 63빌딩의 높이에 대한 불안감 때문이었을까. 인사를 한다는 게 그만 불쑥 그런 말부터 튀어나오고 말았다. 잭은 크고 검은 손을 들어 천장을 가리켰다. 몇 개의 긴 플래카드가 걸려 있었다. '내셔널 지오그래픽 사진대전.'

"네 책상 위에 그 잡지가 펼쳐져 있는 것을 봤다. 거기서 사진전을 한다는 걸 알았다. 네가 좋아할 거라고 생각했는데."

그랬었나? 잡지를 읽긴 했지만 사진전을 한다는 사실은 몰랐다. 잭이 흰 이를 드러내며 웃고 있었다. 하지만 제발 나에게 59층에 있는 '스카이 피자' 레스토랑에 가서 저녁 식사를 하자고는 하지 말아줘. 나는 가슴을 떨며 속으로 말했다. 언젠가 다른 강사들과 함께 수족관과 전망대를 보기 위해 63빌딩을 다녀온 잭이 그곳의 콤비네이션 피자가 아주 맛있었다고 했던 말이 불쑥 떠올랐기 때문이었다. 피자의 맛을 더한 건 아마 59층 높이에서 바라본 한강과, 서서히 한강을 가로지르는 휘황한 유람선과, 그 위에서 불꽃을 떨어뜨리며 선 길고 완만하게 휘어진 교각들이 만드는 야경이었을 것이다. 가보지 않았어도 알 수 있다. 밤이면 나는 긴 날개를 퍼덕거리며 하늘을 훨훨 날아다니는 꿈을 꾼다. 아직도 꿈속에서라면 모든 것이 가능하다. 우리는 에스컬레이터를 타고 한 층 더 올라갔다.

"나는 네가 왜 그 잡지를 좋아하는지 알 것 같다."

잭이 이슥한 눈으로 나를 내려다보고 있었다. 겨우 한 층 올라가고 있는데도 희미한 현기증을 느끼고 있는 참이었다.

"그게 무슨 소리니?"

"너, 어디론가 떠나고 싶니?"

"……글쎄, 아주 틀리진 않지만 정답은 아닌 것 같다. 강이와 내가 영어 공부를 시작했을 때부터 우리는 그 잡지를 읽기 시작했거든. 별다른 이유는 없다. 그저 아침이면 조간 신문을 펼쳐 드는 습관처럼 말이다."

"강이? 아, 너의 오빠?"

"그래, 나의 오빠."

고등학교 입학하던 무렵부터 강이는 『내셔널 지오그래픽』지 같은 다큐멘터리 잡지를 정기 구독하기 시작했다. 처음엔 나도 강이를 따라 낯선 이국의 풍물과 풍경 사진들만을 보았을 것이다. 강이가 유독 영어 공부에 몰입하고 있었다는 건 나중에 알게 되었다. 강이가 대학을 중단하고 보스턴으로 떠난다고 했을 때도 나는 놀라지 않았다. 그건 짐작했던 일이었고 오래 전부터 강이가 계획해온 일이었으니까. 내가 납득할 수 없었던 건 강이가 혼자 떠났다는 사실이었다.

아직 방학 중이어서 그런지 교복을 입은 학생들이 눈에 많이 띄었고 풍선을 든 어린아이들이 부모의 손을 잡고 전시장 안으로 입장하고 있었다. 안쪽에서 칭얼거리는 울음 소리가 들려오기도 했다. 하늘거리는 노란색 유니폼을 입은 여자들이 전시장 안으로 우리를 안내했다.

커다랗게 확대한 사진들이 흰 벽면을 가득 채우고 있었다. 몸 길이가 10.5미터나 된다는 고래상어 밑에는 '물체라고 하기보다는 장소라는 표현이 알맞다'라는 글귀가 씌어 있었다. 저 고래 상어가 세상에서 가장 큰 포유동물인지도 모르겠다. 잭과 나는 걸음을 옮기며 뺑소니 택시에 여섯 마리 양을 잃고 우는 페루의 소년과 병든 눈을 벌레들로부터 보호하기 위해 그물 조각을 뒤집어쓰고 구호 센터로 배급을 받으러 가는 소말리아의 깡마른 여인, 공해 때문에 한쪽 손과 팔이 없이 태어난 모스크바 공업 지대의 어린아이들, 붉은 차도르를 입고 머리 위에 시장에서 산 오색검은방울새 두 마리가 든 새장을 이고 있는 아프가니스탄 의 여인을 천천히 지나고 있었다. 수천 마리의 투명한 물고기떼 의 사진을 볼 땐 정말이지 시트를 힘껏 펼치는 듯 펄럭이는 듯한 바닷속의 소리가 이쪽으로까지 들려오고 있는 성싶었다. 낮

선 이국의 사진들을 지나면서 나는 차츰 평온해지고 내가 선 곳
이 높은 빌딩의 2층이라는 사실을 잊어버리고 있었다. 그러나
누군가 사진을 향해 이따금씩 셔터를 눌러대는 소리가 들려올
적마다 긴 잠에서 깨어난 듯 사위를 휘둘러보곤 하였다. 걸음이
큰 잭은 내 뒤에서 느릿느릿 뒤따라오고 있었다.

나는 고개를 돌려 잭의 얼굴을 쳐다봤다. 잭은 영하 46도의
혹독한 추위 속에서 떼를 지은 순록의 무리가 얼어붙은 계곡을
건너고 있는 사진을 지나는 참이었다. 잭이 결곡한 눈으로 나를
굽어보았다. 나는 얼른 고개를 돌렸다.

'태풍 오데사의 눈'과 '바람 속의 섬들'이란 제목의 사진 앞에
서 있다가 세번째 전시장 안으로 들어갔다. 그곳에는 아마추어
사진 공모전의 수상작들도 전시된 방이라고 표기돼 있었다. 들
판의 불꽃놀이와 버섯코처럼 날렵한 고궁의 지붕과 개기 일식
을 찍은 가작과 우수상의 사진들을 지나고 벽면 한가운데 금상
을 수상한 사진이 걸려 있었다. 그 사진 앞으로 다가갔다. 녹색
수술복을 입은 의사가 탯줄이 달린 신생아를 들고 카메라 렌즈
를 정면으로 응시하고 있는 사진이었다. 제목은 'It's a new
millennium.' 의사는 환하게 웃고 있었다. 나는 걸음을 멈추고
말았다.

……당신도 지금 새로 태어난 아기의 탯줄을 자르거나 산도
가 열리기 시작한 여인의 자궁에 눈을 박고 있을지도 모르겠군.
이윽고 자궁 문이 다 열리고 울음을 터트리며 또 한 아이가 세

상에 태어나고, 당신은 덥석 그 아이를 안아들겠군. 당신은 그때 무슨 생각을 하고 있을까.

예기치 못한 장소에서 나는 느닷없이 서휘경을 떠올리고 있었다. 세상의 모든 여인들이 꼭 순번을 기다리면서 차례대로 애를 낳는 것처럼 정신이 하나도 없다고, 했었지. 그리고 또 어디론가 긴 여행을 다녀왔다고도 했는데. 그날 끝내 나는 그에게 어딜 다녀왔느냐고 묻지 못했다. 그래, 발이 시렸었다고도 했었지.

"저 사진이 무척 마음에 드는 모양이구나."

잭이 내 어깨에 손을 짚은 채 말했다. 그제야 나는 후딱 고개를 들었다.

"이제, 그만 나가자. 전시장도 다 돌아본 것 같은데."

"영화 보러 가자. 네가 오기 전에 미리 표를 사두었다."

썩 내키는 것은 아니었지만 나는 거절하지 못했다. 잭과 나는 도로 1층으로 내려가 아이맥스 영화관에서 50분짜리 '에베레스트'라는 제목의 다큐멘터리 영화를 보았다. 헬기에 실린 카메라가 해발 8천여 미터도 넘는 얼음산의 강퍅한 등선 사이를 지날 땐 현기증과 헛구역질이 느껴졌지만 아랫입술을 꼭 깨물고 참았다. 영화를 보는 동안만이라도 방금 내가 본 사진과 서휘경에 관한 것들을 잊어버리고 싶었다. 그러나 기습적으로 떠오른 옛사람에 관한 기억은 거미줄에 걸린 듯 쉽게 떨쳐지지 않았다.

영화가 중반을 지났을 무렵, 손목시계를 들여다보았다. 오후 5시가 지나고 있는 참이었다. 5시. 지금쯤 김석희는 프라자호텔 커피숍에서 나를 기다리고 있을 터였다. 나는 부러 그와의 만남을 피하고 있는 것은 아니다. 단지 선약이 있었을 뿐이고 그는 나의 시간을 고려하지 않았다.

영화관에서 나오자마자 잭을 데리고 패스트푸드점으로 가 얼음이 가득 든 스프라이트를 주문하고는 단숨에 마셨다.

"그 사람들은 왜 산을 오르는 것일까?"

영문을 모르겠다는 얼굴로 잭이 중얼거렸다. 그것도 한국말로. 그는 얼마 전부터 대학의 한국어학당에 다니고 있다. 열네 시간 만에 한국 땅에 처음 내렸을 때 마치 자신이 태어난 나라에 도착한 것처럼 평온하고 익숙한 느낌을 받았다고 했다. 나는 아마 전생에 한국 사람이었는지도 몰라. 언젠가 잭이 그런 말을 한 적이 있었다. 애초의 계획대로였다면 잭은 벌써 한국을 떠났어야 했다. 한국을 떠나는 대신 그는 한국어학당에 입학했다. 캐나다에서 사회학을 전공했다는 잭은 프랑스어와 스페인어도 유창하게 구사할 줄 안다.

"그걸 누가 설명할 수 있겠니. 그 사람들 말대로, 뭘 증명해 보이겠다는 게 아니라 그저 오르는 거지 뭐. 세상에는 그렇게 잘 설명할 수 없고 또 시간이 아주 오래 걸리는 그런 일들이 있잖아. 사람마다 조금씩은 다르겠지만, 이를테면 세계 최고봉에 처음으로 깃발을 꽂겠다는 욕망이나 극지방에 처음 발자국을 남기려는 욕망처럼 누구나 하나쯤은 그런 걸 품고 살게 마련 아니니."

"너도 그런 걸 갖고 있니?"

"……"

"그래, 더러 그런 것들이 있긴 하겠지. 하지만 이따금씩 포기하고 싶은 순간이 오잖아. 그럼 그럴 때는 자, 열 걸음만 더 가자, 힘들 때마다 자신에게 그렇게 말한다는 거지?"

콜라를 마시던 잭이 가볍게 웃음을 터트렸다.

"그렇지, 오로지 정상만을 생각하면서 말이야. 언젠가 에베레스트를 오르는 사람들의 이야기를 다룬 책을 읽은 적이 있는데, 그 사람들은 그런대. 하산한다는 건, 과연 그렇게 할 수 있을지 의문이기는 하지만 그건 하나의 크나큰 의문부호가 찍힌 미래로 내려간다는 걸 뜻하는 거라고. 그냥 계속 올라갔더라면 어떻게 되었을까…… 하는 의문 말이야. 포기하는 건 나중에도 얼마든지 가능하잖아."

나는 더듬거리며 말을 이었다. 찬 음료를 마신 탓인지 구토가 차츰 가라앉고 있었다. 그리고 숨을 내쉬며 이렇게 덧붙였다.

"산 정상에 오르고 나면 또 뭐가 있을까."

"또 다른 산이 있잖아. 다음엔 거길 오르는 거지."

잭이 간단히 대꾸했다. 또 다른 산…… 잭이 저녁 식사를 하러 가자고 했다. '59층' 스카이 피자 레스토랑으로. 나는 거절했다. 잭은 나에게 피자를 싫어하느냐고 물었다. 나는 단지 엘리베이터 타는 것을 싫어한다고 말했다. 잭이 어리둥절한 표정으로 나를 쳐다봤다. 농담이야. 나는 쓰게 웃으며 자리에서 일어났다.

택시를 타고 신라호텔 커피숍으로 갔다. 저녁 식사를 하기엔 아직 이른 시각이었고 빌딩을 빠져나오는 순간부터 그만 잭과 헤어져야겠다는 생각을 하고 있었다. 함께 저녁을 먹고 난 이후의 시간이 두려웠을까. 나는 조금씩 무릎을 떨고 있었는지도 모르겠다. 뭣보다 공연한 한기를 느끼고 있었다. 춥다. 춥다고, 나는 자꾸만 그렇게 중얼거리고 있었으니까.

1층 커피숍에서 커피 한 잔과 슈가토스트 한 쪽씩을 나눠 먹고는 자리에서 일어났다. 여느 날이었다면 느긋하게 남산을 산책하며 야경을 즐겼을 테지만 서둘러 호텔 정문 앞에서 잭과 헤어지고 말았다.

택시를 타기 전에 잭은 격정으로 빛나는 눈을 들어 나의 손을 끌어잡았다. 잭의 손은 몸을 오그린 채 그 안으로 파고들어가 다리를 뻗고 눕고 싶을 만큼 따뜻하고 안락한 느낌을 주었다. 나는 화가 난 듯 손을 뿌리쳤다. 택시 뒷자리에 탄 잭이 한 손을 흔들어 보였으나 나는 주머니에 손을 찌른 채 그대로 서 있었다. 여태도 간간이 눈발이 휘날리고 무겁고 흐린 구름 뒤켠에서 커다랗게 부푼 망월(望月)이 명경한 빛을 숨긴 채 오래된 얼룩처럼 희미하게 남아 있었다.

나는 호텔 정문을 벗어나 괴괴하고 질척거리는 길을 천천히 걸어 내려가기 시작했다. 김석희. 그는 이제 그만 돌아갔을까.

*

　6개월 동안이나 내 청취 입문 수업을 들었던 학생들 다섯 명과 함께 저녁 식사를 하고 맥주를 마시고 자정이 넘은 시간에 귀가했다. 학생들 중 세 명은 다음 달 초에 뉴욕으로 떠난다고 했고 그 중 한 남학생은 밴쿠버로 어학 연수를 간다고 했다. 밴쿠버…… 나는 연신 맥주를 들이켰다. 술기운이 올랐으나 취한 정도는 아니라고 생각했다. 그러나 가방을 뒤져 열쇠를 찾고 대문의 열쇠 구멍에 꽂는 데까지 여느 때보다 시간이 걸린 건 사실이었다. 대문을 밀다가 버릇처럼 1층 남자의 현관을 올려다보았다. 그건 내 의지가 아니다. 대문을 열고 계단을 오르기 위해서는 불가피하게 그쪽으로 먼저 시선이 가곤 하는 것이다. 현관 앞에 걸린 1층 남자의 옷 때문이다.

　밤의 거리를 산책하고 늦은 귀가를 할 때나 잠이 오지 않는 출출한 새벽에 편의점에 갔다가 대문을 밀고 들어올 때면 옷걸이에 걸린 채 1층 현관 등에 걸려 있는 남자의 옷가지들을 발견하곤 했다. 어느 날은 청바지와 양복 바지 서너 벌이 함께 걸려 있기도 했고 헐렁한 티셔츠나 카디건 같은 옷들이 걸려 있었다. 나도 더러는 옷에 밴 음식 냄새나 담배 냄새 같은 것을 없애기 위해 외출했다 돌아오면 베란다에 옷들을 잠깐씩 내다 걸어놓고는 한다. 그러니까 현관 앞에 걸린 옷가지들을 통해 나는 남자가 어제는 해지 남방 위에 타탄 체크 무늬 조끼와 군청색 코르덴 바지 같은 것을 입었다는 것을 알게 되는 식이었다. 1층 남자에 관해 생각보다 많은 것을 알고 있는 셈인지도 몰랐다.

그러나 문제는 그게 하필이면 한밤중이라는 거였다. 처음에 대문을 밀고 들어오다 높은 현관 등 고리에 걸린 남자의 옷가지들을 보았을 때 나는 기겁하지 않을 수 없었다. 웬 죽은 짐승의 시체 같은 것이 축 늘어진 채 높은 현관 등에 걸려 있는 것처럼 보였던 것이다. 그것이 1층 남자의 옷이라는 걸 알아채기까지는 얼마간의 시간이 필요했고 그 사실을 알아챌 때까지 나는 온몸을 덜덜 떨며 한 발짝도 움직이지 못했다. 가장 나쁜 것은 언뜻 보면 사람의 형체와 비슷하게 생긴 긴 외투와 흰색 와이셔츠가 걸려 있을 때이다. 그건 마치 목을 맨 채 축 늘어져 있는 사람처럼 보이기 때문이다. 이제는 웬만큼 익숙해졌다고 생각했지만 아주 그런 것만은 아닌가 보았다. 계단을 올라가면서 나는 오늘은 기어이 아래층 남자를 찾아가야겠다고 작정하고 있었으니까. 술기운 탓이었을까. 아무튼 생각했던 것보다 빨리 아래층 남자를 찾아가게 되었다. 오늘은 그의 검은색 긴 코트가 현관 앞에 늘어져 있었다. 바람 때문인가. 축 늘어진 옷이 꿈틀거리듯 앞뒤로 천천히 흔들리고 있었다. 나는 진저리를 치며 계단을 올라갔다.

가방과 겉옷을 벗어놓고 하선에게 전화를 걸었다. 신호음이 오래 울렸지만 하선은 전화를 받지 않았다. 하선의 아버지도 부

재중인 것 같았다. 약초로 치료를 한다는 사람을 만나러 강원도
에 갔을지도 모른다는 짐작이 들었다. 휴대 전화 번호를 눌렀으
나 전원이 꺼져 있었다. 하선은 지금 정말 강원도에 머물고 있
을까. 그러나 나는 확신할 수 없었다. 하선은 그 길고 새카만 머
리를 풀어헤친 채 늦은 밤 거리를 혼자 헤매고 있을지도 모르고
하선과 함께 사는 아버지는 선(禪) 수도를 하기 위해 깊은 산중
에 들어앉았을지도 모른다. 예전의 어느 날들처럼 새벽녘에 불
쑥 하선이 와준다면. 이곳에 이사온 후로도 나는 이따금씩 현관
문을 잠그지 않고 잠을 자곤 한다. 하선 때문에. 수화기를 내려
놓고 화장실에 들어가 손을 씻고 양치를 했다. 입 안을 헹구면
서 거울을 들여다보았다. 뺨이 붉게 상기되고 눈 밑이 푹 꺼져
있었다.

　화장실을 나와 블라우스를 벗고 새 티셔츠로 갈아입었다. 오
징어 요릿집의 음식 냄새와 술집의 퀴퀴한 맥주와 담배 냄새 같
은 것이 배어 있을 것이다. 아래층 남자는 냄새에 민감한 사람
이다. 벽시계를 올려다봤다. 12시 25분. 그렇게 늦은 시간이 아
닐지도 모른다. 그도 주로 밤에 깨어 있는 사람이니까. 나는 약
간 휘청거리는 걸음으로 계단을 내려갔다.

　골목을 돌아오다가 주차장에 남자의 자동차가 세워져 있는
것을 보았고 현관문 틈으로 불빛이 새나오고 있었는데도 남자
는 쉽게 문을 열지 않았다. 벌써 잠이 든 것일까. 집 앞 상점으
로 잠깐 외출을 한 것인지도 모른다. 어느 쪽으로도 확신이 서

진 않았지만 다시 한 번 1층 현관문을 두드려보았다. 아무런 기척이 없었다. 현관 앞에 걸린 남자의 긴 외투가 자꾸만 내 얼굴께에서 거치적거리다가 아예 얼굴을 휘감아버렸다. 소름이 확 끼쳤다. 나는 신경질적으로 옷을 밀쳐내고는 주먹으로 쾅쾅 문을 두드렸다. 실내 어느 곳의 스위치를 올리는 소리, 슬리퍼를 끌고 이쪽으로 걸어오는 발소리…… 덜컥, 현관문이 열렸다.

실내 불빛 때문에 이쪽에서 남자의 얼굴은 확연하게 보이지 않았다. 그러나 1층 남자가 문을 연 것만은 사실이었다. 어둠 속의 고양이처럼 푸르게 빛나는 두 개의 홍채가 뚫어져라 나를 쏘아보고 있었으니. 나는 한기를 느끼며 어깨를 웅크렸다. 남자는 나를 쳐다보기만 할 뿐 입을 열지는 않았다. 안쪽에서 희미한 바이올린 소리가 흘러나오고 있었다.

"미안합니다, 시간이 늦은 건 알지만…… 저는 3층에 새로 들어온 사람인데요."

나는 말을 더듬고 있었다. 눈에 차츰 익기 시작하는 남자의 뾰족하고 깡마른 얼굴 때문이었을까. 도로 문을 닫고 3층으로 올라가고 싶었지만 이미 내친 걸음이었다. 그리고 1층 남자는 벌써 저렇게 성난 사람처럼 눈살을 찌푸리며 나를 노려보고 있지 않은가.

"무슨 일입니까?"

"그러니까, 저, 할 얘기가 좀 있는데요."

"……!"

남자는 안쪽으로 들어오라는 말도, 한 뼘쯤 연 현관문도 더 이상 열지 않았다. 그러나 밖은 지금 영하 10도가 넘었고 나는 외투조차 걸치고 있지 않았다. 그렇게 현관 밖에 서서 이야기할 수는 없는 노릇이다. 게다가 타협은 생각보다 길어질지도 모른다.

"괜찮다면 안으로 좀 들어갈 수 있을까요?"

사뭇 애원이라도 하는 어조가 돼버리고 말았다. 밤 12시가 넘은 시각에 그것도 생전 처음 본 남자에게 말이다. 1층 남자는 아무 소리도 없이 그대로 서 있다가 아예 신발을 바꿔 신고 밖으로 나왔다. 그러니까 안으로는 들일 수 없다는 의사 표시를 한 것이다. 나는 옷 앞섶을 여미고 팔을 곁질렀다. 생각보다 만만찮은 상대인 것에 약간 당황하고 있었다.

"하고 싶은 말이 있다고 했잖습니까? 무슨 말입니까, 이 밤중에?"

남자는 따지듯 물었다. 채 60킬로그램이나 될까? 중키에 몹시 마른 남자였다.

"이것 좀 봐요, 이 옷 말예요."

나는 남자의 외투를 가리켰다.

"꼭 이렇게 한밤중에 옷들을 걸어놔야 하나요? 그것도 대문을 열면 코앞에 바로 보이는 현관 앞에다? 그러니까 제 말은, 아침이나 낮에 옷을 걸어놓을 수도 있고 또 그쪽에도 베란다가 있을 거 아녜요."

"1층엔 베란다가 없습니다."

할말을 다 했다는 어투로 남자가 불쑥 대꾸했다. ……그쪽 1층엔 베란다가 없었나? 그런 것까지는 알 도리가 없었다. 1층 남자의 실내엔 한 번도 들어가보지 못했으니까. 말을 마친 남자는 금방이라도 안쪽으로 들어가버릴 태세였다.

"납득하기 힘들겠지만, 캄캄한 밤에 대문을 밀고 들어오다 현관 앞에 축 늘어져 걸린 옷을 보면 난 아주, 무섭단 말예요. 입장을 바꿔놓고 생각해봐요. 댁이 3층에 살고 있고 내가 1층에 사는데 밤마다,"

"냄새 때문이오."

"……!"

"냄새 때문에 견딜 수가 없단 말입니다."

남자가 현관 전등 고리에 걸린 옷을 확 낚아채더니 찍어누르듯 대꾸했다. 플라스틱 옷걸이가 바닥으로 떨어졌다. 냄새 때문일 거라는 짐작은 했었다. 그러나 남자의 입에서 막상 그런 소리가 나오자 나는 금방이라도 웃음이 터질 것만 같았다. 남자의 얼굴은 딱딱하게 변해 있었다. 그러나 여기까지 와서 그대로 물러설 수는 없었다.

"전 주로 늦은 시간에 귀가하지만 자정을 넘기는 적은 별로 없어요, 물론 오늘같이 더러 예외인 날들이 있긴 하지만. 그럼 이렇게 하면 어떨까요. 계속 옷을 이렇게 현관 앞에다 걸어둬야 겠다면 자정이 넘어서 걸어두는 건요. 대문을 열 때마다 가슴이 뚝뚝 떨어진단 말예요. 한 건물에 사는데 그 정도는 서로 양보해줘야 하지 않나요?"

기회를 놓칠세라 나는 빠르게 속삭였다. 남자가 입을 꾹 다물고 한동안 나를 내려다보더니 이렇게 쏘아붙였다.

"3층에 사는 사람이라고요? 원, 그래도 그렇지. 당신, 지금 대체 몇 신 줄이나 아는 거요?"

남자의 말끝이 튕겨지듯 올라갔다. 나는 쥐어박힌 듯 고개를 푹 꺾은 채 손목시계를 들여다보았다. 기껏해야 10여 분밖에 더 지났겠는가. 그러나 시간은 1시 35분을 넘어서고 있었다. 12시 25분이 아니라.

3

간밤에 귀를 찢을 듯한 커다란 굉음 때문에 잠에서 깨어났다. 마치 수천 개의 크고 작은 돌멩이들이 지붕 위로 한꺼번에 떨어져내리는 듯한 소리였다. 1분이나 2분쯤? 소음이 그치기를 기다렸다가 이불을 둘둘 말고 현관 밖으로 나가보았다. 거짓말처럼 바람 한 점 불지 않는 차고 냉혹한 기운만 살갗으로 파고들 뿐이었다. 그렇다면 내 잠을 깨운 것은 대체 무슨 소리였을까……

이탈리아 곳곳에서 참외만한 크기에 무게 10킬로그램 정도의 얼음 덩어리들이 하늘에서 떨어졌다는 사실을 알게 된 건 다음 날 저녁 무렵이었다. 비슷한 일들이 스페인에서도 벌어졌었지. 조사를 거듭했지만 아직도 그 얼음 덩어리의 정체가 오리무중이라고 한다. 비행기의 오물도 우박도 아니다. 주술사들은 갖가지 미신적인 해석을 하고 있는 중이라고 한다.

*

　현선생과 함께 점심 식사를 하고 파리바게트에서 커피 한 잔을 마시고 나오다가 퍼뜩 뒤를 돌아다보았다. 누군가 저쪽에서 나를 쳐다보고 있다는 돌연한 느낌 때문이었다. 그러나 분주히 인도를 오가는 사람들 중 어느 누구도 나를 주시하고 있지 않았다. 턱을 들어 도로 맞은편 쪽 인도를 걷는 사람들과 통유리로 되어 있는 빵집의 쇼윈도를 쳐다봤다. 공연한 느낌이었을까. 학원 건물의 유리문을 밀치다가 한 번 더 뒤를 돌아보았지만 역시 나를 응시하고 있는 사람은 눈에 띄지 않았다. 현선생은 엘리베이터를 타기 위해 줄을 서고 나는 비상구 문을 잡아당겼다. 계단을 올라가려는데 다리가 비척거렸다. 불면이 너무 오래 지속되고 있는 탓일 거야. 나는 혼잣말을 하며 천천히 6층을 향해 올라가기 시작했다.

　몇 정거장이나 지나서야 깨닫게 된 사실인데, 내가 탄 버스의 노선은 광화문을 거쳐 한국일보 건물과 안국동을 지나 다시 종로 쪽 방면으로 돌아 학원까지 돌아오게 돼 있었다. 그러니까 부러 그 버스를 탄 게 아닌데도 나는 집으로 가는 버스에 탑승

한 셈이었다. 그래, 일찍 돌아가서 저녁 식사를 하고 집 안의 불을 모두 끄고 잠을 자야지. 참, 화분들에 물 줄 때가 지난 것도 같은데. 덜컹거리는 버스 뒷좌석에 앉아 두서없이 그런 작정들을 하고 있었다. 내가 탄 버스가 신촌이나 동대문이나 종암동 같은 방면으로 가는 버스였다면 또 나는 어느 낯선 정거장에 내려 한동안 거리를 걷다가 식당에 들어가 밥을 사 먹고 차를 한 잔 마셨을지도 모른다. 저녁의 산책이 언제까지 계속될지는 나도 알 수 없었으나 아마도 어둡고 한나절 동안이나 보일러가 꺼져 실내가 차갑게 식어 있을 집으로 혼자 돌아가고 싶지 않다는 것만은 부정할 수 없을 터이다. 그런데도 출근할 때 거실 등을 켜놓고 나오는 것을 번번이 잊어버리곤 하였다.

　버스가 덜컹거리고 새 정거장에서 사람들이 내리고 새로 타고 할 적마다 나는 잃어버린 누군가를 찾듯 그들의 얼굴을 유심히 바라보곤 하였다. 나를 알지 못하는 낯선 사람들의 무표정한 얼굴들을. 그리고 차창 밖으로 스쳐 지나가는, 앙상한 가지를 적나라하게 드러낸 채 줄지어 서 있는 나무들을. 아스팔트를 뚫고 올라온 나무들은 보이지 않는 저쪽의 바다 깊은 곳과 땅의 표면과 하늘을 서로 연결하는 태생적인 숙명을 지닌 것처럼 거리 곳곳에 우뚝 서 있었다. 그러고 보면 나무는 하늘과 가장 가깝게 닿아 있는 생명체인지도 몰랐다. 어쩌면 우리가 기억하지 못할 옛날 옛적에는 땅과 하늘을 서로 연결시켜 신들과 다른 생물체들이 다니는 통로의 역할을 했을지도 모른다는 상상은 아주 틀리지는 않을 것이다. 마른나무 둥치에 귀를 가까이 가져간 다면 수십 년 수백 년을 살아온 거대한 나무들의 숨소리와 그들의 말소리까지 환하게 들을 수 있을지도 모른다는 상념에 나는 몰두해 있었다. 적어도 버스 안의 누군가 내 어깨를 툭, 치기 전까지는.

두 사람이 앉게 된 좌석의 통로 쪽에 앉은 나는 여전히 창밖으로 눈을 던져두고 있었다. 그때 정거장을 출발하면서 버스가 심하게 덜컹거렸고 나는 내 앞에 선 사람이 중심을 잡지 못해 휘청거리다가 잘못 내 어깨를 친 거라고 생각했다. 그럴밖에 달리 무슨 생각을 할 수 있었겠는가. 집으로 가는 혼잡한 버스 안에서 말이다. 그때 다시 누군가 내 어깨를 가볍게 쳤다. 그제야 나는 내 어깨에 닿았던 낯선 손길이 아주 오래 전부터 나를 부르고 있었다는 사실을 눈치 채고 말았다. 아주 짧은 순간이긴 했지만 그 모든 것을 알아차리기엔 충분한 시간이었다. 투닥거리기 시작하는 가슴을 애써 억누르며 천천히 그쪽으로 고개를 돌렸다. 두꺼운 낙타색 바바리 코트를 입고 검은 뿔테 안경을 쓴 남자. 그 남자가 무연히 나를 굽어보고 있었다. ……! 버스는 다시 급정거하며 새 정거장에 정차하고 있었다.

……김석희. 내 어깨를 친 남자가 김석희라는 것을 알아차리는 데 다음 정거장까지 가는 시간이 필요했다. 고개를 꾸벅거리며 졸고 있던 내 옆엣사람이 후닥닥 일어나 하차하고 있었다. 나는 아무 말도 없이 창가 좌석으로 몸을 옮겼고 내 앞에 서 있

던 김석희가 옆자리에 앉았다. 버스가 출발하고 있었다. 김석희의 외투 한 자락이 내 무릎께쯤에 와 닿았다. 나는 몸을 옹송거리며 차창 쪽으로 바싹 붙어 앉았다. 창밖의 아무것도 다시 눈에 들어오지 않았다.

"오랜만이군요."

건조하게 마른 입술을 달싹거리며 나는 김석희에게 말을 건넸다. 그는 생면부지의 사람 곁에 앉은 듯 물끄러미 차창 밖을 내다보고 있었다. 우연인가. 정말 우연이었을까. 그러나 나는 물어보지 않았다. 새 정거장에 닿거나 아니면 내가 버스에서 하차하게 된다면 저절로 알아질 것이었다. 딱히 내가 김석희를 피하거나 두려워해야 할 이유 같은 것도 없다. 그런데도 지금 내 눈에는 왜 아무것도 보이지 않는 것일까.

광화문을 두 정거장 남겨두고 무릎에 놔두었던 가방을 세워 들고 가방 끈을 손목에 둘둘 말아 쥐었다. 김석희가 흘긋 나를 쳐다보더니 이렇게 말했다.

"아직 두 정거장이나 남았잖습니까. 서두를 필욘 없습니다."

"……!"

김석희는 내가 하차할 정거장뿐만 아니라 나의 집, 나의 직장의 위치까지 훤하게 알고 있는지도 몰랐다. 어떻게든 정신을 수습하지 않으면 안 되었다. 김석희는 나의 새 전화번호도 알고 있고 김석희가 전화를 한 곳은 내 집 앞 공중전화 부스였는지도 모른다. 그것 이외에 김석희가 나에 관해 알고 있는 것은 또 무

엇인가. 나는 그만 달리는 버스 안에서 문을 박차고 나가버리고
싶은 심정이 되었다.

"이런 식으로 만나게 될 줄은 몰랐군요. 하지만 뜻밖이라고
생각하진 않겠어요. ……토요일 오후였죠. 그날은 죄송했습니
다. 일부러 약속을 어긴 건 아녜요. 정확하게 말하자면 그건 약
속이랄 수도 없죠. 다분히 일방적인 거였으니까. 다만 저는 선
약이 있었고."

"63빌딩에서 사진전을 보고 차를 마시고 동행과 헤어져서는
밤 10시가 넘도록 거리를 헤매고 다니더군요. 저녁 식사도 거르
고 말입니다. 눈발이 거세지자 정신을 차린 듯 걸음을 멈추고는
하늘을 다시 한 번 올려다보더니 세종문화회관과 국제갤러리
앞을 휘적휘적 지나 집으로 돌아가더군요."

"신호등이 고장난 것도 모른 채 한참을 서 있다가 질주하는
자동차들을 간신히 비집고 길을 건넜어요. 가로등 몇 개가 깨져
있어서 집으로 돌아가는 길은 무척 어두웠죠."

나는 반박의 의미가 담긴 말투로 재빨리 내뱉고는 입을 다물
어버렸다. 김석희는 대꾸하지 않았다. 어두워지기 시작한 차창
으로 김석희와 나의 실루엣이 희미하게 드러나기 시작했다. 광
화문까지의 길은 멀고도 멀었다.

1995년, 그해 봄.

나는 강이를 두고 혼자 서울로 돌아왔다. 2년 뒤 어학원에 취

직하기 전까지 틈틈이 번역일을 하면서 몇 군데 잡지사를 옮겨 다녔다. 김석희를 만난 것은 환경 문제를 다루던 잡지사에서 프리랜서로 일할 때였다. 지금은 잘 기억나지 않지만 아마 '이 달의 인물'인가 하는 코너였을 것이다. 그 즈음 최면을 이용한 전생(前生) 퇴행 요법으로 차츰 알려지기 시작하던 신경정신과 의사 김석희를 인터뷰하게 되었고 바쁜 스케줄에 몰려 있던 김석희를 안산에 위치한 그의 병원으로 찾아갔다. 그것이 김석희와의 첫 만남이었다. 그 이후 줄곧 내가 김석희를 피하고 다녔던 것만은 사실이다.

내가 진료실 문을 열고 들어가자 등받이가 긴 까만 가죽 의자에 앉아 있던 김석희가 퉁기듯 일어났다 도로 앉더니 신음을 내뱉듯 중얼거렸다.

당신과 나는, 처음 만나는 게 아닙니다. 혹시 그걸 알고 왔습니까?

……!

나는 생전 처음 만난 신경정신과 의사의 얼굴을 정면으로 바라보았다. 도무지 기억에 없는 얼굴이었다. 나는 정말 그가 누구인지 모르고 있었으니까. 그런데 우리가 처음 만나는 게 아니라니.

긴 시간에 걸쳐 김석희와 인터뷰를 마쳤으나 나는 최면이나 전생에 관해 김석희가 하는 말들을 하나도 알아들을 수 없었다. 아니 나는 김석희가 하는 말들을 믿고 싶지 않았는지도 모른다.

그럴밖에, 최면 상태에서 무의식의 깊은 계단을 내려가 수십 번 수백 번 되풀이되었다는 전생의 기억을 마치 오래된 사진을 들여다보듯 묘사하고 선명히 떠올릴 수 있다는 말을 어떻게 믿을 수 있었겠는가. 전생에 억울한 누명을 쓰고 죽었다 환생한 성종의 부인 폐비 윤씨의 이야기며 3백 년 전 중국에서 도적떼에게 쫓겨 동굴로 피신했다가 어둠 속에서 발을 헛디뎌 죽었다가 이번 생에도 폐쇄공포증 때문에 고통받고 있다는 소녀의 이야기 같은 것들도. 정말이지 거짓말 같은 이야기가 아닐 수 없었다. 거짓말이다 못해 희극적으로까지 느껴졌다. 피식피식 웃음이 터져나올 것만 같았다.

게다가 나는 최면 상태에 대해 강한 부정을 느끼고 있었다. 내가 생각하는 최면은 의식의 소멸과 죽음이었다. 그것이 비록 순간적인 것이긴 하지만. 그러나 김석희는 최면이란 일종의 정신 집중 상태에 지나지 않는다고 말했다. 반박과 토론을 하다가 인터뷰를 마치고 말았다. 그러면서 나는 어쩌면 이번 기사는 내가 쓸 수 없을지도 모른다는 예감 같은 것을 하고 있었다. 머릿속이 뒤죽박죽으로 엉켜 있었고 한동안 엘리베이터 안에 갇혔던 것처럼 이마에 진땀이 흥건하게 배어 있었다. 자리를 털고 일어나려는데 문득 김석희가 시간을 다시 내겠다고 말했다. 그 무렵 김석희는 각종 매스컴의 인터뷰와 강연과 새로 펴낼 책 때문에 몹시 바쁜 날들을 보내고 있던 참이었는데도 말이다. 그날의 인터뷰도 꽤 어렵게 만들어진 자리였다.

　이틀 후 다시 김석희를 찾아가게 되었다. 그리고 급기야 나는 내가 들고 간 소형 녹음기의 테이프를 새로 갈아 끼우고는 병실 안에 놓인 길고 안락한 의자에 누웠다. 그러나 그때도 나는 역시 전생 같은 게 존재한다고는 믿지 않았다. 그리고 전생에 내가 누구였으며 어떤 모습으로 살았는지 전혀 궁금하지도, 구태여 알고 싶지도 않았다. 다만 나는 확인을 하고 싶었을 뿐이다. 전생은 과연 존재하는가, 하는 것에 관하여. 단조롭고 일정한 리듬의 음악이 반복되다가 그 틈에 문득, 하나씩 셀 때마다 이완과 휴식이 깊어져 마지막 하나를 세면 당신은 아주 깊은 이완 상태에 들어가게 됩니다, 자, 하나, 둘, 셋…… 하는 김석희의 목소리가 희미하게 들려오고 있었다.

　최면은 명민하거나 집중력이 강한 사람이 잘 걸린다고들 한다. 나는 명민하지도 그다지 집중력이 좋지도 않았다. 무엇보다도 나의 잠재 의식 속에서는 최면을 거부하고 있었고 그것이 나의 최면 감수성을 아주 낮게 떨어뜨리고 있었다. 몇 번의 실패를 거듭했다. 김석희는 포기하지 않았다.

　서너 주가 흐른 그해 여름 어느 날, 어느 틈엔가 나의 의식은 육체를 떠나 놀라운 빛의 힘에 이끌려 어디론가 쏜살같이 달려가기 시작했다.

　……나는 아직 그때의 일은 말하고 싶지 않다. 김석희와 나는 다시 만나게 될 것이고 그해 여름에 있었던 일들을 불가피하게 돌이키지 않을 수 없을 터이니까.

김석희와 나는 경복궁 돌담 끝에 있는 찻집에 마주 앉았다. 그러고 보니 내 집에서 아주 가까운 거리에 있는 셈이었다. 그런데도 발목을 붙들린 것처럼 선뜻 일어나 집으로 가지 못하고 있었다.

"그날 난 강운씨 맞은편 자리에 앉아 식사를 하고 있었습니다. 술잔을 입에 가져가다 말고 강운씨가 동행들과 식당에 들어오고 또 내 맞은편 자리에 앉는 것을 봤습니다. 낮은 칸막이가 있긴 했지만 강운씬 내가 쳐다보고 있다는 걸 전혀 눈치 채지 못하더군요."

"아마 김석희씨를 봤었더라도 난 구태여 인사 같은 건 하고 싶지 않았을 거예요. 그럴 필요까진 없는 관계라고 생각하니까요. 그렇지 않아요?"

"그 여름 이후로, 아니 가을이라고 해야겠군요. 강운씨가 완전히 사라진 게 가을이었으니까. 꽤 오랫동안 찾아다녔습니다. 하지만 난 알고 있습니다. 만날 사람들은 어떻게도 만나진다는 것을 말입니다. 그리고 기다렸습니다. 시간이 꽤 걸리긴 했지만."

"그런 말은 이럴 때 하는 게 아니라고 알고 있는데요."

김석희가 주머니를 뒤적거려 담배를 찾아 입에 물었다. 가늘고 흰 연기가 김석희의 얼굴로 번져오르고 있었다. 김석희가 어떤 표정을 짓고 있는지 어떤 생각을 하고 있는지 좀체 가늠할 수 없었다. 정말이지 나는 다시 김석희를 만나고 싶은 마음은 없었다. 그랬다. 내가 김석희를 피한 것은 사실이었다. 그건 일종의 도피였는지도 모르겠다.

"내 주위를 서성거리는 낯선 사람이 김석희씨일 거라고는 전혀 짐작하지 못했어요. 그건 아마 달라진 안경이나 목소리 같은 것들 때문만은 아닐 거예요. 난 김석희씨와 만났던 날들을 아주 다 잊고 있었으니까요. 김석희씨는 내게 완벽하게 지워진 사람이었어요. 적어도 학원 앞에서 버스를 타기 전까지는."

마침표를 찍듯 단호하게 힘주어 말했다. 그러나 내가 듣기에도 내 목소리는 미세하게 떨리고 갈라져 있었다. 힐끔 건너다보았지만 김석희의 표정엔 아무런 변화가 없어 보였다. 그렇게 김석희는 서서히 목을 조이듯 나를 궁지로 몰아넣고 있었다.

"왜 다시 절 찾아온 거죠?"

끝내 성급하게도 먼저 입을 열고 말았다. 나는 분명하게 깨닫고 있었는지도 모른다. 더는 아무것도 피해갈 수 없다는 것을 말이다. 만약 생에 돌연한 두려움이 닥쳐온다면 회피하거나 도망가지 말고 그 두려움을 가만히 지켜봐야 하는 법이다. 누구도 가르쳐주진 않았지만 그것이 내가 지금까지 살아오면서 깨달은 사실이었다. 두려움에 사로잡히는 것과 그 두려움을 똑바로 응시하는 것은 엄연히 다른 일이다. 나는 눈을 크게 떴다.

"……"

김석희는 아무 말도 하지 않았다. 나는 그 침묵이 나를 둘러싼 기습적이고도 치명적인 사건에 대한 하나의 예고라고 직감했다.

"이것 봐요, 김석희씨."

떨리는 무릎을 손바닥으로 움켜쥔 채 다급하고도 노여운 목
소리로 김석희의 이름을 불렀다.

"……"

"……!"

"당신은, 아직도 당신과 나의 전생을 믿지 않습니까?"

싸늘한 눈길로 나를 쏘아보며 김석희가 물었다. 김석희의 눈
은 어두운 숲속에서 맞부닥친 사나운 맹금류의 눈처럼 시퍼렇
게 타오르고 있었다.

*

토요일 오전에 현선생에게 전화가 걸려왔다. 구반포에 있는
그녀의 집에서 저녁 식사나 함께 하자는 전화였다. 금요일 저녁
수업이 끝날 때까지만 해도 별다른 말이 없었기 때문에 무슨 날
인가 물었으나, 현선생은 남편이 뉴질랜드로 출장을 갔으며 아
이들은 스키 캠프로 떠나 집이 비었다고만 했다. 그녀의 생일이
아닐까 싶어 아파트 상점에서 생크림 케이크를 사들고 현선생
아파트로 갔다. 약속 시간보다 20여 분 일찍 도착했다고 생각했
는데 캐서린이 먼저 와 있었다. 실내는 고소한 기름 냄새와 금

방 지은 따뜻한 밥의 훈김 냄새로 가득 차 있었고 거실 창엔 뿌옇게 김이 서려 있었다. 케이크를 받아들며 현선생이 웃음을 터트렸다. 오늘이 정월 대보름이라고 했다. 올해 가장 큰 보름달이 뜬다는 정월 대보름.

식탁 위에는 멥쌀, 찹쌀, 조, 수수, 차조, 팥, 대추와 밤을 넣고 지은 오곡밥과 취나물, 호박고지, 고구마순, 말린 무청 같은 나물 종류의 반찬들과 쑥갓과 붉은 고추로 섬세하게 꽃 모양을 만들어 부친 호박전이 가득 차려져 있었다. 그리고 닭조림과 구운 조기 몇 마리도.

유학 시절에 는 건 공부가 아니라 요리라는 말이 단순히 농담으로 들리지 않을 정도로 현선생은 요리를 잘했고 관심이 많았다. 서가에 꽂힌 책들도 전공과 영어에 관련된 서적들보다는 외려 유학 시절에 헌책방을 뒤지며 사 모았다는 세계 각국의 요리책들이 더 많아 보였다. 1년에 서너 번씩은 현선생의 집에 저녁 식사 초대를 받곤 했다. 주로 남편이 출장을 갔거나 아이들이 집을 비워 혼자 있을 때. 작년에 어느 날인가는 현선생의 생일이어서 당혹스러웠던 기억도 있었다. 그때 현선생이 내놓은 요리가 구절판과 떡갈비였었나? 아무튼 남은 음식들을 찬합에 담아 일일이 싸주었던 기억이 난다. 내년쯤 현선생은 유학원을 만들 거라고 했지만 나는 현선생이 요리 학원을 운영해도 잘 어울릴 거라는 말을 하곤 했다. 현선생의 계획대로 유학원을 차리게 된다면 아마 나는 어학원을 그만두고 현선생의 유학원으로 자릴 옮기게 될지도 모른다. 현선생이 그렇게 말을 꺼낸 적은 없지만 말이다.

엄마와 아버지가 돌아가셨을 때 직장 동료들 중 현선생에게만 연락을 했다. 영안실로 온 현선생은 작은 찬합에 우엉과 오이, 계란, 피클을 다져넣고 만든 유부초밥을 싸갖고 왔었다. 나는 현선생과 함께 영안실을 나와 어두운 벤치에 앉아서 혼자 초밥을 먹었다. 목이 메어서 그랬을까. 초밥을 씹다 말고 현선생의 불룩한 젖가슴에 얼굴을 파묻고 소리내서 울었다.

캐서린이 사온 노란 소국이 투명한 유리 항아리에 담겨 거실 테이블 위에 놓여 있었다. 땅콩과 호두가 담긴 커다란 나무 접시도. 현선생과 캐서린과 식탁에 둘러앉아 오곡밥과 나물을 먹었다. 밥은 아주 달고 고소했다. 나는 두 공기나 밥을 비웠다. 그것이 정말 식욕 때문이었는지는 알 수 없었다. 수정과를 한 잔씩 마신 후 캐서린이 베란다로 나가 담배를 피우는 동안 현선생을 도와 식탁을 치우고 설거지를 거들었다.

과실주 한 병을 다 비우고 캐서린과 함께 현선생의 집을 나온 것은 저녁 9시가 넘어서였다. 캐서린이 살고 있는 해방촌으로 가는 택시를 잡아주기 위해 차도로 한 발 내려서려는데 캐서린이 내 팔을 잡아끌었다. 나는 캐서린을 데리고 구반포 상가의 반포치킨으로 들어갔다. 캐서린이 한꺼번에 맥주 세 병을 주문했다. 여느 때와 달리 저녁 내내 캐서린은 말도 없었고 침울해 보이긴 했었다. 조도가 낮은 치킨집에서 맥주를 따르며 캐서린이 말했다.

"오늘이 내 큰아이의 생일이다."

"……!"

그랬었나. 나는 고개를 주억거리며 잔을 비웠다. 캐서린에게는 세 아이가 있었다. 지금은 헤어진 전남편에게 모두 가 있긴 하지만. 캐서린은 양육권을 박탈당했다. 양육권을 박탈당한 이유를 나는 단지 짐작만 할 뿐이다. 그것까지는 그녀도 입을 다물었으니까. 그래도 그 애가 아주 죽은 것보단 낫잖니. 그렇게 말하려다 말고 입을 다물고 말았다. 오늘은 어떤 말을 해도 그녀에게 위안이 되지는 못할 것이다. 게다가 나는 타국으로 떠나와 오래 전 헤어진 아이의 생일을 기억하는 심정을 이해하진 못했으므로. 그러나 맥주를 마시다 말고 나는 다시 서휘경을 떠올리지 않을 수 없었다. 아니, 서휘경이 아니라 그의 죽은 딸아이를.

술 취한 캐서린을 택시에 태워 보내고 하늘을 올려다봤다. 무겁고 흐린 구름 속에서 꽉 차오른 달이 희미하게나마 둥글게 떠 있었다. 차차 흐려져 한때 눈이나 비가 내릴 거라는 일기 예보는 빗나간 것인지도 몰랐다. 기온은 제법 높았고 동쪽 하늘도 개고 있는 듯 보였다. 새벽녘쯤이면 더욱 또렷하고 선명한 보름달을 볼 수 있을 거라는 기대를 하면서 버스를 갈아타고 집으로 돌아왔다.

시간이 늦긴 했지만 하선의 어머니는 아직 잠들지 않았을 거였다. 나 혼자 내려가 있거나 강이와 함께 그 집에 머물 적에도 어머니는 언제나 새벽 한두 시가 넘어야 잠자리에 들곤 하였다. 안방의 텔레비전 소리가 잦아들면 강이와 나는 조용히 집을 나와 돌담길을 걸어 바닷가로 밤 산책을 가거나 마당의 긴 나무 의자에 나란히 앉아 맥주를 마시곤 했었다. 제주 어머니도 오늘 혼자 오곡밥을 짓고 가으내 손수 말린 갖가지 나물들로 찬을 만들었을 것이다. 아무도 먹어줄 사람 없는 저녁 밥상 앞에서 하선의 어머니는 무슨 생각을 하고 있었을까.

대보름날이라니 지금 제주 애월읍 봉성리에서는 새별오름을 통째로 태우는 불놀이 축제가 시작되고 있겠다. 나는 수화기를 들었다. 뒤뜰의 화장실에라도 다녀오는 것일까. 하선의 어머니는 한참 후에야 숨을 몰아쉬며 수화기를 들었다.

"어머니, 저 강운이에요."

"누구라고? 강운이? 무사, 왜 이렇게 연락도 없었니? 강이한테라도 다녀온 거야?"

"아뇨. 어머닌 지금 뭐 하셨는데요? 전화벨 한참 울렸거든요. 벌써 잠드신 줄 알고 전화 내려놓으려던 참이었어요."

"마당에 나가 있었다."

"왜요? 누구 있어요?"

"달을 보고 있었다. 소원을 빌고 있었지. 참, 너 오늘 오곡밥은 먹었니?"

하선의 어머니가 성급하게 물어오고 있었다. 왈칵 눈물이 솟을 것만 같아 나는 한쪽 손으로 수화기를 막고 대꾸도 없이 그러고 서 있기만 했다. 달을 보고 있었다니.

"네, 먹었어요, 어머닌요?"

"……"

"어머니."

"응?"

"하선인 잘 지내요. 지금은 강원도에 가 있고요. 며칠 있다가 또 여기로 돌아올 거예요. 요즘 바닷속은 참 춥죠?"

"겨울 바다는 따뜻한 편이다. 물속도 예전 같진 않고. 춥기야 빈집만 하겠냐. ……날씨 좀 풀리면 한번 내려와라, 보고 싶구나."

"어머니."

"왜?"

"……제가 두고 온 옷들 말예요. 잠옷이랑 반바지랑, 또 헐렁한 면티도 있었던가요. 그거, 어머니 옷장 속에 아직도 그대로 있나요?"

"……강운아."

얼마쯤 사이를 두었다가 어머니가 나직이 내 이름을 부르고 있었다. 밤새 짐을 꾸려 날이 밝자마자 제주행 비행기에 탑승하고 싶다는 충동을 억누르기 힘들었을까. 그 목소리를 듣자마자 봄이 오면 한번 내려가겠다는 말을 하고는 서둘러 전화를 끊고 말았다.

두꺼운 카디건을 껴입고 현관 밖으로 나갔다. 휘황한 달이 동쪽 하늘에 가만히 떠 있었다. 흐린 하늘은 그새 엷어지고 구름도 걷혀 있었지만 별빛은 좀체 보이지 않았다. 새 천년에 첫번째 뜨는 보름달이다. 지금 저쪽 어느 곳에선가는 쥐불놀이를 하는 아이들의 손에서 뿜어져나온 둥근 달덩이 같은 원들이 불꽃을 피워내고 있을 것이다. 대보름의 환하디환한 달빛과 달집을 태우며 솟구쳐오르는 불빛, 횃불 싸움의 치열하고도 뜨거운 불빛, 쥐불 태우기로 번져나가는 온 들판의 불빛들, 이쪽에서는 볼 수 없는 그 네 가지 빛의 기운이 내가 서 있는 추운 곳으로까지 번져들고 있었다. 보이지 않는 그 불빛을 향해 나는 밤에 개화(開花)하는 꽃처럼 갸웃갸웃 머리를 쳐들고 있었다. 그렇게 서서 달을 올려다보며 세 가지 소원을 빌었다. 어쩌면 이 생에서는 결코 이루어질 수 없는 그런 헛되고 헛된 갈망들을.

보름달이 떴다. 그랬으니 바다 깊은 곳의 산호들은 일제히 산란을 하고 붉은집게손게들도 떼를 지어 숲에서 기어나와 인도와 차도를 지나 힘겹게 만조의 바다로 가 격렬하게 몸을 흔들어대며 산란을 할 것이다. 천지간이 온통 환한 불빛이다. 쏟아지는 흰 빛무리 아래서 나는 산호와 붉은집게손게들처럼 부르르 몸을 떨고 있었다.

＊

벨소리가 울린 것은 9시 뉴스가 끝나고 일기 예보가 시작되고 있을 때였다. 나는 신문을 읽을 때도 먼저 날씨부터 살피고 날마다 텔레비전의 일기 예보도 빼놓지 않고 보는 편이다. 내일이면 짐을 꾸려 어디론가 멀리 떠날 사람처럼. 서울의 날씨며 강원도, 제주도, 인도, 캐나다의 날씨까지. 일기 예보는 언제나 정확한 건 아니지만 그렇다고 아주 틀리지도 않는다. 나는 예측할 수 없는 바람의 세기나 구름의 움직임, 돌풍과 파도의 세기가 좋았다. 그건 마치 1분 후를 내다볼 수 없는 생의 한 이면과 닮아 있으니까.

겨울 외투치곤 얇은 겉옷을 걸친 아나운서가 고궁의 돌담길을 걸어가며 내일의 날씨를 전하고 있었다. 아나운서의 발밑에는 바싹 마른 겨울 낙엽들이 떨어져 있었다. 아마도 그 낙엽 밑에는 봄을 기다리는 지네와 딱정벌레, 유충들이 몸을 감추고 숨을 쉬고 있을 터였다. 낮 기온은 오늘보다 조금 더 높아지긴 하겠지만 밤부터 기온이 크게 떨어지면서 다시 며칠 동안 혹한이 시작될 거라고 했다. 지네와 딱정벌레, 유충들…… 소파 위에 길게 드러누워 있던 나는 다리를 오그리며 뜬금없이 중얼거리고 있었다.

당신은 마치 내가 그 프로그램을 시청하고 있는 것을 알고 있었다는 듯 아나운서의 말이 끝나자마자 벨을 눌렀다. 짧게 한

번, 그리고 또 망설이는 듯 길게 한 번.

나는 내가 벨소리를 잘못 들은 거라고 생각했다. 2층 주인집에서 울리는 소리이거나 그것도 아니면 1층 남자의 현관에서 나는 소리일 거라고. 그러나 이 집엔 모두 혼자 사는 사람들뿐이고 방문객도 거의 없었다. 겨울이 시작되자마자 집주인은 스케치 여행을 떠났고 1층 남자의 자동차는 보이지 않았었다. 그렇다면 이 건물에 남아 있는 사람은 나밖에 없을 것이다. 또 한 번 벨소리가 울렸을 때에야 나는 그것이 내 집 벨소리라는 걸 알아차리곤 몸을 일으켜세웠다. 혼자 사는 사람에겐 제 집 벨소리만큼 낯선 것이 없다. 김석희가 여기까지 찾아왔을지도 모른다고도 생각했고 먼 길을 걷다 지친 하선이 온 것일지도 모른다고도 생각했다. 당신일 거라고는……

숨을 크게 몰아쉬며 당신은 현관 앞에서 나를 물끄러미 바라보았다. 나는 당신의 검게 질린 입술을 쳐다보다가 눈을 떨구고 말았다. 잘 있었니, 라는 말이 두려웠던 것일까. 당신에게선 한 방울의 술냄새도 나지 않았다. 오히려 나는 얼마쯤 취기에 젖어 있었는지도 모른다. 저녁 식사 후에 맥주 두 병을 마시고 소파에 누워 있던 참이었으니까. 구두를 벗고 당신은 실내로 성큼 올라섰다. 그리고는 낚아채듯 내 팔을 잡아끌고 거실 소파 쪽으로 끌고 갔다. 불을 끈 실내는 어두웠고 텔레비전의 푸른빛만이 불규칙적으로 어른거리고 있었다.

성난 사람처럼 당신은 내 옷을 벗기고 나는 후들후들 무르팍을 떨어대며 당신의 목덜미에 팔을 감고 있었다. 여느 때처럼 당신은 내 손을 잡지도 않았고 내 얼굴과 귀를 쓰다듬지도 않았다. 그러나 당신은 마치 이 세상에 당신과 나만 남은 것처럼 진땀을 흘리며 나를 안고 오랫동안 몸을 떨며 격정적이고도 긴 섹스를 했다. 바다 깊은 곳의 해조류같이 느리고 조용하고 섬세하고 다정하던 당신의 몸은 내 살갗을 송두리째 갈가리 찢어놓을 듯 거칠고 난폭하고 집요했다. 오랫동안 추웠다고, 두꺼운 옷을 몇 겹씩 덧껴입어도 목덜미가 시렸었다고, 나는 자꾸만 소릴 치면서 다시는 놓지 않을 것처럼 당신의 뒷머리를 아래로 끌어당기고 있었다. 무엇이 당신을 내 집으로 떠밀고 왔는지 나는 알 수 없다. 그러나 섹스는 욕망과 갈등을 해소하기 위해서만 필요한 게 아니라는 것을 당신은 이미 알고 있다. 고통과 눈물을 감춘 당신의 이를 갈아붙이는 듯한 표정은 다소 야비하고 비열해 보이기까지 했다. 나는 그 낯선 얼굴에 내 이마를 비벼대며 소리 없이 웃었다. 당신의 머리카락 속에 손가락을 박고 나는 소스라치게 전율하고 있었다.

갈비뼈가 드러난 내 옆구리를 얼마쯤 손가락으로 더듬다가 당신은 내 가슴에 얼굴을 묻고 오래오래 참고 있었다는 듯 울음을 터트렸다. 나는 당신의 머리를 감싸안고 당신과 나를 둘러싼 비릿한 냄새와 온몸을 휘감는 축축하고 낯선 공기의 냄새를 한껏 빨아들였다.

당신은 곧 잠이 들었다.

젖은 타월로 당신의 발가락과 성기와 손바닥과 겨드랑이께를 닦았다. 당신의 발톱은 길게 자라 있었고 발바닥엔 굳은살이 박여 있었다. 희고 부드러운 발이었는데. 배꼽 오른쪽에 남아 있는 손마디 한 개 크기의 맹장 수술 자국과 팔꿈치 안쪽에 있는 크고 검은 점과 왼쪽 귓불 뒤의 도도록한 사마귀, 그것들은 아직도 내 몸의 일부분처럼 익숙하고 친밀하였다. 4년 동안 셀 수 없이 많은 시간과 장소와 추억을 새겨넣은 몸이 아니었던가. 잠결에 당신은 내 어깨를 가볍게 끌어당겼다. 나는 벌거벗은 몸으로 무릎을 꿇고 소파에 누운 당신의 가슴에 귀를 가져갔다. 당신의 숨소리는 낮고 고요해지고 있었다. 강운아, 강운아…… 꿈결인 양 당신이 웅얼거리며 내 이름을 부르다가 다리를 뻗어 허공을 툭 찬다.

1995년 4월이었다. 어떻게 당신이 그날을 잊을 수 있겠는가. 당신의 병원에서는 또 한 아기가 흰빛을 따라 이 세상으로 막 나오고 있었다. 아무런 문제가 없었다고 했다. 산모의 자궁은 활짝 열려 있었고 당신은 자연 분만을 준비하고 있었다. 진통 끝에 태어난 아기는 이미 죽어 있었다. 선천성 심장 기형이라고 했다. 산모의 가족들은 당신과 당신 병원을 상대로 소송을 걸었다. 갓난아기를 부검하지 않을 수 없었다. 재판에서 승소하기는 했지만 이미 당신의 내부에는 치유될 수 없는 상처가 시작되고 있었다. 한 달 뒤, 당신의 아내가 첫 아이를 낳다가 죽었다. 당신의 아내와 그리고 당신의 아이가.

당신이 나를 만난 것은 1995년 5월 1일이고 내가 비로소 그 모든 사실을 알게 된 건 작년 여름이었다. 그리고 당신과 나는 그해 가을에 헤어졌는데.

순한 얼굴로 잠이 든 당신의 얼굴을 내려다보고 있다가 욕실로 들어가 물을 틀어놓고 오래 샤워를 했다. 옷을 갈아입고 거실 바닥에 아무렇게나 떨어져 있는 당신의 외투와 양말과 머플러를 개어 탁자에 놓고 잠든 당신의 얼굴을 다시 들여다보았다. 내 것이 아니라고 생각했던 그 얼굴을. 그러나 손을 뻗으면 이따금씩 홀연히 저쪽으로 사라졌다 어느 틈엔가 나타나곤 했던 금이 간 얼굴을. 잠든 당신은 갑자기 깨어나 흰 날개를 가진 새나 홀씨로 변해 눈 깜짝할 사이에 먼 곳으로 훌쩍 날아가버릴 것만 같았다. 나는 후딱 몸을 일으켜세우고는 거실 창의 덧문까지 꼭 닫아걸고 텔레비전을 끄고 현관문을 새로 잠갔다. 당신의 잠은 길고도 길었다.

꿈이었을까. 당신이 나를 번쩍 안아 들고는 침실로 들어갔다. 당신과 나는 한 이불을 덮고 몸을 포갰다. 당신이 나의 종아리와 발가락을 하나하나 섬세하게 매만지고 핥아주었던 기억이 난다. 나는 당신의 엄지손가락을 입에 물고 혼곤한 잠 속으로 곤두박질치고 있었다. 식은땀을 흘리며 잠에서 깨어날 적마다 무거운 이불처럼 당신이 내 몸을 감쌌고, 나는 길고긴 숨을 혁혁 내쉬며 다시 잠속으로 빨려들어가곤 했었지. 그래, 아주 꿈은 아니었을 것이다.

나는 퍼뜩 눈을 떴다. 커튼 사이로 희부연 빛이 번져들고 있었다. 그러나 내 곁에서 잠을 자고 있던 당신의 모습은 보이지 않았다. 당신의 외투와 구두도. 새벽 5시가 넘은 시각이었다. 침대에서 일어나 화장실에도 들어가보고 베란다로 나가보기도 했다. 당신이 이미 가버렸다는 것을 잘 알고 있으면서도. 당신은 가버렸다. 내가 잠든 사이에. 돌연한 섹스와 눈물과 선잠으로 지샌 간밤의 흔적을 모두 지워버린 채. 당신이 기척 없이 몸을 일으켜 침대를 빠져나가고 거실 테이블 위에 있던 스웨터와 양말을 신고 어두운 실내를 서성거리다가 냉장고를 열어 물 한 잔을 마시고 구두 끈을 조이고 이윽고 밖으로 나가는 소리를 나는 당신 몰래 엿듣고 있었다. 현관을 나가면서 당신이 깊은 숨을 후룩 내뱉었던 것도 같다.

당신도 나처럼 이토록 불안한가. 어쩌면 우리가 영영 헤어질 수 없을지도 모른다는 예감 때문에?

*

다시 한 주가 흘렀다. 겨울비가 내리기도 했고 어느 늦은 밤에는 별안간 하늘이 쩍 갈라지며 마른 번개가 치기도 했다. 그러나 나에게는 아무런 일도 벌어지지 않았다. 김석희에게서도 연락이 없었고 하선도 그도 나의 집으로 오지 않았다. 나는 날마다 현관문을 열어두고 잠이 들었다. 언제고 다시 그들이 찾아올지 알 수 없었기 때문에. 그가 누구이건 간에 내 집 문이 잠겼다는 것을 알면 내게 어떤 기별도 남기지 않고 왔던 길을 되짚어 홀연히 돌아갈 것이었다. 그것이 딱히 서휘경이나 하선이 아니라 죽은 엄마나 아버지, 혹은 저쪽에 살고 있는 강이일지라도. 기약도 없이 누군가를 기다리는 일은 정말이지 끔찍했다. 그러나 나는 아무도 기다리지 않는 것인지도 모른다.

약간의 변화가 생겼다면 2층 집주인이 스케치 여행에서 돌아왔다는 정도다. 그녀가 집에 돌아온 다음날인가 몇 명의 사람들이 꽃이나 케이크 같은 것을 들고 2층으로 올라가는 것을 본 적이 있었다. 저녁 모임이 있었던 모양이다. 며칠 뒤 집주인은 다시 길을 떠났다. 오십 줄의 그녀가 혼자 휘청거리며 무거운 가방을 들고 집 앞 건널목 앞에서 택시를 타는 것을 베란다에서 봤었다. 곧 개강을 할 텐데. 집주인은 대체 어딜 그렇게 다니는 것일까. 아무려나 건물은 다시 고요해지고 크림색 3층 건물에 나와 1층 남자만 남게 되었다. 내가 1층 남자를 찾아간 이후에도 남자의 옷들은 현관 앞에 걸려 있었다. 도무지 말이 통하지 않는 사람인지도 몰랐다. 그랬으니 다시 1층 남자를 찾아갈 이유 같은 것들도 생기지 않았다.

1층 남자의 옷들이 보이지 않기 시작한 건 며칠 전부터이다. 혹시 1층 남자도 먼 길을 떠난 건 아닌가 싶었으나 출근할 때 보면 남자의 자동차는 주차장에 반듯하게 세워져 있었다. 남자가 더 이상 밤에 옷을 걸어두지 않게 되자 나는 갑자기 갖고 있던 장난감이나 인형을 빼앗겨버린 듯 심심하고 무료해져버렸다. 싸울 상대를 잃어버린 느낌이 그럴까. 아무튼 1층 남자가 옷을 걸지 않게 된 건 다행한 일이 아닐 수 없었다. 이제 더 이상은 대문을 열 때마다 눈을 질끈 감거나 두려움에 떨지 않아도 됐으니.

날이 조금 풀린 탓인지 빠른 걸음으로 지나다니는 거리의 젊은 여자들의 입성은 점점 더 얇고 가벼워지고 있었다. 나는 스웨터 속에 두꺼운 내의를 입고 머플러를 두르고 장갑까지 꼭 끼고 다녔지만 그래도 그가 다녀간 이틀날 옷장 정리를 새로 했다. 아직 꽃샘 추위가 남아 있고 입춘도 지나지 않았으나 옷장 위 박스에 담아두었던 봄옷들과 바바리 코트 같은 것을 꺼내 베란다에 말렸다가 옷장 안에 걸어두었다. 그 틈에 제주 성산 일출봉에 노란 유채꽃이 만발했다는 소식을 듣게 되었다. 그 차고 희디흰 잔설들 속에서 말이다. 나는 이마가 찢어지는 듯한 선연한 통증을 느꼈다. 산책치고는 좀 먼 길이긴 했지만 그 소식을 듣던 날 점심 시간을 이용해서 택시를 잡아타고 과천 서울대공원에 혼자 다녀왔다. 청둥오리와 고니들이 무리지어 겨울 호수를 수놓고 있는 모습은 화려하고도 평화로워 보였다. 그렇다고 추위와 허기가 가셔지는 것은 아니었다. 그러나 나는 약간의 위로와 생기를 얻고 돌아올 수 있었다.

그날 퇴근 후 집으로 돌아와서 거실 테이블 위에 늘어놓은 수선화와 누운별자리꽃, 그리고 바이올렛 화분에 흠뻑 물을 주었다. 시득시득 말라 있었던 꽃들은 전율하듯 몸을 흔들어대며 일제히 줄기를 꼿꼿하게 세우고 봉오리를 툭툭 터트렸다. 그 꽃향기를 통해서 이제 봄이 그다지 멀지 않은 것을 실감할 수 있었다. 뭔가 새로운 일들이 나를 기다리고 있을 터였다. 나는 초조했지만 느긋하고 태연하게 앞으로 내게 벌어질 일들을 기다리기로 작정하였다. 그것이 내가 한 번도 경험해보지 못한 일이라면. 나는 간절히 기원하고 있었다.

월요일 정오에 하얏트호텔 1층 테라스 카페로 갔다. 학원 개원일인 데다가 20주년이기도 해서 학원에서 마련한 행사가 있었다. 매년 개원일 때마다 그랬듯 수업은 휴강되었다. 어학원은 매달 20일 수업을 원칙으로 하고 있었다. 윤달인 올해 2월은 29일까지 있으나 20일 수업을 맞추려면 아마도 이번 주 토요일이나 일요일에는 수업을 해야 할 것이었다. 학생 숫자도 가장 많은 데다 휴일까지 줄어드는 달이 2월이다. 학생들이 개강을 하는 3월이 되면 한 주는 금요일부터 일요일까지 사흘 동안 쉴 수 있다. 나는 3월에 여행을 떠나게 될 것이다. 어디로 갈지 누구와 함께 떠날지, 아직은 아무것도 결정된 것이 없다. 그러나 나는 3월 언제쯤 내가 이곳에 머물지 못하게 되리라는 것을 직감하고 있었다. 그곳이 제주건 캐나다건, 남도의 외딴 섬이거나 내가 살아서는 한 번도 가보지 못한 장소이건, 나는 불가항력적인 힘에 이끌려 떠나게 될 것이다.

서울 시내에 있는 네 군데 어학원 분점의 모든 강사들이 초대되어서 간단한 리셉션이 이어지고 뷔페로 점심 식사를 하였다. 행사가 끝난 후 로비로 걸어 나오려는데 현선생이 가방을 잡아당겼다. 뒤를 돌아다보니 캐서린과 잭이 멀찌감치 떨어져서 이쪽을 바라보고 있었다. 휴일도 아닌 월요일인 데다가 수업이 없으니 오후까지는 모두들 딱히 할 일이 없을 터였다. 그것은 나도 마찬가지긴 했지만. 종로에 들러 영화 한 편을 보고 귀가하겠다는 계획을 포기한 채 현선생의 자동차를 타고 그들과 함께 광화문에 있는 찻집으로 몰려갔다.

환한 대낮이었고 열어둔 차창 밖으로 바람이 몰려들곤 했다. 뺨이 시릴 정도로 차갑기는 했지만 잘 달군 프라이팬에 식물성 기름을 두르고 말린 나물을 자잘히 볶는 듯한, 혹은 몽우리가 터질 때 프리지어 화병에서 풍겨나는 듯한 냄새를 아련히 감지할 수 있었다. 같은 테이블에 둘러앉아 점심 식사를 할 때, 현선생이 주말에 친정엘 다녀오다가 경안천변 주변에서 보송보송한 버들강아지들이 피어 있는 걸 보았다고 한 말이 떠올랐다. 봄이 저렇게 성큼성큼 다가오고 있다. 나는 깜짝 놀랐다는 듯이 상체를 일으켜세우며 안전띠를 꽉 졸라맸다.

월요일 이른 오후라 그런지 찻집은 한산하고 테이블도 거의 비어 있었다. 우리는 삐걱거리는 나무 계단을 밟고 2층으로 올라가 창가에 자리를 잡고 앉았다. 운전을 해야 하는 현선생은 녹차를 주문하고 캐서린과 잭과 나는 맥주를 시켰다. 로드 매퀸의 「당신이 떠난다면」에 이어 「고독한 나의 집」이 흘러나오고 있었다. 잭이 조용하고 낮은 목소리로 노래를 따라 부르면서 세 개의 빈 잔에 차례대로 맥주를 따랐다. 술에 취한 채 해가 지지도 않은 환한 거리로 나가야 하는 건 질색이었으나 나는 오랫동안 갈증에 시달린 것처럼 성급하게 잔을 비웠다.

"다음 달 시간표들은 제출했어?"

현선생이 물었다. 캐서린은 이번 달과 똑같은 수업을 하길 원한다고 했고 잭은 가능하면 주말 클래스도 맡고 싶어 시간표도 그렇게 작성했다고 한다. 15일을 전후로 해서 다음 달 시간표가 결정되곤 한다. 원하는 대로 수업 시간이 결정되는 건 아니지만 말이다. 한데 나는 여태도 시간표를 제출하지 못했다. 아마도 수업을 줄여야 할 것이다. 여행을 가게 된다면 말이다. 늦어도 내일까지는 데스크에 제출해야 한다.

"선릉에 있는 중소기업체에서 회화 수업을 맡아달라고 하는데 아직 결정을 못 했다. 거리도 가깝고 보수도 괜찮은 것 같지만 그렇게 되면 수업이 너무 많아지는 것 같아서. 한국 사람들, 영어 공부 참 열심히 하는 것 같다."

"그래, 잭의 말이 맞다. 모든 저널리즘들이 21세기엔 영어나 인터넷을 못 하면 살아남지 못할 거라고 아우성이다. 어떨 땐 영어가 모국어라는 게 다행으로까지 느껴지곤 한다. 잭, 네가 하지 않을 거면 그 수업 나한테 소개해주지 않을래?"

캐서린이 잭에게 묻고 있었다.

"아직 남편이 확실하게 동의해준 건 아니지만 내년쯤 어학원을 차릴 생각이야. 앞으로 더 많은 사람들이 밖으로 나갈 거고 공부가 필요하게 될 테니까. 유학 시절에 만난 친구들과 이메일로 계속 연락하고 있는데, 다행히도 도와주겠다는 사람들이 많아. 동양에 관심이 많은 친구들이거든. 너희가 같이 일해주겠다면 더 좋긴 하겠지만."

나는 무턱대고 고개를 주억거리고 있었다. 목이 부러진 것처럼 더 주억거리고 있다가 나도 모르게 불쑥 이런 말을 내뱉고 있었다.

"혹시, rebirth란 걸 믿니?"

"……!"

"……?"

"너 부디즘에 관심 있구나?"

"아냐, 그렇지 않다. 나는 종교를 갖고 있지 않다."

"강운씨, 왜 그런 걸 물어보는 거지?"

"……"

"난 말이지,"

현선생이 뜸을 들이다 입을 열었다. 현선생은 종업원에게 잔 하나를 더 부탁하고는 새 잔에 맥주를 가득 따랐다.

"난, 전생이라는 게 어쩌면 존재할지도 모른다고 생각한다.

계기가 있긴 했지."

　나는 창밖으로 고개를 돌렸다. 오후의 광화문 뒷골목은 이따금씩 가벼운 옷차림에 지갑을 든 여인들과 서류 가방을 든 남자들과 쓰레기통을 뒤지기 위해 어슬렁거리는 고양이 한두 마리들만 지나다니고 있을 뿐 적막해 보였다. 밤이 되면 성성한 네온이 켜지고 흰 유니폼을 입은 아가씨들이 호객을 하고 스파게티와 커피와 담배 냄새가 골목을 채울 것이다. 나는 다시 잔을 비웠다. 집은 여기서 멀지 않으니까.

　"20년 전쯤인가, 고모부가 교통사고를 당했어. 대수롭지 않게 생각했는데 결국 한쪽 다리를 잃게 됐지. 고모와 고모부에게 아들 둘이 있었는데, 둘째가 아마 군대에서 성폭행을 당했던 모양이야. 우울증이 심해졌지. 나랑도 아주 가까운 사이였는데. ……제대하고 얼마 뒤에 15층 아파트 난간에서 떨어져 죽었어. 고모부는 더 난폭해지고 폭력적으로 변했지. 때때로 얼굴이며 몸이 시퍼렇게 멍든 고모가 우리집으로 피신해오기도 했어. 한 달 뒤에…… 큰 사촌이 또 아파트 난간에서 떨어져 자살했다. 그러니까 두 자식들 모두 다 자살해버린 거지. 참 밝고 명랑한 사촌들이었는데. 누구도 그 애들이 자살한 이유를 몰랐다. 단지 난폭해진 고모부 때문이라고만 짐작했을 뿐이지. 내가 유학 가기 전에 벌어진 일들이야. 고모부는 알코올릭이 됐고 불면에 시달린다. ……왠지 그들 스스로 자살한 게 아니라는 느낌이 들었어. 어떤 힘에 이끌린 걸지도 몰라. 빙의(憑依)라고 들어봤니?

강운씨, 그걸 어떻게 이 사람들한테 설명해야 하지? 적당한 단어가 없는 것 같은데?"

"……"

"아무튼 작은 사촌이 죽고 나서 큰 사촌에게 빙의 상태가 왔지. 병원에 입원시켜야 한다고 난 생각했는데, 그럴 틈도 없이 자살해버린 거야."

"빙의 상태라면, 뭐 귀신 들린 걸 말하는 건가요? 하지만 가끔 그럴 때가 있잖아요. 잠이 든 것도 아니고 깨어 있는 것도 아닐 때, 또 아무 생각도 하지 않고 창밖을 내다보고 있을 때도 난 빙의 상태에 빠진 거라고 알고 있는데."

고개를 돌리고 있다고 생각했는데 나는 어느새 현선생의 말에 귀를 잔뜩 곤두세우고 있었던 모양이다.

"빙의에도 여러 가지 종류가 있긴 할 거야. 정도가 다를 뿐이겠지만. 환시가 보이고 환청이 들릴 정도면 그건 생각만큼 가벼운 증상은 아닌 거야. ……한동안 사람들이 수군거렸어. 고모부가 전생에 업을 지은 탓이라고. 그 카르마karma의 무게가 너무 커서 자식들에게 그런 납득할 수 없는 일이 생긴 거라고 말야."

"……!"

"그렇다는군. 사람은 수십 번, 수백 번의 환생을 거듭한대. 전생에 좋은 관계로 만났던 사람들은 이 생에서도 좋은 관계로 만나고 또 그렇지 않으면 이 생에서도 나쁜 관계로 만나고. 그 생에 쌓은 업만큼 힘든 생애를 살기도 하고. 내 생각에 아마 고모부는 전생에……"

그 다음 말을 하기 힘들었을 것이다. 현선생이 그쯤에서 입을 꼭 다물긴 했지만 생각보다 전생에 관해 많은 걸 알고 있다는 느낌이 들었다. 고모부라고 했었나? 나는 어쩌면 그것이 친척의 이야기가 아닌 그녀 직계 가족의 이야기일지도 모른다고 짐작했다. 현선생에게는 여동생이 둘 있다. 누군가 한 명 자살했다는 소릴 들은 기억이 있다. 현선생은 그걸 잊었을까.

"그럴지도 모르겠군요. 그러니까 전생에서의 나쁜 인연과 업을 이 생에서 청산하고 해결해야 하기 때문에 다시 만나게 되는 건지도."

술기운 탓이었을까. 나는 혼잣말을 하듯 중얼거리고 있었다.

"그렇다고 전생이 있다는 증거라도 있는 건 아니잖니? 시시하고 따분한 이야기다."

담배 연기를 훅 뿜어내며 캐서린이 쌀쌀맞은 어조로 반박했다. 캐서린의 눈은 그 어느 때보다 형형하게 빛나고 있었다. 적의에 가까운 캐서린의 눈빛 때문인지도 몰랐다. 나는 곧장 말을 되받았다.

"세상에는 증거를 댈 수 없는 일들이 아주 많다고 생각한다. 모든 게 과학적으로 다 설명될 수는 없다. 이를테면 어떤 계기가 주어졌을 때, 강렬하고도 충격적인 기억 속으로 빨려들어간 적 없었니? 그 속에서 너의 모습을 본 적이 없었니? 어떤 사람을 처음 만났는데 말야, 언젠가 한번 본 적 있는 것 같다는 그런 경험 해본 적 없니? 처음 간 장소도 왠지 낯익고 말이야, 그냥 아무런 이유도 없이 좋은 장소가 있고 사람이 있고, 말 한번 나눠보지 못했지만 싫고 거북한 느낌을 주는 사람도 있잖아……그런 걸 어떻게 다 논리적으로 설명할 수 있겠니. 캐서린, 너와 나도 언젠가 만난 적이 있었을지도 몰라. 우리들 모두 말이야. 기억도 할 수 없을 만큼 아주 오래 전에. 우리가 이렇게 만난 건 다 이유가 있기 때문일 거야. ……전생이란 건, 어쩌면 존재하는 게 아닐까.”

　1분이나 2분쯤 흘렀을까. 모두들 침묵하고 있었다. 나는 붉게 달아오른 얼굴을 창 쪽으로 돌렸다. 침묵이 언제나 동의를 뜻하는 건 아닐 테니까. 괜한 말을 꺼냈다는 후회는 이미 늦었다. 얼굴이 훅훅 달아올랐다.

　“강운, 넌 마치 그걸 경험이라도 해본 사람 같구나.”

　“……!”

　잭이 똑바로 내 눈을 쳐다보면서 물었다. 나는 의표를 찔린 듯 들고 있던 잔을 테이블 위로 툭 떨어뜨리고 말았다. 젖은 테이블보의 얼룩 무늬가 짙은 보랏빛으로 차츰 번져들고 있었다.

*

　매일 밤 광화문 앞에서부터 세종로, 태평로 일대를 화려하게 수놓고 있던 가로수 조명이 정월 대보름인 19일 금요일 자정을 지나서 끝났다. 그날 밤 나는 현선생의 집에서 저녁 식사를 하고 돌아와 제주도 하선의 어머니에게 전화를 걸고 베란다로 나가 달을 봤었다. 아마 그 저녁 약속이 없었더라면 조깅복에 운동화를 신고 광화문에 나가 가로수의 야간 조명이 일제히 소등되는 것을 지켜보았을지도 모른다.

나는 가지 못했고 그날 가로수 조명이 철거되는 줄도 몰랐었다. 뉴 밀레니엄을 축하하기 위해 설치한 것이지만 시민들의 반응이 좋아 올 연말에 다시 설치할 계획이라고 했다. 그렇다면 광화문 일대를 수놓았던 화려한 불꽃나무들의 야경을 다시 보기 위해서는 돌아올 12월까지 기다려야만 하리라. 하긴, 봄이 되면 나뭇가지를 친친 감고 있는 조명들이 가로수 발아에 영향을 줄 터이고 또 나뭇잎이 무성해지면 조명 효과도 떨어지긴 할 것이다.

저녁에 산책을 나가던 습관은 내가 알고 있던 것보다 훨씬 강하고 격렬한 것이어서 야간 조명이 철거된 이후에도 나는 수업이 끝나면 버스를 타고 알지 못할 거리를 서성거리다가 식당에 들어가 밥을 사 먹고 집이 가까운 도심 쪽으로 나와 갑자기 어두워진 거리에 발을 접질린 사람처럼 한동안 걸음을 멈추고 서 있다가 편의점에 들어가 생수나 식빵 같은 것을 사들고 늦은 시간에야 어깨를 늘어뜨린 채 귀가하였다.

도심의 거리가 갑자기 어두워졌다는 건 사실이 아닐지도 모른다. 자동차의 전조등과 빌딩에서 새나오는 빛줄기, 조명을 밝힌 간판들 때문에 거리는 여전히 밝고 환하고 화려했다. 그러나 나는 갑자기 시력이 떨어졌을 때처럼 거리가 어두워졌다고 느꼈고, 사실 길을 걷다가도 자주 보도블록에 구두 굽이 끼어 휘청거리거나 표지판이 잘 보이지 않아 왔던 길을 되돌아가기도 했다.

2월의 마지막 주가 지났고 3월이 시작되었다. 언제부터 내가 저녁의 산책을 그만두었는지 정확하게 기억할 수는 없다. 다만 3월 1일. 그 공휴일 저녁에 나는 산책을 나가지 않고 베란다에 의자를 내놓고 앉아 물끄러미 집 앞의 건널목과 건널목 맞은편에 있는 2층 찻집을 바라보고 있다는 사실을 알게 되었다. 주방 쪽에서는 연두부와 팽이버섯을 넣고 끓인 된장찌개 냄새가 풍겨나고 있었다. 의자를 도로 거실로 들여다놓고 달걀프라이와 된장찌개, 구운 조기와 김으로 저녁 식사를 하고 설거지를 했다. 설거지를 하는 동안 전화벨이 울리기도 했으나 전화를 받기 위해 물이 뚝뚝 떨어지는 고무 장갑을 벗으려는데 벌써 벨소리가 끊기고 말았다. 설거지를 하고 차를 끓이고 거실 창을 열어두고 환기를 시켰다.

아주 먼 곳에서부터 온기를 품은 따뜻하고도 가벼운 바람이 이마로 흘러내린 머리카락을 쓸어대며 불어오고 있었다. 봄의 냄새라는 것일까. 거리를 걷다가도 이따금씩 발을 멈추고 그 향기로운 바람이 불어오는 쪽을 향해 코를 큼큼거려보기도 했었다. 나는 하냥 그 향기에 끌려 발 닿는 대로 타박타박 걸었다.

얼마쯤이나 더 그렇게 걸었을까. 문득 고개를 들어보았다. 시청 앞 도로변, 둥글고 커다란 화단에 프리뮬러꽃들이 활짝 피어 있었다. 강수량이 적은 탓에 개화 시기가 늦어질 거라던 기상청의 전망은 빗나갈지도 몰랐다. 서귀포와 영동 서해안 지방과 여수 돌섬 같은 먼 곳에서부터 꽃들은 하나둘씩 봉오리들을 터트리고 있었다. 그러나 아침 기온은 여태도 영하 6도까지 내려가는 막바지 추위가 기승을 부리고 있었고 이즈음의 나는 도통 아무것도 볼 수 없었다.

현관문이 열려 있었던가. 예전의 그 봄날처럼 하선이 소리도 없이 현관 안으로 들어왔다. 나는 찻잔을 내려놓고 텔레비전의 볼륨을 줄였다. 아나운서가 뭐라 웅얼거리고 있었지만 내일의 날씨는 잘 들리지 않았다. 내 옆자리 긴 소파 위로 몸을 늘어뜨리고 앉는 하선에게서 흙냄새 같은 게 풍겨나고 있었다. 강원도 산골에서는 아마 오래 전에 돌아왔을 텐데. 달이 바뀌는 새에 몇 번인가 돈암동 집이며 핸드폰으로 전화를 넣어도 연결이 되지 않았었다.

새로 물을 끓여 녹차를 만들어 하선 앞에 놔주었다. 긴 잠이 필요해서 온 것일까. 눈을 꼭 감고 앉은 하선은 말이 없었다. 나는 텔레비전을 끄고 거실 조명도 어둑신하게 낮추었다. 하선이 오랜 잠에서 깨어나듯 천천히 눈을 떴다. 그 애의 크고 환한 눈이 벌어질 때 나는 눈썹과 눈썹 사이, 인당(印堂)에서 날카롭게 빛나는 녹색의 광선을 본 것도 같았다. 나는 그 애의 무릎 쪽으로 시선을 떨어뜨리고 말았다.

"그를 만났어."

"……?"

"서휘경 말야."

그랬었나. 하지만 그가 한밤에 내 집에 왔을 때 그는 하선을 만났다는 말은 하지 않았었다. 그렇다면 그 밤 이후 하선을 만났었다는 것인가. 그러나 돌이켜보면 그날 우리는 서로 아무런 말도 나누지 않았던 것 같다. 지친 사람들처럼 이불을 쓰고 손가락을 얽은 채 깊은 잠에 빠졌었지.

"과천으로 산책을 나갔다가 미술관에도 들렀었는데, 그가 너무 무겁고 우울한 얼굴을 하고 있기에 이른 저녁에 헤어지고 말았어."

무겁고 우울한 얼굴……이라고 나는 속엣말을 하고 있었다.

"혼자 간 여행지의 숙소 앞에 의잘 내놓고 앉아 저쪽 등대에 불이 켜지기를 기다리는 사람처럼, 꼭 그렇게 보이더라."

"!……"

"저녁이면 그렇게 베란다로 의잘 내놓고 앉아 있곤 하는 거야?"

"나를 봤니? 너, 그럼 저기 찻집에 앉아 있다가 온 거구나?"

하선은 고개를 끄덕이거나 젓지 않았다. 내가 살고 있는 3층짜리 건물 앞에 횡단보도가 있고 그 맞은편에 2층 찻집이 있었다. 그쪽에서 내 집 베란다가 보이는 줄은 미처 몰랐었다. 하선 말고 또 다른 누군가 그 찻집에 앉아 이쪽을 바라보며 차를 마시고 횡단보도를 건너 되돌아가곤 했을까. 찻집 2층에는 블라인드가 내려져 있곤 하던데.

"누군가 널 지켜보고 있다는 생각, 해본 적 없니?"

하선이 이윽한 음성으로 내게 묻고 있었다. 글쎄, 이제 더 이상은 그런 불가해한 느낌에 시달리지 않아도 되지 않을까. 나를 찾고 있고 그리고 내가 만나야 할 사람들은 모두 만난 것이 아닌가. 이쯤이면 말이다. 더는 누군가가, 또 무슨 일인가가 남아 있다고 생각하고 싶지 않다. 나는 충분히 지쳐 있고 새로운 일들을 감당할 만한 용기가 없다. 하선은 마치 아직 아무것도 시작되지 않았다, 라고 말하고 있는 것 같았다.

"우린, 아마 다시 만나게 될 거야. 같은 자리에서, 모두 다 함께 말이야."

하선이 내 두려운 예감을 할퀴며 종지부를 찍듯 말했다. 우리? 그리고 같은 자리라니?……

"너는 나한테 숨기고 있는 게 있어. 아니라고 하지 마."

……아니라고, 나는 말할 수 없다. 그러나 이미 어떤 일을 들켰을 때의 자포자기와 후련한 심정으로 나는 하선의 이마께를 당당하게 쏘아보고 있었다.

"너는 네가 누군지 알고 싶지 않니?"

"……"

"지금 여기와는 다른 미래를 꿈꾸지 않는다면 운명이나 너의 지난 생에 대해 아무것도 궁금할 게 없을 거야. 하지만 넌, 그렇지 않아. 더 이상 도망갈 수 있다고 생각하지 마."

"나도 너처럼 내 안에 있는 것은 어디서 왔을까, 하는 물음에 자유롭다고는 말할 수 없어. 물론 너는 단지 그것뿐만은 아니겠지만. 하지만 난 더 이상 궁금한 것도 알고 싶은 것도 없어. 나는 지금의 내 생에 만족해. 난 내 단조롭고 조용한 일상에 혼란스럽고 낯설고 한 번도 경험해보지 못한 사건들이 끼어드는 게 싫을 뿐이야. 내 생이 복잡해지는 걸 원치 않아."

"……그건, 그것은 이미 우리를 넘어서는 '무엇'이야."

할말을 다 했다는 듯 하선이 불쑥 자리에서 일어났다. 그리고 그 애는 욕실로 들어갔고 샤워 물줄기를 세게 틀어대는 소리가 들려왔다. 어두운 거실에 몸을 사리고 앉았다가 옷장 서랍에서 면 티셔츠와 실내복 바지를 꺼내 욕실 앞에 놓아두고 다시 소파에 앉았다. 하선은 왜 내게 그런 말을 했을까. 나는 몸을 떨고 앉아 자꾸만 감기려는 눈을 애써 크게 벌리고 있었다.

메탈처럼 차갑고 희게 빛나는 알몸으로 욕실을 나온 하선이 옷을 갈아입고 건넌방으로 들어갔다. 하선은 다시 입을 열지 않았다. 얼마쯤 지났을까. 일이 센티미터쯤 열린 건넌방에서 희미한 불빛이 새나오고 있었다. 나는 기민하고 날렵한 고양이처럼 아무 소리도 내지 않고 자리에서 일어나 거실 전등을 모두 끄고 무릎을 구부리고는 하선의 방으로 다가갔다.

불을 끄고 커튼을 젖힌 방으로 푸르스름한 달빛이 고여들고 있다. 그녀는 책상 위에 까만 천을 덮고 그 위에 완전한 구의 형태를 가진 직경 10센티미터의 투명한 수정구를 천 위에 올려놓고 있다. 마술사처럼, 혹은 깊은 바닷속의 마녀처럼. 그녀는 수정구를 따뜻하게 만들기 위해서 양손으로 감싸쥐고 있다. 긴 머리채에서 뚝뚝 물방울이 떨어지고 있다. 그녀는 눈을 감고 호흡을 고른다. 푸르스름한 어둠 속에서 수정구가 환하게 빛난다. 그녀가 돌연 눈을 뜬다. 나는 벽 쪽으로 몸을 바싹 붙인다. 그녀가 눈 한번 깜박거리지 않은 채 수정구를 응시하고 있다. 이제 얼마 후면 의식의 문이 열리며 그녀가 마음속으로 바라던 영상들이 수정구 안에서 나타날지도 모른다. 희뿌연 안개 같은 것이 수정구 속에 나타나기 시작한다. '구름 현상'이다. 그것은 원하는 영상이 수정구에 나타나리라는 최초의 조짐이다. 신기가 들린 듯 수정구를 감싸쥔 그녀의 손이 덜덜 떨리고 있다. 수정구의 빛깔이 점점 더 뿌옇게 변하고 있다. 하현으로 일그러진 달이 창문을 지나고 있다. ……한숨을 토해내듯 그녀는 깊은 숨을 내쉰다. 그리고는 몸을 홀쩍 돌린다. 그녀의 이마에 식은땀이 배어 있을 것이다. 그녀는 노트를 한 장 찢어 무어라고 휘갈겨 쓴다. 그리고 종이를 뒤집어 수정구 옆에 놓는다. 그녀는 다시 눈을 감았다 뜨곤 수정구를 응시한다. 수정의 어원은 '녹지 않는 얼음'에서 왔다. 수정구는 비교(秘敎) 의식에서부터 투사, 미래 예지, 전생 회귀, 또는 죽은 자와 통하는 일종의 기구로 이용되어왔다. 그렇다는 것을 내게 말해준 사람은 그녀다. 수정구의 중심부에서부터 또다시 구름 현상이 일어나고 있다. 오늘 밤 그녀는 성공할 수 있을까. 나는 좀더 가까이 문 쪽으로 눈을 들이민다. 수정구 전체에 뿌연 안개 같은 게 번져들고 있다. 그 빛이 점점 짙어지는가 싶더니 동심원을 그리며 수정구의 색깔이 암적색으로 바뀌고 있다. 아!…… 나는 저도 모르게 억눌린 탄성을 내지르고 만다. 기적을 알아차린 그녀가 몸을 휙 돌리더니 싸늘한 눈으로 내 쪽을 노려본다. 한 번도 보지 못한 두려운 눈빛이다. 하선. 나는 신음을 터트리듯 그 애의 이름을 부르며 엉겹결에 벽 스위치를 올린다. 세상에 처음 나왔을 때 보았던 강렬하고도 뜨거운 빛이 내 머리 위로 세차게 쏟아지고 있다.

*

내가 아는 3월은 마음을 움직이게 하는 달이며 연못에 물이 고이는 달이다. 암소가 송아지를 낳는 달이며 개구리의 달이다. 그리고 한결같은 것은 아무것도 없는 달. ……한결같은 것은 아무것도 없는 달.

3월 첫주가 시작되자마자 지독한 감기 몸살에 걸렸다. 새 달이 시작되고서도 두꺼운 옷을 겹겹이 껴입고 다니긴 했지만 늦은 저녁의 산책이 원인이 되었던 듯싶다. 수업을 마치고 대형 서점에서 책 몇 권을 사고 저녁을 먹고 영화 한 편을 본 후 경복궁 담을 따라 집까지 오래 걸었다. 경복궁 옆 청와대 진입로에 있던 아름드리 가로수들이 베여나가 있었고, 그 자리에 새 보도블록이 깔려 있었다. 출근길에 포클레인 몇 대가 전시의 탱크처럼 아침 거리를 잠식하며 몰려들었던 걸 본 기억이 났다.

정부 세종로 청사 후문에서 청와대에 이르는 경복궁 서쪽 돌담길에는 가죽나무 수십여 그루가 심어져 있었다. 그 중에는 수령 칠팔십 년 된 것도 있고 백여 년이 넘는 것도 있다. 조간 신문을 통해서 나는 종로구청 공원녹지과에서 나무가 썩어서 넘어질 우려가 있기 때문에 사고 예방 차원에서 나무를 제거했다는 사실을 알게 되었다. 집으로 돌아오는 길에 부러 먼 길을 돌아 그쪽으로 타박타박 걸었다. 가죽나무는 수령이 백 년 이상 되면 속이 썩는 경우가 있긴 하지만 나무들의 절반 이상은 삼사십 년 된 것들로 아마 안전성과는 무관할 터였다. 그러나 나무가 있던 자리엔 정말로 새 보도블록이 깔려 있었다. 오래된 나무들이 흔적도 없이 하루아침에 싹둑싹둑 잘려나가버린 것이다.

나는 나무가 있던 자리에 서 있었다. 하늘은 점점 어두워졌고 바로 옆 도로에서는 야생 동물의 시퍼런 눈처럼 불을 켠 자동차들이 경적을 울리며 도로를 질주했다. 얼마쯤이나 더 그러고 서 있었을까. 누군가 땅 밑에서 큰 숨을 내뱉는 것처럼 발밑이 쿵쿵 울리는 것이 느껴지기 시작했다. 금방이라도 내 몸은 튕겨지 듯 저쪽 하늘로 훌쩍 날아가버릴 것만 같았다. 나는 이젠 없는 가죽나무의 둥치를 두 팔로 껴안고 몸의 중심을 잃지 않도록 안간힘을 썼다. 바람이 돌연 거세지기 시작했다. 새로 깐 사각형의 보도블록을 들어내면 피범벅에 비까지 흠씬 맞은 커다란 짐승 한 마리가 이쪽을 올려다보며 큰 숨을 들이내쉬고 있을 것만 같았다. 그토록 찬바람이 불어대고 있는데도 불구하고 뒷덜미로는 진땀이 흐르고 있었다.

더럭 겁에 질린 나는 얼른 그 자리를 벗어나 횡단보도를 건넜다. 도심의 야간 조명도 끝났고 집 근처의 오래된 가죽나무들도 자취를 감추었기 때문일까. 설명할 도리 없는 상실감에 젖어 어깨를 늘어뜨리고 집으로 돌아왔다. 그 밤부터 열이 오르고 살갗이 갈가리 찢기는 듯한 통증과 함께 감기 몸살이 시작되었다.

다음날 나는 자리에서 일어나지 못했다. 보일러 온도를 높여두긴 했지만 온몸이 덜덜 떨리고 몸 속의 뼈들이 덜거덕거리며 일제히 살갗을 뚫고 나오는 듯했다. 목요일 아침이었다. 학원에 전화를 걸어 금요일까지 이틀 간 휴강을 하겠다고 말했다. 하루 다섯 시간이나 되는 수업을 이틀이나 대신해줄 만한 강사가 없었으므로 주말에 보강 수업을 하겠다고 했다. 학원에 나가는 동안 몸이 아픈 적이 아주 없던 건 아니지만 이틀이나 결근을 하기는 처음이었다. 앤서링 머신에 현선생과 잭이 차례로 음성을 남겨놓았다. 혼절하듯 오후 내내 식은땀을 흠씬 흘리며 잠이 들었다가 깨어나 긴 숄을 어깨에 친친 감고 병원에 다녀왔다. 주전자에 물을 데워 약을 털어넣다가 울음이 터지려는 입술을 윗니로 꼭 깨물어버렸다. 현관문을 잠가두지 않았으나 아무도 나를 찾아오는 사람은 없었다. 나는 강이의 이름도 부르지 않았다. 자꾸만 훅훅 달아오르는 눈두덩을 팔뚝으로 문질러대며 이부자리로 파고들어갔다.

금요일 저녁까지 긴 잠에 빠져 있었다. 이따금씩 잠에서 깨어나면 깔깔한 입 안으로 흰죽을 넘기고 약을 먹고 다시 잠에 빠졌다. 온몸이 땀으로 젖어 있었지만 샤워도 하지 않고 얼굴도 닦지 않았다. 보일러 온도는 30도에 맞춰놓긴 했으나 실내는 내내 찬 기운이 감돌았다. 거센 바람이 불고 있는지 창밖에서는 뭔가 쿵쿵 넘어지는 소리가 들려오기도 했고 정적을 가르며 전화벨 소리가 울리기도 하였다. 나는 좀체 꼼짝할 수가 없었다. 누군가 내 집에 들어와 서랍들을 차례로 다 뒤진다 해도 나는 알 수 없었을 것이다. 어느 때인가는 현관문이 활짝 열려져 있기도 했다. 바람이 들어왔다 나간 것인지 혹은 김석희나 하선, 그가 다녀간 것인지 분간할 수 없었다. 꿈이었을까. 잠결에 누군가 찬 손바닥으로 내 이마를 짚어보다가 얼음 수건을 올려놔둔 것도 같았다. 그렇게 꼬박 이틀을 되게 앓았다.

간신히 몸을 일으켜 토요일과 일요일에 학원에 나가 보강 수업을 했다. 수강생은 절반으로 줄어 있었고 터지는 기침을 참느라 내 얼굴은 내내 시뻘겋게 달아올라 있었다. 수업이 끝나자마자 학원 근처 뒷골목에서 뜨거운 생대구탕 한 그릇을 사 먹고 얼른 집으로 돌아왔다.

며칠 만에 샤워를 하고 젖은 머리를 말리고 있는데 현관 벨이 울렸다. 나는 벨소리를 무시하며 그대로 거울을 들여다보며 머리카락을 말리고 있었다. 얼굴은 아직도 열에 들떠 있고 눈동자의 실핏줄은 붉게 번져 있었다. 지독한 감기다. 이쪽의 나를 가만히 들여다보고 있다는 듯 벨소리는 좀체 그치지 않았다. 그제야 허겁지겁 옷을 갈아입었다.

현관 밖에는 1층 남자가 엉거주춤한 자세로 벽에 몸을 기대고 서 있었다. 아연한 눈으로 남자를 쳐다봤다. 1층 남자는 미간을 잔뜩 찌푸리고 있었다. ……?

"괜찮다면 저녁 식사를 함께 했으면 좋겠는데요."

내가 잘못 들은 걸까? 남자는 정말 성난 사람처럼 얼굴을 일그러뜨리고 있었다.

"정말이지 오늘은, 혼자 밥을 먹기 싫군요."

"……미안하지만, 저는 지금 좀 아파요. 며칠째 감기 몸살에 시달리는 중이죠. 게다가 이르긴 했지만 저녁밥은 벌써 먹었구요."

그런데 정말 뜻밖이군요, 라는 말은 하지 않았다. 자꾸만 일그러지는 남자의 표정 때문이었을까.

"감기라고 했소?"

남자가 벽에서 상체를 떼어내며 되물었다. 나는 고개를 끄덕거렸다. 채 말리지 못한 머리카락에서 물기가 뚝뚝 떨어져 내렸다.

"나한테 아주 좋은 약이 있는데. 그럼 내려와서 그거라도 먹지 않겠습니까?"

"……"

도로 현관문을 닫고 나서 헤어 드라이어로 머리카락을 바싹 말리고 카디건을 덧껴입었다. 1층 남자는 어쩌자고 내 집 벨을 누른 것일까. 그러나 나는 아무런 의혹도 갖지 않기로 했다. 어느새 1층 남자를 이해하고 있었는지도 모르겠다. 나도 정말이지 혼자서는 밥을 먹고 싶지 않은 날들이 있고 그 심정을 누구보다 잘 알고 있으니까. 어쩌면 1층 남자와 나는 썩 사이가 좋은 친구가 될 수도 있겠다. 게다가 그가 1층 현관 등 고리에 옷을 걸어두지 않은 건 벌써 오래되었으니. 무엇보다 나는 함께 밥을 먹자면서 외려 자꾸만 일그러지던 남자의 표정이 마음에 들었는지도 모르겠다. 그러나 우리는 여태 서로의 이름도 모르고 있지 않은가. 두통 때문에 진통제 한 알을 넘기고 헛발질이 안 되도록 조심하면서 계단을 내려갔다.

현관문은 활짝 열려 있었다. 밤에도 잠가두지 않는 내 집의 문처럼. 혹시 1층 남자도 날마다 누군가를 기다리고 있는 것은 아닐까. 나는 내 집의 구조와 별반 다르지 않은 1층 남자의 실내로 성큼 올라섰다. 1층 남자는 등을 보이고 서서 가스 레인지에 올려둔 주전자를 들여다보고 있었다. 향긋한 과일향 같은 것이 실내에 번져들고 있었다. 대체 뭘 저렇게 신중히 끓이고 있는 것일까. 나는 주춤거리며 소파에 자릴 잡고 앉았다.

남자가 커다란 머그 컵에 담아 내온 것은 붉은 포도주다. 그리고 나는 처음으로 1층 남자가 다리를 절고 있다는 사실을 발견하게 되었다. 주방에서 거실로 걸어오는 그 짧은 동안. 남자의 한쪽 다리는 마치 나무로 만들어진 것처럼 부자연스럽고 조금만 가까이 다가간다면 삐걱거리는 소리라도 들을 수 있을 것만 같았다. 이름도 모르는 남자의 집에서 나는 기침을 뱉어내며 그가 절룩절룩, 내게로 다가오는 걸 눈여겨보고 있었다. 그러나 언젠가 내 생에 한 번 이런 시간이 있었던 듯 아주 익숙하고 편안한 느낌에 사로잡히고 있었다.

"레드 와인에 계피와 레몬 한 조각을 넣고 끓인 겁니다."

1층 남자가 내 앞에 털썩 주저앉으며 쟁반을 내 쪽으로 밀었다. 쟁반에는 사기로 만들어진 둥근 설탕 그릇도 함께 놓여 있었다.

"웬 거예요?"

"감기엔 이것보다 나은 약이 없죠. 설탕을 조금씩 넣어서 드시면 더 좋을 겁니다. 금방 몸이 따뜻해질 거요."

부지불식간에 나는 지금은 곁에 없는 강이를 떠올리고 있었다. 잠결에 내 이마를 짚어보고 물수건을 올려놔준 사람은 먼 곳의 강이였을지도 모른다. 내가 아플 적마다 쟁반에 약과 물컵을 담아와 약을 먹이고 이불을 목까지 끌어주고 잠들 때까지 손을 꽉 잡아준 사람도 강이였었지. 그러나 강이는 오랫동안 나에게 아무런 연락도 하지 않고 있다. 혹시 지금 강이도 온몸이 펄펄 끓어오르며 신열에 시달리고 있지는 않은지. 지끈거리는 머리를 흔들어대고는 1층 남자가 끓여준 뜨거운 와인을 입김을 불어가며 마시기 시작했다. 흰 설탕을 두 스푼 넣고.

"내 이름은 치원입니다. 박치원."

1층 남자가 또박또박 제 이름을 댔다. 나는 조그만 목소리로 난 향이예요, 라고 말했다. 나를 알고 있는 사람은 두 부류다. 강운이라는 이름으로 나를 기억하고 있는 사람. 그리고 나를 향이로 알고 있는 사람. 1층 남자는 나를 향이로 기억하게 될 터이다.

"평소에 감기에 잘 걸립니까?"

"아녜요. 찬바람을 좀 오래 쐬었더니, 더럭 감기에 걸리고 말았네요."

"와인을 꾸준히 마셔보세요. 감기나 기관지염에도 좋습니다. 와인이 호흡을 보다 깊게 해주고 특히 감기에는 다른 어떤 약보다 효과가 있습니다."

"와인에 조예가 깊은 모양이시네요."

"혼자인 사람들은 시시콜콜히 아는 게 많죠. 하다못해 유리창을 닦을 땐 헝겊보다 젖은 신문지가 더 잘 닦인다는 것까지 말입니다. 혼자가 되어서야 시야가 넓어지는 것 같습니다. 넓어진다기보다는 한곳으로 더 깊어진다는 말이 맞을지도 모르겠군요.”

“……!”

1층 남자, 박치원의 찡그린 듯한 표정이 서서히 풀어지고 있었다. 나는 입김을 불어가며 와인을 마셨다. 박치원의 말대로 몸 속으로 불씨가 넘어간 것처럼 금세 따뜻해지는 게 느껴졌다. 당분간은 저녁의 산책을 피해야 한다고 속으로 뇌까렸다. 그런데 대체 몇 시쯤이나 됐을까.

“혼자서는 도저히 견딜 수 없는 저녁이 있습니다. 그걸 압니까?”

나는 고개를 천천히 끄덕거렸다. 그걸 모르는 사람이 있을까, 이 도시 안에서. 마치 내가 그런 질문을 던지기라도 한 듯 나를 따라서 박치원이 고개를 끄덕거리고 있었다. 찡그린 인상을 편 박치원의 얼굴은 아주 낯익어 보였다. 그 낯익음에 나는 약간 놀라고 당황해하고 있었다.

“오래 전에 왼쪽 다리를, 그러니까 무릎 밑을 절단해야 했습니다. 교통사고였죠. 취중에 택시를 잡다가. 그런데 믿기 어렵겠지만 이따금씩 그 없는 왼쪽 다리에 심한 통증이 느껴지거나 가렵거나 할 때가 있습니다. 어느 땐 쥐가 나는 것도 같죠. 그래서 한밤에 깨어나 없는 다리를 주무를 때가 있습니다.”

“……!”

“그런 느낌이 드는 데야 도리가 없더군요.”

“이해한다고 말할 수는 없지만, 아마도 그건 왼쪽 다리의 기

146

억이나 이미지 같은 것들이 아직 살아 있기 때문이 아닐까요?”

“다리의 기억이라.”

박치원이 가만히 내 말을 읊조리고 있었다.

“그래도 누군가는 오랫동안 묵묵히 경복궁 돌담을 따라 서 있던 오래된 가죽나무들을 떠올리고는 할 거예요. 이제는 흔적도 없이 사라지긴 했지만.”

“……”

“시간이 괜찮다면 제 애길 좀 해도 될까요? 내 여자의 이야길 말입니다.”

어느 틈엔가 박치원의 목이 콱 잠겨 있었다. 나는 터지려는 기침을 한 손으로 막고 또 고개를 끄덕거렸다. 다리가 있어 햇빛이 드는 곳을 찾아다니는 나무들의 이야기라면 좋겠다.

“오늘은 그녀가 죽은 지 꼭 4년 7개월 19일째 되는 날입니다.”

역시 나무에 관한 이야기는 아니다. 박치원은 골똘한 표정으로 내 앞에 앉아 있었다. 의족을 단 왼쪽 다리에 모두쥔 두 손을 올려놓은 재.

4

서울을 비롯한 중부 지방에 올 들어 첫 황사가 일고 이틀 간 봄비가 내리더니 낮 기온이 영상 10도까지 올라갔다. 점심 시간에 나는 비상구를 통해 학원 건물 옥상으로 올라갔다. 빽빽한 고층 건물들의 흙벽 사이로 봄 안개가 가득 피어올라 있었다. 나는 남산에 오른 상춘객들처럼 희미한 도심의 빌딩 숲을 무연히 둘러보았다. 아마도 저쪽 제주시 용담동에는 노란 유채꽃이 활짝 피었고, 임진강에서는 겨울 철새인 쇠기러기나 큰기러기가 떼를 지어 강변을 날고 있을 터이다. 겨울을 난 기러기들은 3월 중순이면 다시 북쪽으로, 북쪽으로 하염없이 이동할 것이다. 그즈음에 엄마와 아버지의 기일이 있다. 그렇다는 것을 나는 옥상 난간을 붙잡고 서서야 깨닫게 되었지만 그것은 간밤의 일 때문일지도 몰랐다.

아직 감기 기운이 남아 있는지 수업을 마치고 나면 얼굴이 달아오르고 온몸에 기운이 다 빠져나가버렸다. 6층에서부터 1층까지 계단을 내려오는 동안 몇 번이나 발을 헛디딜 뻔하기도 했다. 저녁 산책은 엄두도 내지 못할 일이다. 그러나 해는 길어졌고 그 따뜻한 햇살을 등 뒤로 하고 곧장 아무도 없는 집으로 돌아오는 길은 매번 쉽지 않았다. 부드럽게 번지는 하오의 햇살과 거리를 걷는 사람들의 가볍고 밝은 옷차림과 아이들의 웃음과 영화 포스터와 희고 둥근 솜사탕과 화원 앞의 꽃들은 모두 떨쳐내기 힘든 유혹들이었다. 학원에서 곧장 돌아오면 몸을 씻고 잠이 들었다가 깨어나 습관처럼 늦은 저녁을 먹곤 하였다.

어젯밤도 마찬가지였다. 초저녁에 까무룩히 잠이 들었다가 밤 9시가 넘어서 깨어났다. 밥을 짓고 쑥을 넣어 국을 끓였다. 식탁을 차리고 있는데 전화벨이 울렸다. 한 손에 수저를 든 그대로 거실로 가 전화를 받았다. 잭의 전화였다. 이번 달 잭의 수업은 오전과 저녁 시간에 있기 때문에 약속을 하지 않는다면 점심을 먹지도 학원 테라스에서 커피 한 잔도 하지 못한다. 게다가 내가 수업이 있는 오후 시간에 잭은 선릉의 벤처 회사로 강의를 나가고 있다. 얼굴을 못 본 지 일주일이 넘었다. 식사를 함께 한 것도 지난번 현선생과 캐서린과 함께 광화문으로 나간 이후엔 아주 없는 성싶었다. 서로 시간이 맞질 않아 대충 토요일이나 일요일 저녁쯤으로 약속을 하고는 간단히 전화를 끊었다.

수화기를 내려놓고 주방 쪽으로 발을 돌렸다. ……! 나는 순간적으로 내 눈을 의심하지 않을 수 없었다. 아니 그렇다는 판단을 하기도 전에 수저를 든 손으로 먼저 내 입을 틀어막았다. 머리카락이며 온몸의 솜털이 일제히 쭈뼛 솟구치는 게 느껴졌다. 나는 한 발짝도 움직일 수 없었다. 뜨거운 김이 오르고 있는 식탁에는 영산홍의 빛깔처럼 짙은 분홍의 시폰 원피스를 입은 엄마가 앉아 있었고 엄마 옆에는 엉거주춤하게 허리를 구부린 아버지가 바싹 다가서 있었다. 아버지는 감색 점퍼를 입었고 점퍼 밑으로 흰 와이셔츠 자락이 빠져나와 있었다.

거실을 등진 뒷모습이긴 했으나 나는 그 중년 남녀가 1년 전에 함께 죽은 나의 엄마와 아버지라는 사실을 금세 알아차릴 수 있었다. 그래, 벌써 1년이 지난 일이다. 1년 만에 그들은 저녁의 식탁 앞으로 나를 만나러 온 것이다. 내 발등은 못 박힌 듯 움쩍도 하지 않았다. 엄마와 아버지는 두 손으로 허겁지겁 밥을 퍼먹고 있었다. 나는 내 손에 들린 한 벌의 수저를 가만히 거실 테이블 위로 올려놓았다. 그 틈에도 문득 식탁 위에 수저를 놓고 전화를 받을걸, 하는 생각을 했던 것도 같다. 그랬으면 엄마가 손으로 밥을 퍼먹진 않을 텐데.

그러나 그들이 나를 만나러 왔을 거라는 짐작은 틀렸다. 엄마와 아버지는 내가 어두운 거실 저쪽에서 자신들을 바라보고 있다는 걸 모르고 있는 듯 오로지 밥을 먹는 것에만 열중하고 있었다. 신월동 사글셋방에 살 적만 제외하면 생전에 엄마는 소식이었고 식탐이 없던 편이었다. 아침에 눈을 뜨면 갓 뽑아낸 커

피와 토스트 한 쪽을 먹고 점심은 대개 거르거나 생과일 주스를
한 잔씩 마시곤 하였다. 가족이 모이는 저녁 식탁에서도 엄마와
함께 식사를 했던 기억은 별로 없다. 신월동에 살 적에도 엄마
가 밥을 먹을 땐 강이와 함께 방을 나와 마루에서 동화책을 읽
거나 산책을 나가곤 했으니. 죽은 후에야 나는 엄마가 허기를
참지 못하고 손가락으로 밥을 퍼먹고 있는 것을 보게 된 셈이었
다. 엄마…… 간신히 입을 벌려 엄마를 불러보았다. 그리고 엄
마를 사랑했던, 아니 한평생 엄마에게 헌신하고 복종했던 나의
아버지도.

원, 이걸 반찬이라고. 저리 좀 비켜봐요, 배가 고파서 견딜 수
가 없단 말예욧!

엄마의 목소리였다. 그러나 그건 내가 알고 있는 엄마의 목소
리며 어조가 아닌 듯했다. 배가 고파서 견딜 수가 없다니. 대체
살아 있는 동안 한 번이라도 엄마가 그런 말을 내뱉은 적이 있
었던가. 그렁거리던 눈물이 단숨에 쑥 들어가버리는 느낌이었
다. 나는 소리내서 낄낄거리고 싶은 것인지도 몰랐다. 눈을 딱
부릅뜨고 잠자코 서 있었다. 한 그릇의 밥을 놓고 엄마와 아버
지가 서로 번갈아가며 손가락을 쑤셔넣고 있었다. 그것도 이상
한 일이다. 엄마가 밥을 먹는데 아버지가 함께 그 밥을 먹고 있
다니. 언뜻 보면 그들은 밥 한 그릇을 놓고 서로 치열하게 싸우
고 있는, 오랫동안 굶주린 야생 동물들 같아 보였다. 혹시 저 남
자는 나의 아버지가 아니지 않을까. 좀더 가까이 다가가 그들의

얼굴을 들여다보고 싶었지만 나는 무릎이 꺾인 것처럼 거실 바닥에 털썩 주저앉고 말았다.

어딜 가나 왜 이렇게 춥담. 여보, 거기 온도 좀 올려봐요.

엄마가 새되고 신경질적인 목소리로 아버지에게 말했다. 그건 차라리 명령에 가까운 어조였다. 그러나 아버지는 오로지 밥을 먹는 데만 집중하고 있을 따름이었다. 참기름을 발라 구운 김과 까만 콩자반이 허공으로 튀어오르고 후루룩 국을 들이마시는 소리가 번갈아 들리고, 이윽고 손가락에 묻은 밥알을 쪽쪽 빠는 소리까지 들렸을 때야 그들의 식사가 끝난 것을 알아차렸다. 그리고 엄마와 아버지가 나를 보러 온 것이 아니라 한 끼 밥을 먹기 위해 온 거라는 사실도. 밥을 먹는 동안 엄마와 아버지는 한 번도 내 이름을 입에 올리지 않았다.

엄마, 거기 싱크대 위 전기 밥통에 밥이 더 있을 거예요.

나는 간절히 소리쳤다. 그러나 예나 지금이나 엄마는 나의 목소리를 듣지 못한다. 물 한 잔을 서로 빼앗듯 번갈아가며 마시고 있는 내 엄마와 아버지. 밥통 속에는 새로 지은 밥이 남아 있고 냉장고 속에는 밑반찬들과 냉동 피자와 생선과 엄마가 좋아하던 명란젓도 들어 있다. 그들은 왜 더 이상 움직이려 들지 않을까. 게다가 여기 이렇게 내가 앉아 한결같은 눈으로 응시하고 있는데. 이젠 그만 절 좀 돌아보세요, 하듯.

이제 그만 가지.

뭔가 더 먹을 게 없을까요?

그럼 당신이 찾아보구려, 난 그만 가볼 테니.

나 혼자서요? 여보, 같이 가요.

거, 오랜만에 제대로 밥 한번 먹었군 그래.

난 아녜요. 아직도 이렇게 배가 홀쭉하다고요. ……어? 같이 가요, 여보, 여보!

식탁에서 등을 돌린 순간 아버지의 육체가 홀연히 사라져버렸다. 그리고 허겁지겁 의자에서 일어나 아버지의 옷자락을 부여잡으려던 한 떨기 봄꽃처럼 아름다운 엄마의 몸도. 그러나 엄마가 마치 닭장에 수탉이 없을 때 불안해하는 암탉처럼 보였던 건 어떻게도 부정할 수 없다. 아주 짧은 동안, 나는 엄마가 이쪽의 나를 한 번 돌아봤다는 느낌을 떨쳐버릴 수 없다. 엄마는 입 귀를 올리며 살풋 웃고 있었다. 허기를 면한 안도의 한숨이었을까. 아무려나 나는 분명 엄마와 아버지의 얼굴을 봤다. 정말이지 1년 전에 죽은 나의 엄마와 아버지였다. 나는 의심하지 않았다. 의심을 하다니. 그들이 사라진 후에도 한동안 숨을 죽이고 앉았다가 후들거리는 몸을 일으켜 식탁으로 다가갔을 땐 이미 밥공기가 다 비워져 있었고, 반찬을 담았던 몇 개의 접시들도 마찬가지였다. 그것 때문이 아니더라도 의심할 수 없었을 것이다. 내 눈으로 이렇게 똑똑히 그들의 얼굴을 보지 않았는가 말이다.

명치에 둔통이 느껴지긴 했지만 나는 다시 밥을 새로 푸고 찬을 담아 묵묵히 밥 한 공기를 다 비웠다. 이제는 아무도 없는 식탁에서. 까닭 없이 눈물이 비어져나왔다. 그러나 누구에게도 그 저녁의 일에 관해 이야기할 수 없다는 것을 깨달았다. 강이에게 조차도. 그들은 다시 언제 또 나의 집으로 올까. 거울을 들여다 보며 오래오래 이를 닦고 침대에 누워 이불을 목까지 눌러쓰면 서 그런 생각을 하고 있었다.

학원 옥상에서 한참을 서성거리다가 강의실로 걸어 내려왔 다. 엄마와 아버지의 기일은 이제 며칠 남지 않았다. 골분을 흩 뿌린 그 강으로 가봐야 할까. 아니면 위패를 모신 이천 절에 한 번 들러봐야 할까. 선뜻 결정하지 않았다. 어쩌면 나는 정말이 지 아무것도 하지 않을지도 몰랐으니까.

수업이 끝난 후 현선생과 함께 학원을 나오게 되었다. 엘리베 이터를 타고 먼저 내려간 현선생을 주차장 입구에서 만났다. 가 까운 곳에 가 저녁 식사나 하자는 줄 알았다. 올림픽대로를 타 고 달려 미사리까지 나가 스파게티를 먹고 쫓기듯 서두르는 현 선생을 따라 다시 차에 올랐다. 유행성인지 며칠 전부터 현선생 도 감기를 앓고 있었다. 일찍 들어가 오렌지 주스나 푹 끓인 포 도주 한 잔을 마시고 쉬라는 나의 말에도 불구하고 현선생은 어 두운 얼굴로 내처 차를 몰았다. 열어둔 차창으로 온기를 품은 저녁 바람이 불어왔다. 혹시 그녀에게 무슨 일이 있는 건 아닐 까. 이대로 계속 달린다면 밤 10시까지 집으로 돌아가기는 힘들 텐데. 내심 불안해지고 있었지만 현선생은 점점 더 속력을 낼

뿐이었다.

"창문을 좀 닫는 게 어때? 우리 둘 다 아직 감길 않고 있잖아. ……그래도 봄바람이 좋긴 좋지, 안 그래? 걱정 마, 조금만 더 가보자. 서양 속담에 말야 이런 게 있어. 바람은 신사, 밤에는 잠을 잔다. 이제 곧 바람도 그칠 거야."

"그건 아마 밤에는 공기가 상하로 뒤섞이는 난류 현상이 적어지기 때문이겠죠. 저녁엔 흐리고 비가 온다고 했는데."

"기온이 제법 찬걸. 일교차가 좀 심해야 말이지."

어디쯤이었을까. 하늘이 어둑해지고 표지판은 강릉 방향을 가리키고 있었다. 현선생은 시속 130킬로미터로 차를 몰고 있는 중이었다. 자꾸만 강릉 거리를 나타내는 표지판이 마음에 걸리긴 했지만 어차피 현선생은 밤 10시까지는 집으로 돌아가야 할 사람이다. 돌연한 눈발이 날리기 시작한 건 영동고속도로로 진입했을 무렵이었다. 봄볕 가득했던 하늘은 거짓말처럼 짙은 재색으로 변해 있었고 발가락이 시릴 만큼 찬 기운이 감돌았다. 나는 손을 뻗어 히터를 올렸다. 대체 어딜 가자는 걸까.

운전을 하는 내내 현선생은 아무 말도 하지 않았다. 무슨 생각엔가 퍽 골몰해 있는 표정이었다. 눈발은 점점 더 거세지고 있었다. 고속도로에 눈이 쌓이기 시작하고 차창으로 눈보라가 달려들었다. 함박눈인 데다가 거센 바람을 따라 광폭하게 휘날리기까지 하고 있었다. 간밤의 일 때문이었을까. 나는 사뭇 두려워지고 있었다. 차라리 내 쪽의 차창을 활짝 열어젖히고 고함이라도 내지르고 싶은 심정이었다. 그러나 숨을 몰아쉬며 허리를 곧추세우고 앉아 있었다. 현선생이 갓길로 차를 세웠다. 조금만 더 가면 인터체인지가 나올 텐데. 차에서 내린 현선생은 윈도 브러시와 그새 앞 유리창에 얼어붙은 얼음 조각들을 맨손으로 떼어내고 있었다. 안개등 불빛으로 차창 앞에 고개를 숙이고 선 현선생의 흐릿한 몸이 보였다. 얼음을 떼내고도 팔짱을 지른 채 한동안 갓길에 우두커니 서 있던 현선생이 무표정한 얼굴로 다시 운전석에 앉았다. 그리고 또 속력을 내기 시작했다. 이미 9시를 넘어서고 있었다.

현선생은 소사휴게소에서 차를 세웠다. 갑자기 쏟아진 폭설 때문인지 휴게소에는 서둘러 스노 체인을 감는 사람들과 고개를 넘어 내처 강릉 쪽으로 달릴 것인지 차를 되돌려야 할지 망설이는 사람들로 분주해 보였다. 폭설이 쏟아질 거라는 예보도 없었던가 보다. 현선생이 화장실에 간 동안 나는 자동 판매기에서 커피 두 잔을 뽑았다. 차를 세워놓고 휴게소까지 들어가는 그 짧은 동안 머리카락이며 어깨에 눈이 쌓여 있었다. 낮에 옥상에서 보았던 봄 안개가 아주 오래 전의 일처럼 느껴졌다. 현선생이 스노 체인을 감고 이 밤에 대관령 고개를 넘겠다면 아마도 따라가지 않을 수 없을 거라는 생각을 하고 있었다. 휴게소 입구에 나란히 서서 커피 한 잔씩을 마시고 현선생과 나는 차에 올랐다. 누구도 먼저 입을 열지는 않았다. 현선생은 소사인터체인지에서 길을 돌렸다.

왔던 길을 고스란히 되짚어 서울에 도착한 건 자정이 가까워서였다. 톨게이트에 접어들자마자 다른 세상에 뚝 떨어진 것처럼 눈발이 그쳐 있었고 휘황한 네온에 눈이 다 쓰라릴 지경이었다. 고속도로에서 보았던, 금방이라도 차창을 부수고 달겨들 것 같았던 그 세찬 눈보라들은 다 어디로 사라져버렸을까. 눈보라 위로 총총히 떠 있던 수많은 별들은? 도심으로 접어들자 눈의 흔적은 아주 찾아볼 수 없었다.

"꿈을 꾼 걸까요?"

어쩐 일인지 나는 조바심치며 여태도 어두운 얼굴을 하고 있는 현선생에게 그렇게 묻고 있었다. 아니, 아니라고 현선생이 가만히 고개를 젓는다.

*

이 생의 인연이 아니라면, 더 이상 누군가를 기다리는 일은 없을 거라고 생각했었나. 나는 이미 많은 사람들을 떠나보냈고. 엄마와 아버지, 나의 강이, 서휘경, 또 이름을 기억할 수 없는 얼굴들. 그리고 지금 내 곁에 있는 사람들도 언젠가는 나를 떠나갈 것이라고. 그러나 저녁의 정체 모를 사무침은 어떻게 설명할 수 있을 것인가. 혼자 청소를 하고 있거나 해 저물녘 쌀을 안치고 뜸이 들기를 기다리는 동안 솟구치는 그 차가운 울음은.

어떻게도 미련은 남는 법이니까.

세상에는 기다리는 사람과 돌아오지 않는 사람이 있게 마련이다. 기다린다고 해서 상대가 언제나 돌아오는 것은 아니기 때문이다. 중요한 건 내가 누구를 기다리고 있는 것인지조차 알 수 없다는 사실이다.

……나는 감기를 앓던 내내 김석희를 기다리고 있었는지도 모르겠다. 그와의 이야기가 아직 끝나지 않았다고 생각했으니까. 울리던 전화벨이 갑자기 끊길 때나 집으로 돌아가는 길에, 혹은 내 집 현관 앞에서 들려오던 신중하고도 무거운 발소리. 나는 김석희가 여태도 내 주위를 서성거리는 소리를 들어왔다. 이제 더 이상 그를 외면할 방법은 없을 것이다. 두려워하지 않겠다고 했었지. 나는 긴장으로 뻣뻣해진 목과 어깨에서 힘을 빼본다.

차를 모는 동안 김석희는 줄곧 입을 다물고 있었다. 밀폐된 공간의 침묵이 낯설어 카 스테레오를 만져보는 시늉을 하다가 그만두고 말았다. 우린 지금 피크닉을 가고 있는 게 아닐 테니까. 나는 차창을 조금 열고 깊은 숨을 들이마셨다 후룩 토해낸다.

수업을 마치고 6층에서부터 계단을 내려오는데 2층과 1층 계단 사이에 한 남자가 서 있었다. 등을 돌린 채 서 있긴 했지만 남자가 김석희라는 것을 금세 알아차렸다. 이제 나는 안다. 어두운 계단 모퉁이에서 나를 기다릴 사람은 김석희밖에 없다는 것을. 투항의 감정이었을까. 순순히 김석희가 이끄는 대로 주차장 앞에 서 있다 자동차에 올랐다. 몇 번인가 심하게 기침을 하던 순간에 언뜻 김석희의 얼굴에 망설임이 엿보이긴 했지만 그는 제일생명 사거리에서 유턴을 하곤 과천 방면으로 길을 접어들었다.

안경 하나가 사람의 인상을 얼마든지 뒤바꿔놓을 수 있다는 걸 깨닫게 된 건 김석희 때문이다. 내가 기억하기로 5년 전의 김석희는 가느다란 은테 안경을 쓰고 있었다. 까만 뿔테 안경을 쓴 김석희는 암만해도 낯설어 보인다. 그리고 짙은 회색과 검정색 일색인 재킷과 바지도. 하다못해 그의 자동차 빛깔까지도. 그날 방배동 식당에서 김석희와 맞부딪쳤더라도 나는 그의 얼굴을 알아보지 못했을 것이다. 그럴 만큼 안경 하나로 그의 이미지는 달라 보였다. 곧 비가 쏟아질 것 같은 어둑신한 날씨에 검은색 선글라스를 쓴 것처럼 부자연스러워 보이기도 한다. 침울해 보이는 그의 표정 때문일까. 김석희의 모습에서 나는 힘겹게 벼랑에 둥지를 트는 한 마리 새의 모습을 본다.

1995년 그 여름 이후, 내가 김석희를 외면하지 않았더라면 나의 생은 어떻게 달라졌을 것인가. 그리고 김석희는.

망설이긴 했지만 과천 쪽으로 차를 몬 건 아마도 아직 옅게 푼 수채화 물감처럼 번지고 있는 봄 햇살 때문일 것이다. 나는 자꾸만 터지려는 잔기침을 애써 참아내고 있었다. 자동차를 세워두고 김석희와 나는 미술관 쪽으로 둥글게 뻗어나간 호숫가 벤치에 자리를 잡고 앉았다.

병원을 그만두었다고, 손수건으로 입가를 문지르며 김석희가 입을 열었다. ……김석희의 이름을 내건 신경정신병원이었다. 그랬으니 병원을 그만둔 게 아니라 접었다는 표현이 더 적절할 터이다. 벌써 오래 전에. 그리고 그는 덧붙였다. 그건 예정된 일이었다, 고.

"이상한 말을 하고 있군요. 정해진 일이란 건 없어요. 김석희 씨 마음이 그렇게 움직였던 것뿐이죠. 마치 변명을 하고 있는 어투로군요."

변명. 나는 김석희가 변명을 하고 있는 거라고 여기지 않을 수 없었다. 꼭히 내가 들어야 할 필요도 없는 이야기라고도.

"오래 전부터 내 인생은 그렇게 정해져 있던 겁니다. 그건 강운씨도 마찬가지일 거구요. 그걸 인정하지 않았다면 강운씬 지금 이렇게 나를 만나고 있지 않았을 겁니다. 시간이 더 흐르길 기다리는 건 정말이지 어리석은 생각입니다. 우리에게 남은 시간은 별로 없습니다. 이 생은 짧고 다시 반복되진 않죠. 훗날 다시 만난다고 해도 지금 이 모습이진 않습니다."

딱히 기대를 했던 건 아니다. 저물녘의 공원 호숫가에 앉아 김석희와 내가 툭 벌어진 동백의 처연한 아름다움에 관해, 사소한 바람에도 몸을 떠는 연둣빛 싹이 오른 버들강아지나 혹은 수면을 차고 오르는 새들의 눈부시게 흰 빛깔에 대해 이야기를 나누게 될 것이라고는. 그럼에도 어쩐지 맥이 탁 풀리는 느낌을 버릴 수 없었다. 그렇다고 귓등으로 들을 수 있는 말도 아니다.

나는 참고 있던 기침을 내뱉었다. 무겁고 두꺼워 보이는 안경을 쓴 김석희는 입을 다물고 은빛으로 반짝거리는 호수를 응시하고 있었다. 좀체 에둘러 갈 줄 모르는 사람이다.

그날 저는, 이라고 나는 입을 열기 시작했다.

"김석희씨 치료실에 있는 의자에 누웠죠. 눈을 감고 온몸의 힘을 빼고, 그러자 낮은 음악 소리가 들려오기 시작했어요. 음악 소리에 집중하고 있을 무렵 김석희씨의 음성이 들려왔습니다. 당신은 천천히 숫자를 거꾸로 세었죠. 셋, 둘, 하나. 눈썹과 눈썹 사이, 입 주변, 목과 어깨, 팔다리의 기운이 스륵 빠져나가기 시작했어요. 마법에 걸린 것처럼 말예요. 그리고 당신의 목소리를 따라 내 눈 앞에 펼쳐진 완만하고 둥글게 휘어진 계단을 따라 천천히 내려가기 시작했어요."

"계단 밑에는 문이 하나 있었을 겁니다. 두꺼운 커튼이 쳐져 있었던가요. 아무튼 강운씬 그날 그 문을 열고 문밖의 또 다른 세상으로 한 발을 디뎠습니다. 시간이 오래 걸린 편에 속했죠."

"거기서부터는 김석희씨 음성이 잘 들리지 않았어요. 김석희씨 음성이 아니라 내가 알지 못한 다른 음성이 나를 인도하기 시작했어요. 김석희씨의 주문대로 나는 그 목소리의 주인에게 나를 내 깊은 무의식의 세계로 데려가달라고 부탁했죠. 나는 드넓은 벌판을 한동안 걸었어요. 누워 있긴 했지만 발목이 시큰거리고 발바닥이 아팠던 게 느껴졌어요. 게다가 맨발이었고요. 그러다…… 아주 커다란 빛무리를 만났습니다. 당신은 내가 그

빛을 만난 것을 눈치 챘을 거예요. 순간 당신의 목소리가 떨리는 걸 내가 알아차렸으니까요. 최면 상태이긴 했지만 최면 상태에서도 의식은 깨어 있는 법이잖아요. 무의식이 의식을 점령하는 게 아니라. 아마 나는 온몸을 덜덜 떨었을 겁니다. 그 빛은 굉장한 광력을 갖고 있었어요. 맨몸에 고스란히 세찬 소나기를 맞고 서 있는 것만 같았으니까요. 그러다가 문득 나는……"

"사방이 막힌 캄캄한 공간 속에 혼자 갇혀 있는 자신의 모습을 보았겠죠. 애타게 누군가의 이름을 불렀을 겁니다. 그땐 1875년이었고 강운씨의 이름은 마리아 가르타였었죠. 그 생에서는. 나의 이름은 미첼이었습니다. 강운씨가 갇힌 곳으로 달려가고 있던 참이었습니다."

"그리고 나는 그 캄캄하고 습한 곳에서 의식을 잃었어요. 예의 그 낯선 목소리에 의해 깨어나 보니 어느새 다른 시간과 다른 장소에 있었습니다. 김석희씨 말대로라면 전 그 생을 더 이상은 기억하고 싶지 않았던 모양입니다. 그러니, 이제 그만두겠습니다."

"아직도 부정하고 있군요. 그때 틀림없이 강운씬 그 생의 내 얼굴을 봤습니다. 강운씨를 들여다보고 있던 사람은 바로 나였다는 것을……"

"그만 하자고 했습니다. 나는 아무것도 돌이켜보고 싶지 않으니까요."

"……"

"해가 지고 있군요. 죽은 채 파도에 떠밀려온 그 돌고래떼들은 다 어떻게 됐을까요."

"두려워하지 마십시오."

"……중요한 건 내가 전생에 누구와 함께 있었고 또 무엇이었느냐가 아니라고 생각해요. 다만 그 전생이 내 현재의 삶에 어떻게 도움이 될까가 중요한 거죠. 왜냐면…… 그건 보다 나은 이 생을 위해서죠."

"강운씬 제 말을 믿고 싶지 않겠지만 바로 강운씨 자신이 제 의도를 잘 알고 있습니다. 그래요, 맞습니다. 더 나은 이번 생을 위해서죠, 이 모두가. 한 번 더 나의 치료실로 와주시지 않겠습니까? 이건 부탁입니다. 다시 한 번 더 강운씨와 함께 전생 퇴행을 경험해보고 싶습니다."

"분명히 말해두죠. 그때 나는 누구의 얼굴도 보지 못했어요. 아뇨, 누군가 곁에 있었던 것 같긴 해요. 그러나 나는 그의 얼굴을 기억하지 못합니다. 더더군다나 김석희씨의 얼굴은 아니었어요. 전생에도 이 생에서도 김석희씨와 난 아무 상관 없는 사람들입니다."

"우리가 만난 것에는 필연적인 이유가 있습니다. 그걸 누구보다 강운씬 잘 알고 있습니다."

"따분한 얘기군요. 오전 6시와 오후 6시는 정말 분간하기 힘들죠. 그렇지 않나요? 저녁 이슬에 빨래가 젖기 전에 그만 돌아가겠습니다."

"······시간이 얼마 남지 않았다는 말, 기억해두십시오."

*

매화꽃을 보기 위해 현선생과 캐서린이 섬진강으로 떠났다. 토요일 오전의 일이다. 나는 차가운 방바닥에 배를 대고 엎드려 있었다. 함께 가자는 전화를 받고 나서 거울을 들여다보니 오른쪽 뺨에 붉은 자국이 나 있었다. 이른 아침에 잠에서 깨어나 내내 그렇게 엎드려 있었던 탓이다. 뺨에 난 자국은 정오가 지나도록 사라지지 않았다. 산자락이며 국도변에도 매화나 야생 철쭉들이 앞다퉈 봉오리를 피워올리고 있을 텐데. 멀고도 먼 이쪽으로까지 바람을 타고 꽃향기가 분분히 흩날려왔다. 미혹에 사로잡히게 만드는 그 향기 때문이었을까. 사뭇 오랫동안 가슴이 쿵쿵 뛰어올랐다. 벌써 3월 중순이 시작되고 있었다.

정오가 넘어 자리에서 일어나 슬리퍼를 질질 끌고 주방으로 갔다. 탄수화물이 든 음식을 먹어야겠다는 작정을 한 건 쉬고 싶다는 생각이 들었기 때문이다. 탄수화물은 신경을 안정시키는 세로토닌이라는 화학 물질이 뇌에서 많이 분비되도록 자극하는 역할을 한다. 나는 음식이 기분을 바꾸거나 신경이나 감정을 조절할 수 있다는 것을 꽤 믿는 편이다. 그래서 우울할 때는 조각 케이크를 파는 카페에 가 초콜릿무스를 먹고, 쉬고 싶을 때는 탄수화물이 많이 든 국수를 먹는다. 사랑을 하던 무렵에는 얼음물에 담갔다 꺼낸 샐러드와 새우구이를 먹곤 했었는데.

밥통은 비어 있었다. 냉장고나 싱크대 서랍을 뒤져보았지만 시리얼과 식빵도 보이지 않았다. 나는 앞치마를 찾아 입고 물을 끓이고 소면을 삶아 소쿠리에 받쳤다. 고명으로 기름에 볶은 당근과 호박과 쇠고기를 얹고 인스턴트 감자를 꺼내 튀겨냈다. 음식 냄새가 실내를 가득 채우고 있었다. 다 만들고 보니 혼자 먹기에는 지나치게 양이 많았다. 1층 남자를 떠올리긴 했으나 그를 불러 함께 식사를 하는 건 음식을 만드는 것보다 더 번거로운 일이었다. 그렇다고 이제 1층 남자를 친구가 아니라고 말할 수는 없다. 베란다에 의자를 내놓고 먼산바라기를 하고 있을 때나 청소를 하고 있을 때 문득문득 1층 남자가 궁금해질 때가 있으니. 식탁에 앉아 물국수와 감자 튀김 한 접시를 다 비웠다.

얼마쯤 지나면 기분이 조금 나아질지도 모른다는 기대를 하면서 설거지를 시작했다. 아주 느린 속도로 거품을 내서 접시를 닦고 다시 마른 행주로 닦고 싱크대 서랍에 차곡차곡 넣어두었다. 그래도 겨우 두어 시간밖에 지나지 않았다. 욕실에서 손을 씻다 말고 세면대 한가득 물을 받은 다음 그 차디찬 물에 얼굴을 푹 담가버렸다. 귓속으로까지 찬물이 흘러들어오고 있었다. 나는 한동안 미동도 하지 않았다. 고함을 지르거나 깊은 한숨을 쏟아내고 싶었던 것일까. 그것도 아니라면 자동차를 몰고 무서운 속도로 어디론가 떠나고 싶었던 것일까. 강이가 있는 곳으로. 이제는 너무 먼 그 나라로.

　겨울 축제가 시작되고 있는 퀘벡으로 여행을 떠나자고 말을 꺼낸 건 강이였다. 혹시 내가 잘못 알아들은 건 아닐까 싶어 딱딱한 얼굴을 하고 있던 강이의 옆얼굴을 돌려 정면으로 바라봤던 기억이 난다. 그 무렵의 강이는 학교도 자주 가지 않는 듯 보였고 새벽녘까지 홀로 주방 의자에서 맥주를 마시기도 했다. 그러다가도 아침이 되면 베이지색 면바지에 얇은 스웨터를 걸치고 공원으로 산책을 가거나 아침 식사에 먹을 빵과 치즈를 사오기도 했다. 간혹 휘파람을 불기도 했었지. 그러나 그건 아주 슬픈 곡조였다는 걸 강이는 알고 있었을까. 태연을 가장한 얼굴이었다. 나는 강이에게 아무것도 묻지 않았다. 다만 갑작스럽게 여행을 떠나자고 말하는 강이의 얼굴을 손을 뻗어 한번 쓸어보았을 따름이었다. 강이와 나는 그날 밤으로 짐을 꾸려 6개월여 동안 겨울이 지속된다는 작은 마을로 떠났다. 겨드랑이가 시릴 정도로 춥고 마을 전체가 온통 흰 눈으로 덮여 있는 퀘벡으로.

　퀘벡 주의 집들은 눈이 많이 내리는 탓에 으레 경사가 가파른 지붕을 이고 있었다. 원주민이었던 인디언 언어로 '강이 좁아지는 곳'이라는 뜻을 가진 퀘벡은 거대한 세인트로렌스 강의 폭이 급격하게 좁아지는 곳에 위치했다. 눈의 무게를 감당하기 위해 뾰족하게 만들어진 수십여 채의 지붕들. 강이 좁아지는 곳의 마을이었다. 퀘벡 시내에서 15분 거리에 떨어져 있던 고요한 오를

레앙 섬이나 본옴의 얼음 궁전 앞에서 카우보이 모자를 쓴 요리
사들이 관광객을 상대로 팔던 음식과 어둠 속에서 홀로 설벽을
향해 오르던 이름 모를 등반가의 뒷모습은 오래 잊을 수가 없을
것이다. 그리고 강이와 내가 출구를 찾지 못해 진땀을 흘리며
왔던 길을 되풀이해 걸었던 에이브러햄 공원의 얼음 미로도.

　허리까지 올라오던 두꺼운 얼음 미로 안에서 강이와 나는 자
주 어깨를 부딪치며 엇갈렸다. 미로 속으로 들어가면서 부러 나
는 강이의 손을 놓았다. 그러나 강이도 나도 쉽사리 출구를 찾
지 못해 고개를 빳빳이 세우고 앞사람의 등을 따라가며 미로를
헤매곤 했다. 다시 한 지점에서 강이와 내가 만났을 때, 나는 날
카로운 흉기로 등짝을 내리찍는 듯한 두려움 때문에 덥석 강이
의 가슴에 매달리고 말았다. 강이가 내 어깨를 끌어안았다. 괜
찮을 거야, 우린 곧 나갈 수 있어. 내게 그렇게 속삭여주었던가.
아무려나 강이와 나는 다시는 얽어쥔 손을 풀지 않고 간신히 얼
음 미로에서 빠져나올 수 있었다. 얼음 미로 속에 남아 있던, 두
꺼운 모자를 쓰고 장갑을 낀 이국의 소년들이 웃음을 터트리며
미로 속을 펄쩍펄쩍 뛰어다니고 있었다. 강이와 나는 귀밑으로
까지 진땀을 흘리고 있었다.

　그날 밤 숙소로 돌아와서 나는 저녁 식사도 하지 못하고 내내
침대에 누워 있었다. 샤워를 마친 강이가 허리를 구부리며 내 침
대로 들어왔다. 느닷없이 시작된 여행 때문이었는지 강이의 얼
굴도 고단하고 까칠해 보였다. 열에 들뜬 나는 강이의 손을 잡아

끌었다. 깊은 잠을 자고 싶다, 강이야. 나를 좀 재워줘. 나는 강이의 귓속에 대고 뜨거운 입김을 불어넣었다. 강이가 내 젖은 머리카락에 활짝 편 손가락을 박고 쓸어주기 시작했다. 나는 버릇처럼 강이의 엄지손가락을 입에 물고 눈을 감았다. 어둡고 낯선 마을에 또다시 함박눈이 쏟아지고 있었다. 귓결로 눈 내리는 소리를 듣다가 이내 혼곤한 잠 속으로 빠져들기 시작했다.

다음날 강이와 나는 다시 밴쿠버로 돌아왔다.

강이가 혼자 캐나디언 특급 열차를 타고 기차 여행을 하겠다고 한 건 그후 일주일도 채 되지 않은 어느 날이었다. 캐나디언은 토론토에서 출발해 밴쿠버까지 사흘 동안 쉬지 않고 달리는 기차다. 그러니까 강이는 토론토로 가서 다시 밴쿠버로 돌아오겠다는 거였다. 그 사흘 동안 4,467킬로미터를 달리는 캐나디언 기차는 호수와 늪이 많은 온타리오나 중부 해안의 대초원, 그리고 로키 산맥 국립공원을 경유한다. 그토록 먼 거리를 우회해 다시 돌아오겠다니. 나는 강이의 여행 가방을 챙겨주었다.

강이가 없는 동안 집 밖으로 한 발짝도 나가지 않았다. 슈퍼도 가지 않고 냉장고에 든 식료품만으로 강이가 없는 시간들을 견뎌냈다. 강이는 일주일 만에 집으로 돌아왔다. 내가 텁수룩하게 자란 강이의 수염을 깎아주고 비누질해 몸을 씻겨주는 내내 강이는 기차 안에서 먹었던 커다란 치즈버거와 얇게 썬 흰 빵에 부드러운 고기를 넣은 로키 요리와 철로 주변을 기웃거리던 원숭이떼와 눈 덮인 산악 지대의 숨이 멎을 것만 같던 아름다운 풍경에 관해 이야기했다. 그러나 나는 강이의 움푹 꺼진 눈동자와 그 눈 안에 깃들어 있던 침통함과 담뱃진이 밴 손가락을 봤다.

……지금 여기서는 강이의 눈동자도, 담뱃진이 밴 손가락도 볼 수가 없다.

오후에 오랜만에 산책을 나갔다. 지독한 감기 몸살을 앓고 난 이후의 첫 산책이었다. 스웨터를 입고도 안심이 되지 않아 스카프로 목을 친친 감고 운동화를 신었다. 공중에 떠 있는 작은 먼지들이 햇빛을 산란시켜 거리를 온통 붉은빛으로 만들어놓고 있었다. 햇빛은 먼 거리를 지나면서부터 파장이 짧은 푸른빛으로 산란돼 약해지면서 파장이 긴 붉은빛만 남게 된다. 그 붉은빛은 내 눈앞에 홀연히 펼쳐진 저녁노을이었다. 불가항력으로 그 노을을 따라 집 앞 신호등을 건너 경복궁 돌담을 따라 걷기 시작했다. 거리는 점점 더 어두워지고 있었다. 노을이 다 사라질 무렵에야 발을 돌려 집으로 돌아왔다. 채 한 시간도 안 되는 짧은 산책이었다.

그랬는데 그 동안 누군가 내 집에 다녀간 것이다.

주머니를 뒤적거려 열쇠를 찾는 동안 나는 현관문 틈에 끼워진 흰 봉투 한 장을 발견하였다. 위구감에 휩싸인 얼굴로 후딱 뒤를 돌아다봤다. 내 등 뒤에는 아무도 서 있지 않았다. 누군가 다녀간 흔적도 보이지 않긴 마찬가지였다. ……나는 침착하게 문틈에 끼어 있던 봉투를 잡아 뺐다.

'3월 25일 토요일, 오후 2시~7시. 최면 · 전생 퇴행 워크숍.'

백지에는 간단히 그렇게만 씌어져 있었다. 그리고 전생 퇴행 워크숍이 열린다는 장소의 약도가 그려져 있었다.

*

한낮의 습도가 40퍼센트를 넘어서면서부터 연일 건조한 날씨가 계속되고 있다. 황사가 불어대는 도심의 풍경은 색이 바랜 낡은 사진처럼 한귀퉁이가 날깃날깃하고 손끝만 스쳐도 금방 바스러질 것만 같았다. 나는 잠을 자다가도 바람 소리에 놀라 흠칫 깨어나고는 했다. 내가 사는 곳은 기껏해야 3층 건물이었지만 그런 새벽마다 초속 60미터의 바람 속 고층 빌딩에 혼자 있는 것처럼 극심한 공포를 느끼곤 하였다. 바람은 높이 올라갈수록 강해지는 경향이 있다. 지상 100미터 높이에서는 지표면 부근보다 바람이 두 배 가량 더 센 법이다. 3층에서 나는 잠을 자면서, 밥을 짓거나 빨래를 하다가 바싹 마른 나뭇가지인 양 건듯건듯 흔들리고 있었다. 그 미미한 흔들림 속에서 나는 장님처럼 가까스로 사방의 흰 벽들을 손으로 짚어가며 봄을 견뎌내고 있다.

비는 내리지 않았다. 아랫녘에서는 봄 가뭄이 우려된다고 한다. 그 사이에 낮과 밤의 길이가 같다는 춘분(春分)이 지나갔다.

170

춘분부터 사월 초까지는 분갈이를 끝내야 한다. 나는 화원에서 흙을 사와 몇 개 되지 않는 식물들을 옮겨 심고 베란다에 내놓았다. 바람 때문이었을까. 연둣빛 이파리들이 후득후득 몸을 떨어댔다. 춘분이 지났으니 이때쯤부터는 난을 키우는 사람들이 바빠지겠다.

그 바람을 따라 나는 정처 없이 또 도심의 어딘가를 걸어다니고 있었다. 학원 수업을 마치고 나면 지하철 화장실의 여고생들처럼 화장실 안에서 문을 걸어 잠그고는 헐렁한 면바지나 청바지로 갈아입고 구두를 벗고 바닥이 두꺼운 스니커즈로 갈아신었다. 옷과 구두는 커다란 가방 속에 넣어 어깨에 메고 다녔다. 어디론가 떠나지 못해 안달을 하고 있는 것인지도 몰랐다. 아직 나에게는 아무런 일도 어떤 사건도 새로 생기지 않는다. 허나 짧은 저녁의 산책을 하고 돌아오던 날, 현관문 틈에 끼어 있던 흰 봉투, 그 봉투에 적혀 있던 장소와 시간들은 성큼성큼 내 앞으로 다가오고 있었다. 외면과 부정이 나를 그렇게 거리로 내몰고 있는 중이다.

바람이 나를 이곳으로 이끌고 온 것일까.

경복궁역을 지나쳐 효자동으로 들어설 때까지만 해도 나는 내가 어디로 향하고 있는 것인지 알 수 없었다. 아니 그런 작정을 하고 저녁의 산책을 하고 있었던 것도 아니다. 그러나 나는 분명 익숙하고 낯익은 장소에 발을 들여놓았던 것이다. 대체 여기가 어딜까. 머릿속이 아뜩해지는 느낌에 휩싸이면서도 걸음을 멈추지 않고 몇 개의 골목을 돌아 파란 대문 앞에 가 걸음을 멈췄다. 대문 안쪽으로 작은 마당이 나 있고 그 마당을 지나면 그가 사는 곳이다. 바람이 불거나 햇살이 비추거나 눈이 내리는 날, 혹은 더 이상 둘이 아무 데도 갈 곳이 없을 때 서로 어깨를 끌어안고 고요하게 창 앞에 앉아 있곤 했던 장소, 파란 대문이 있는 그의 집.

가방을 뒤적거려 열쇠를 꺼냈다. 열쇠를 꺼내면서 불현듯 얼굴이 붉어지는 게 느껴졌지만 나는 태연히 대문을 따고 성큼 마당으로 발을 내디뎠다. 언젠가 버려야지, 돌려줘야지 했던 열쇠가, 아니 어느 날엔가 분명히 내 손으로 버렸다고 생각했던 열쇠가 아직도 가방 속에 있었던 것이다. 바람 때문에…… 어떻게 이곳까지 다시 왔느냐고 그가 묻는다면 그렇게 대답하리라. 정녕 저 바람 때문이었노라고.

현관문은 굳게 닫혀 있었고 불빛 한 점 새나오지 않았다. 저녁 8시가 넘은 시각이었다. 그는 어디에 있을까. 나는 현관문 앞에 쭈그리고 앉았다. 봄바람에 귓불이 다 시려올 지경이었다. 저녁을 먹어야 할 텐데. 입 밖으로 웅얼거리면서 무릎 위에 놔 둔 가방에 얼굴을 묻었다. 마당의 목련과 밤나무들이 거칠게 몸을 흔들면서 뿌리가 뽑히지 않으려는 듯 겨냥도 없이 마구 허공을 잡아채고 있다.

목련이나 밤나무 가지가 내 어깨를 끌어당기는 느낌에 나는 눈을 떴다. 새순이 막 돋고 있는 가느다란 나뭇가지. 그것이 나뭇가지가 아니라 야윈 서휘경의 팔목이라는 것을 한참 후에야 깨닫게 되었다. 그가 이끄는 대로 현관 안으로 들어서 윗옷을 벗고 쓰러지듯 소파에 가 앉았다. 내가 운동화 끈을 풀고 소파에 가 앉는 사이에 그는 주전자에 물을 담아 가스대 위에 올려놓았다. 그가 나에게로 걸어오는 그 짧은 동안에 벌써 주전자에서는 흰 김이 뿜어져나오고 뚜껑이 들썩거리고 있었다.

"……바람 때문이었어."

달리 무슨 이유가 있을까. 그가 묻지도 않았건만 나는 열정과 우울을 숨긴 그의 눈동자를 들여다보며 혼잣말을 하듯 중얼거렸다. 그래, 그랬구나, 그가 고개를 끄덕여가며 거실 바닥에 무릎을 꿇고 내 어깨를 끌어안았다.

"정말이야."

나는 칭얼거리듯 울음을 터트리며 그의 가슴에 거칠게 볼을 부벼대었다.

"제발, 아무 소리도 하지 마."

그가 입술로 내 입을 막았다. 뜨거운 그의 혓바닥이 내 입 안으로 감겨왔다. 울음은 쉽사리 그쳐지지 않았다. 나는 자꾸만 울음 소리를 내면서 젖을 빠는 구순기의 아이처럼 그의 혀를 세차게 빨아들이고 있었다. 그가 손바닥으로 내 성기를 눌렀다. 그것은 비록 내 몸의 일부이긴 하지만 때로 내 의지와 상관없이 혼자 숨을 쉬고 열망에 들뜨고, 깊은 밤이나 이른 아침에 혼자 날개를 퍼덕거리며 잠에 취한 나를 알지 못할 길로 이끌곤 한다. 나는 내 몸에 내가 아닌 또 다른 생물을 품고 있는 셈이다. 흰 몸통에 부리만 붉은 문조 같은 작은 새. 그것은 정말 한 마리 새일까. 그가 새의 깃털들을 헤집고 문조의 붉은 주둥이를 제 입술로 물기 시작한다. 숨을 토해내듯 새의 흰 깃털들이 허공으로 훅훅 나부끼고 있다.

"물이 끓고 있어, 저것 좀 봐, 저렇게 김이 쏟아지고 있는데."

아무렇게나 중얼거리면서 나는 오랫동안 갇혀 있다 세상 밖으로 나온 한 마리 새가 된 것처럼 어두운 거실 안을 한껏 날아다니고 있었다. 그것이 정말 나였는지 내 안에 숨쉬며 살고 있는 한 마리 문조인지는 알 수 없었다.

주전자 속의 물은 거의 다 졸아들어 있었다. 그가 다시 물을 끓이고 티백을 넣어 차를 만들어왔다. 어두운 거실 안에서 그와 나는 알몸으로 나란히 앉아 차를 마셨다. 성급히 차를 비운 그가 내 무릎을 베고 소파에 길게 누웠다. 우뚝한 그의 코와 뜨거운 이마와 입술이 내 아랫배에 닿아 있었다. 잔상일까. 여태도 새의 흰 깃털들이 허공에 남아 있는 듯하다.

예전의 그 어느 날처럼 그의 옆에 나란히 눕고 싶었지만 나는 대신 허리를 곧게 펴고 앉아 천천히 호흡을 고르며 그의 머리칼을 쓰다듬기 시작했다. 이대로 누워 잠이 든다면 아마 내일 아침에야 눈을 뜨게 될 것이다. 아침 햇살 속에 그와 내가 얼굴을 마주 보는 건 이제 두렵고 어색한 일이다. 이 밤이 가기 전에 어떻게든 나는 집으로 돌아가야 한다. 그런데도 자리에서 일어나지 못하고 있었다.

"소피아의 아기는 잘 자라고 있을까."

내 아랫배로 전해오는 그의 고른 숨결 때문에 그가 잠이 든 거라고 생각했었다. 그런데 뜬금없이 소피아의 아기라니.

"……!"

"그 먼 나라 말야. 쏟아지는 폭우를 피해 올라간 나무 위에서 굶주림 끝에 홀로 출산한 아기."

아, 그래 그런 일이 있었지. 벌써 열흘이나 두 주쯤 지난 일이다. 소피아는 헬기에서 밧줄로 내려보낸 가위로 탯줄을 끊고 구조대원에게 핏덩이 아기를 먼저 건넨 뒤 자신도 구조됐다. 4주째 폭우가 쏟아졌던 먼 나라, 아프리카 모잠비크에서 있었던 일이다.

"아마 잘 자라고 있을 거야. 그토록 필사의 구조 끝에 살아난 생명인데."

"정말 그럴까."

"우리가 기억할 수도 없을 만큼 아주 옛날 옛적에는 나무 위에서 아이를 낳았던 관행 같은 게 있었다고 해. 그래서 고대의 어머니들은 진통이 시작되면 문밖으로 뛰쳐나가 나뭇가지를 붙들고 아이를 낳았다는군요. 잘 들어봐요…… 지금도 세상 어디에선가는 버드나무 위에 올라가 가지를 휘어잡고 힘을 써 아이를 낳고 있는 여인이 있을 거야. 이쪽으로까지, 그 소리가 들리는 것 같지 않아?"

"지금 내 귀엔 당신 숨소리가 들려."

"……"

그토록 소심하고 유약한 사람이. 시간이 많이 지났다고 생각했는데 그는 여태도 그 기억에서 벗어나질 못하고 있다. 그는 내 숨소리가 아니라 자신이 죽였다고 생각한 낯선 여인의 아이, 아니 아이를 낳다 죽은 아내와 자신의 딸아이의 숨소리를 듣고 있는 건 아닐까. 문득 숨을 멈추고 싶다. 그래서 그의 귀를 막을 수만 있다면.

"산목(産木)이라고 하던가. 산월이 가까워지면 문전에 철봉 형의 나무틀을 만들어 산모가 붙들고 힘을 쓸 삼신끈을 꼬아 달아놓는 거 말야. 이제 그런 거 하나 만들어야 할 때인지도 모르겠어. 아니면 대들보에 무명베 한 필 걸어놓거나 쇠 문고리를 달아놓든가."

나는 자꾸만 중얼거리고 있었다. 아직도 저렇게 가슴을 끓이고 있는 남자에게 말이다. 지독한 욕설을 퍼붓고 싶은가 보다. 때아닌 산목이라니.

"난 바람 소리 속에서 아이의 울음 소리를 들어. 벽 쪽으로 몸을 돌리고 자면 등 뒤에서 그 소리가 들리고, 다시 돌아누우면 죽은 아이가 벽 속에서 웅크리고 있는 것처럼 그쪽에서 가녀린 울음 소리가 들려와. 손톱으로 벽을 파내고 싶을 정도로. 귀를 뜯어버리고 싶을 정도로."

죽은 아이의 울음 소리.

"그럴 때마다 나무에서 태어난 그 먼 나라의 아기를 떠올려
봐."

"아무것도 떠올리거나 상상할 수 없어. 난 그때 이미 죽은 건
지도 몰라."

"……있잖아, 이를테면 사랑에 너무 몰입해 있을 때 자기 자
신을 들여다보기란 쉽지 않잖아. 그땐 상대나 자기 자신이 아주
단순해져 있기 때문이지. 당신, 그 기억에 지나치게 몰두해 있
는 것 같아. 시간이 많이 흘렀는데. 여기까지 왔고, 당신은 아직
이렇게 살아 있는데. ……세상에 무의미한 사건이란 없는 거
야."

……어둠 뒤에 숨어서 누군가 울고 있다. 나는 고개를 쳐들고
허공을 둘러보았다. 침침한 눈을 들어 사위를 살펴보았지만 몸
을 숨긴 형체는 아주 보이지 않았다. 그는 밤마다 혼자 이렇게
보이지 않는 울음 소리를 듣고 있겠구나. 나는 내 아랫배에 얼
굴을 비벼대며 울고 있는 그의 얼굴을 손바닥으로 쓸어주었다.
세상의 모든 죽은 아이들이 그의 뺨을 한 줌씩 뜯어간 것처럼
오래 못 본 동안 그는 더 야위어 있었다.

잠이 든 그의 몸을 바로 눕혀놓고 침대 위에 있던 얇은 이불
을 들고 나와 덮어주었다. 그의 발가락이며 손가락이 다 보이지
않도록. 그 따뜻한 이불 속에서 오늘 밤만은 그가 죽은 아이의
울음 소리를 듣지 않기를 기원하면서.

나는 주방으로 가 쌀을 물에 불려놓고 냉장고를 뒤져 잣을 꺼냈다. 소리가 날까 싶어 믹서를 방 안에 들고 들어가 잣과 쌀을 갈고 냄비에 물을 붓고 안쳤다. 죽이 타지 않도록 주걱으로 젓고 있는 동안 예전의 그 시간들로 되돌아간 것 같은 착각에 사로잡혔던 건 어떻게도 부인할 수는 없다. 그러나 나는 곧 되돌아가야 할 사람이다. 다시 아무것도 되돌리고 싶지 않았으니까. 여기 온 건 내가 아니라 내 안의 다른 생명이었는지도 몰랐으니까. 변명은 낡고 누추했다. 변명은 진실의 다른 얼굴일지도 모른다. 입술을 꼭 다물고 죽을 쑤고 얼마쯤 식혔다가 식탁 위에 올려놓았다. 소리나지 않게 조심하면서 옷을 찾아 입고 가방을 집어들었다. 열쇠는, 식탁 위 잣죽 냄비 옆에 내려놓았다. 내일 아침이면 그는 차갑게 식은 잣죽과 이제 비로소 내가 버리고 간 그의 집 열쇠를 보게 될 것이다.

마당으로 나오자 두꺼운 구름 속에 갇힌 뿌옇고 둥근 달이 모과나무 가지 끝에 걸려 있었다. 나는 휘적휘적 어둠 속을 헤집어가며 그의 집을 나서기 시작했다. 내가 다시 여기 올 수 있을까. 채 묶지 못한 운동화 끈이 바닥에 밟혀 하마터면 앞으로 고꾸라질 뻔했다. 기겁하듯 재빨리 자세를 고쳐 잡고 눈을 크게 부릅떴다.

그러나 거짓말이라고 해도 나는 믿고 싶다. 3월의 바람과 4월의 비로 5월에는 꽃이 필 거라는 전설을.

*

이 세상에 무의미한 사건이란 없는 거라고, 서휘경에게 그런 말을 하고 다시 한 번 헤어진 지 여러 날이 흘렀다. 그새 3월 하순으로 접어들고 있었다. 생각해보면 그 동안 많은 사건들이 나를 지나쳐갔던 것 같다. 지난해 엄마와 아버지가 죽고 그와 헤어지고 사과나무가 있던 집을 떠나 이사를 하고 5년 만에 찾아온 김석희를 만나고 1층 남자 박치원을 알게 되고. 그 모든 것들이 오래 전부터 이미 이 생의 나를 찾아오게 될 하나의 사건 같은 것이었는지도 모르겠다. 나는 내가 과거의 나로부터 꽤 멀리 도망쳐왔거나 벗어났다고 생각했는데 그건 한순간의 착각에 불과했는지도 모른다. 나는 나를 둘러싼 그 모든 것들에서 한 발자국도 움직이지 않고 있었는지도.

두려움을 피하지 않겠다고 마음을 다잡긴 했으나 그건 생각처럼 쉬운 일은 아니다. 용기와 의지가 필요한 일이다. 다소 위안이 되는 건 그럼에도 불구하고 나의 생엔 그다지 변화가 없었고 감당할 수 없을 만한 사건 같은 것도 일어나지 않고 있다는 점이다. 하긴 그런 일들이 생긴다고 해도 세상 만물에는 반드시 그 목적이 있을 테고 나름의 균형을 이루고 있다고 믿고 있으면 변화는 두렵지만은 않을 것이다.

3월 25일 토요일 아침에 나는 일찍 잠에서 깨어났다. 간밤에 알람 시계를 맞춰놓았던 것처럼 정확히 7시에 저절로 눈이 떠진 것은 의아한 일이 아닐 수 없다. 잠을 이루지 못하고 몸을 뒤채다가 간신히 새벽 5시가 넘어서야 잠이 들었으니까. 새 울음 소리나 먼 데서 우는 닭 울음 소리 같은 게 들렸던 것도 같았으나 확신할 수는 없었다. 침착하게 자리에서 일어나 이부자리를 정돈하고 세수를 하고 밥을 지어 먹고 옷을 갈아입었다.

블라인드 사이로 아침 햇살이 가늘게 비춰들고 있었다. 바람만 불지 않는다면 아주 화창하고 맑은 날씨일 듯싶었다. 그러나 나는 아직 내 몸에 전해지지 않는 바람을 피해서 봄옷치고는 제법 두꺼운 외투를 꺼내 입고 가방에 우산을 챙겨넣었다. 저녁부터 황사비가 내린다는 일기 예보를 들었던 까닭이었다. 열쇠를 든 채 한동안 누군가의 전화를 기다리는 사람처럼 집 안을 서성거리다가 이윽고 현관문을 잠그고 계단을 내려왔다. 1층 남자의 현관문은 닫혀 있었고 주차장에도 그의 자동차는 보이지 않았다. 내가 감기를 앓고 있던 무렵 박치원이 끓여준 와인을 마신 이후론 그를 다시 만나지 못했다. 혹시 간밤에 현관 벨을 눌렀던 사람은 박치원이 아니었을까. 밖으로 나가보았을 땐 이미 아무도 없었다. 새벽 2시가 넘은 깊은 시간이었다.

오후 2시까지 집에서부터 내쳐 걷기 시작해 교보문고에 가 흑인 여가수의 음반 한 장을 사고 인사동까지 걸어가 상점들을 기웃거리고 창밖이 내다보이는 2층 찻집에서 녹차 한 잔을 마신 후 자리를 털고 일어나 빠른 걸음으로 안국역 쪽으로 방향을 잡아들었다. 안국역에서 원서동 방면으로 접어들어 건널목 하나를 지나 오른쪽으로 꺾어들어 100여 미터쯤 올라가자 약도에 그려져 있던 빌딩이 눈에 들어왔다. 빌딩 입구에서 얼마쯤 더 망설이다가 불쑥 지하 계단을 내려가기 시작했다. 전생 퇴행 워크숍은 2시에 시작된다. 손목시계는 1시 50분을 가리키고 있었다.

턱수염을 기른 안내원을 따라 신발을 벗고 워크숍이 열린다는 방으로 들어갔다. 신발장은 이미 가득 차 있었고 지하 실내에도 의자에 자리를 잡고 앉은 사람들로 가득했다. 단상을 향해 앉은 사람들의 뒷모습을 낯선 눈길로 바라보다가 나도 뒷자리 빈 의자에 가 앉았다. 그러나 나는 금방이라도 자리에서 일어나 밖으로 뛰쳐나갈 사람처럼 엉거주춤하게 앉았으며 가방 손잡이를 한 손에 꽉 움켜쥐고 있었다. 워크숍은 저녁 7시까지 이어진다고 했다. 아직 다섯 시간이나 남은 셈이었다. 그 긴 시간 동안 나는 이곳에 앉아 있을 자신이 없었다. 두려움 때문만은 아니다. 나는 여태도 내 현관문 틈에 끼워져 있던 워크숍의 안내문과 아침부터 일찍 잠에서 깨워 나를 이곳으로 이끌고 온 보이지 않는 힘에 조용히 냉소하며 의심하고 부정하고 있었다. 그러니 나는 곧 자리에서 일어나야 한다.

사람들이 끊임없이 실내로 들어서고 있었다. 나도 어쩌다 토요일 오후, 이 시간에 이곳을 오게 되었지만 의아한 일이 아닐 수 없었다. 어디선가 단체로 사람들을 불러들인 것도 아닌 것 같은데, 이십대 초반으로 보이는 여성들부터 오십, 육십이 넘은 듯 보이는 사람들이 호기심과 기대가 가득한 표정으로 연이어 방으로 들어오고 있는 것이다. 의자는 이미 다 자리가 찼다. 2시는 지나 있었지만 밀려드는 사람들 때문에 안내원들이 의자에 앉은 사람들을 뒷자리로 조금씩 당겨 앉게 하고 새로 방석을 들여와 의자 사이 통로나 단상 맨 앞자리에 자리를 만들었다. 사람들은 끊임없이 밀려들어왔다. 마이크를 든 안내원의 말에 따르면 한 80여 명 정도 예상했으나 이미 이 방에 130여 명 정도가 들어왔다고 했다. 꽃봉오리가 툭툭 벌어지는 토요일 오후 2시에.

내 옆자리에는 삼십대 초반으로 보이는 여자가 허리를 구부리고 앉아 있었다. 그녀는 왜 여길 온 것일까. 나는 아주 다른 세상 속으로 내던져진 것만 같았다. 의자를 뒤쪽으로 옮겨 앉느라 나는 점점 더 출구에서 멀어지고 있었다. 나를 불안하게 만들고 신경을 곤두서게 하는 건 그것 때문이었을까. 안내원이 다시 단상 앞에 방석 자리를 한 줄 더 만드느라 의자에 앉은 사람들에게 자리에서 일어나 조금 더 뒤쪽으로 붙여줄 것을 부탁했다. 사람들이 웅성거리며 자리에서 일어나 의자를 뒤쪽으로 밀기 시작했다. 나도 사람들을 따라 자리에서 일어났다.

그때, 앞자리에 앉은 누군가 흘깃 내 쪽을 바라보는 게 느껴졌다. 반사적으로 나는 얼굴을 들어 그쪽을 바라봤다. 새카만 눈썹 위에서 반듯하게 자른 앞머리, 짙은 재색 블라우스에 까만색 바지를 입은 여자. ……하선. 그녀는 분명 하선이었다. 오랫동안 보지 못한 하선을 이런 낯선 장소에서 만나게 되다니. 의자를 옮기느라 엉거주춤하게 서 있는 저 여자가 정말 하선인가. 그녀가 하선이 아니기를 바라는 심정으로 나는 내 앞의 여자를 뚫어지게 바라봤다. 하선이 내 눈을 쏘아보고 있었다. 네가 여길 오게 될 줄 알았어. 불이 붙은 듯 강렬한 하선의 눈빛은 내게 그런 말을 하고 있는 성싶었다. 잊고 있던 두려움이 가슴을 때리기 시작했다. 입 밖으로 아무런 말도 새나오지 않았다.

하선의 앞자리에는 캐서린과 현선생이 앉아 있었다. 현선생이 뒤를 돌아다본 건 아니었지만 나는 금발 여자가 캐서린이라는 것과 그 옆에 앉은 커다란 체구의 여자가 현선생이라는 걸 금방 알아차리고 말았다. 오른쪽 벽에 바싹 의자를 붙이고 앉은 사람들 중 하나는 박치원, 그 뒷줄의 까만 가죽 점퍼를 입은 새까만 옆얼굴의 남자는 잭이었다.

그리고 또 나는 봤다. 워크숍을 진행할 강사의 뒤를 따라 뒤늦게 실내로 들어온 사람들 중 하나가 가면을 쓴 듯 한 번도 보지 못한 안경을 쓴 서휘경이라는 것을. ……나만 모르게 거대한 음모가 진행되고 있는 것만 같았다. 누군가 내 머리 속에 천천히 모래를 한삽 한삽 퍼붓고 있는 것처럼 아무런 생각도 떠오르지 않았다. 그러나 그 순간에도 나는 하선의 말을 기억해내고 있었다. 우린, 아마 다시 만나게 될 거야. 같은 자리에서, 모두 다 함께 말이야. 그랬지. 하선이 그런 말을 했었지. 내 두려운 예감을 할퀴며 종지부를 찍듯 말이다. ……하선. 넌 이미 알고 있었구나.

도망치듯 가방을 챙겨들고 허겁지겁 자리에서 일어났다. 내 왼쪽으로는 바닥에 방석을 깔고 앉은 사람들로 발 디딜 틈도 없었다. 사람들 틈을 비집고 한 발을 옮기려는데 내 옆의 긴 손톱을 가진 여자가 덥석 내 팔을 잡았다. 그녀가 나를 쳐다봤다. 그리고는 비어 있는 내 의자를 턱으로 가리켰다. 굉장한 악력이 느껴지는 손이었다. 나는 무릎이 꺾인 사람처럼 털썩 자리에 주저앉고 말았다. 옆의 여자는 다시 나를 쳐다보지 않았다. 혹시 내가 알고 있던 얼굴이 아닌가 싶어 한 번 더 옆얼굴을 보았으나 기억에 없는 사람이었다.

이곳에 모인 사람들은 대체 누구인가. 나는 정말이지 울음을 터트리고 싶은 심정이 되었다. 가슴이 옥죄어들고 있었다. 그러나 다시 자리에서 일어날 수는 없는 노릇이었다. 그건 내 옆자리 긴 손톱을 가진 여자 때문만은 아니었다. 이곳을 떠나 문밖으로 나가겠다는 의지를 이미 상실하고 있었다. 그렇다면 나는 우리가 왜 토요일 오후에 이곳에 모두 모이게 됐는지 알아야만 했다. 그것만큼이라도. 불가항력이며 내 생의 아주 기이한 시간들이 내 육체를 재빠르게 관통하며 지나가는 게 느껴졌다. 신음소리를 토해내며 나는 아직 인간을 두려워할 줄 모르는 어린 새처럼 두 눈을 크게 벌렸다. 모든 것을 내 눈으로 똑똑히 목도하겠다는 듯이.

"……전생 요법이란 막연하거나 추상적인 게 아닙니다. 실제 경험 가능한 것이며 여러분의 육체를 통해서 확인이 가능한 것입니다. 영적인 세계로의 접근이라고 할 수 있습니다. 그러므로 전생 요법은 일종의 정신 문학이라고 할 수 있습니다. 우선 여러분에게 당부하고 싶은 건 최면과 전생에 관한 선입견과 고정관념을 떨치시라는 겁니다. 마음의 문을 닫아걸고 있으면 아무리 노력해도 최면에 걸리지 않거니와 수십 번 수백 번 겪어온 전생을 체험해볼 수 없다는 것이죠. 의식과 무의식 사이에는 전의식(前意識)이라는 게 있습니다. 무의식이 꿈과 실수로 흘러나오는 거라면 의식은 필요할 때 떠올리는 것이고, 전의식은 그 사이에 존재하는 또 다른 의식의 종류입니다. 여기 오신 분들 중 이미 많은 분들이 책이나 다른 매체를 통해 알고 있듯 최면에 걸린다는 것은 의식은 그대로 있고 무의식이 올라오는 것입니다. 그래서 의식이 그 무의식을 뚜렷이 바라볼 수 있다는 겁니다. 의식이 살아 있는 상태에서 무의식이 의식과 함께 움직이는 상태를 말합니다. 그것을 몽환 상태trance라고 표현하기도 합니다. ……시간이란 과학적·분석적 사고의 차원에서나 의미가 있는 것이지 무의식의 세계 속에서는 아무런 의미와 경계가 없습니다. 혹시 여러분, 최면 감수성이라고 들어보셨습니까? 최면 감수성이 낮으면 최면이 잘 안 걸리기도 합니다. 최면의 조건이 있다면 우선 최면사의 능력과 피음자의 능력이 잘 조화되어야 합니다. 그건 다른 외적인 조건들보다 아주 중요하죠.

……이 워크숍은 내일까지 이어집니다. 오늘은 우선 제 강의와 실습, 그리고 공개 시범으로 진행을 할까 합니다. 오늘 오신 분들이 내일 모두 오시지는 않겠지만 내일은 한분 한분 모두 개별적으로 전생 퇴행을 시도해볼 생각입니다. 제가 뭣보다 다행이라고 생각하는 건, 여러분이 이 자리에 오셨다는 건 이미 50퍼센트 정도는 최면에 걸린 상태라는 것입니다. 그런 마음의 작용이 없었더라면 아마 여러분은 토요일 오후에 이곳으로 오지 않았으리라는 겁니다……"

마음의 작용. 그건 사실일지도 모른다. 오늘 아침에 나는 일찍 잠에서 깨어나지 않을 수도 있었고 거리를 걷다가 종로 방면으로 빠져 영화를 볼 수도 있었고 그것도 아니면 내처 봄바람을 따라 거리를 걷다가 어둑신해질 무렵이면 집으로 돌아갈 수도 있었다. 나는 산책을 하지도 않았고 영화를 보지도 않았으며 찻집에서 오랜 시간을 보내지도 않았다. 무엇엔가 등을 떠밀린 것처럼 이곳으로 왔다. 등을 떠밀린 것처럼……? 아니다. 그것도 아니다. 나는 단지 내 의지로 이곳에 왔을 따름이다. 그렇다면 이미 나 또한 50퍼센트쯤은 최면에 걸려 있다는 말이 맞을 것이다. 더 깊은 최면 상태에 빠져 내가 나를 제어할 수 없을 지경이 되기 전에 어떻게든 이곳을 빠져나가야 할 텐데. 나는 이미 한번 그 빛이 환하게 비치는 문을 걸어나가 이곳이 아닌 또 다른 세상을 보지 않았는가 말이다.

강사의 주문에 따라 130여 명의 사람들이 일제히 박수를 쳐대기 시작했다. 마치 밀교 집단이나 종말론의 신자들처럼 나도 사람들을 따라 박수를 치고, 손바닥을 10센티미터 정도 거리를 두고 당겼다가 밀었다가를 반복했다. 손바닥 안에서 고무줄이나 자석이 서로 끌어당기고 있는 듯한 탄력성이 느껴졌다. 풍선을 만지듯이. 강사가 마이크를 잡고 외쳤다. 손바닥 안에 비로소 기(氣)가 느껴지고 있었다. 그리고 조도가 낮은 지하 실내에 있는 우리들 모두는 눈을 감게 되었다. 강사는 오로지 손바닥에만 집중하라고 했다. 그리고 또 말했다. 손바닥이 붙는다, 손바닥이 석고처럼 굳는다, 손을 떼도 손바닥은 떨어지지 않을 것이다, 다섯, 넷, 셋, 둘, 하나.

그러나 내가 어떻게 오로지 손바닥에만 집중할 수 있을 것인가. 나는 눈을 감고 있어야 할 사이에도 간간이 눈을 떠 내 주위를 둘러싼 사람들을 곁눈질하곤 하였다. 내가 아는 사람들. 그들은 모두 한 번도 나를 만난 적 없는 낯선 타인들처럼 철저하게 나를 외면했다. 서로들 외면하고 있었다. 아직도 의혹을 떨쳐내지 못한 눈으로 그들을 바라보고 있는 사람은 나 혼자밖에 없었다.

나는 최면에 걸리지 않았다. 최면에 걸려 눈을 뜨고도 손바닥이 붙어 떨어지지 않는 사람들 몇몇이 단상으로 불려나갔다. 그중에 서휘경도 있었다. 최면 상태라 그런지 살이 없는 그의 볼은 더욱 움푹 파였으며 안경도 코 허리까지 내려와 있었다. 최면에 걸린 사람들을 단상에 일렬로 세워두고 강사는 다시 다른 최면을 걸기 시작했다. 바람이 분다, 아주 강한 태풍이 분다, 라고 외쳤다. 그러자 서휘경을 비롯한 네 명의 사람들이 땅에 뿌리를 박은 나무들처럼 두 다리를 벌리고 선 채 온몸을 좌우로 혹은 앞뒤로 마구 흔들기 시작했다. 그들은 정말이지 태풍 한가운데 무방비 상태로 서 있는 나무들 같아 보였다.

실내는 무거운 침묵이 감돌고 있었다. 누군가는 오래 참았다는 듯이 깊은 숨을 후룩 토해내기도 했다. 나는 웃음이 터져나오려는 입을 손바닥으로 꽉 틀어막았다. 내 입에서 터져나오려는 것은 웃음이 아니라 거친 욕설일지도 몰랐다. 그것도 모른 채, 내가 이쪽에서 자신을 바라보면서 분노와 치욕과 수치심으로 일그러진 얼굴로 울음을 참고 있다는 것도 모른 채 서휘경은 보이지 않는 태풍 속에서 온몸을 흔들어대고 있었다. 나는 강사의 마이크를 잡아채고 서휘경에게 걸린 최면을 풀어내주고 싶었다. 그는 바보처럼, 아무런 표정이 없는 얼굴로 100여 명의 사람들 앞에서 몸을 떨고 있다. 그 자신은 알고 있을까. 그러나 그의 의식이 아주 사라졌다고는 말할 수 없겠다. 단지 무의식이 의식의 표면으로 올라온다는 게 사실이라면 말이다. ……그건, 거짓은 아니다.

최면 상태에 빠졌던 사람들이 제자리로 돌아가고 나서 다시 다른 형태의 최면 요법이 시작되었다. 나는 반감과 악의를 숨긴 채 눈을 부릅뜨고 강사와 강사의 말에 따라 움직이는 사람들을 엿보기 시작했다. 나는 전생 퇴행 요법에 참여하기 위해서가 아니라 이곳에 모인 사람들과 어쩌면 이 집단이 은밀하게 숨겼을 지도 모를 비밀과 계략을 캐내기 위해 틈입해 있는 사람 같았 다. 그 틈에 최면 상태에 빠진 사람들의 울음 소리가 들려오기 시작했다. 강사의 말에 따르면 그들은 최면 상태를 지나 곧바로 전생으로 빠져들어간 것이라고 했다. 그 몇몇 사람들 중에 강사 는 가장 큰 울음 소리를 터트리고 있는 한 여인을 단상으로 부 축해 나오도록 했다.

……키 큰 남자가 부축해 나온 여인은 하선이었다. 눈을 꼭 감고 온몸을 부들부들 떨고 있는 하선은 단상에 놓인 안락의자 에 무너지듯 주저앉았다. 나는 내가 이곳에 너무 오래 머물고 있었다는 생각을 했다. 내가 알지 못하는 새에 나도 최면에 걸 려 있었던 건 아니었을까. 어쩌자고 이렇게 한 발짝도 움직일 수가 없는지. 하선이 겁에 질린 어린아이처럼 저토록 격렬한 울 음을 토해내고 있는데.

강사는 깊은 최면에 빠져 있는 하선에게 자신의 말이 맞으면 왼손 엄지손가락을 들어올리라고 말했다. 말을 할 수가 없다면.

최면사: 지금 당신은 어디에 있습니까?

하선: (아무 말도 하지 않고 울음 소리만 내고 있다. 그러다 문득 이렇게 웅얼거리기 시작한다.) 추워요, 추워서 견딜 수가 없어요.

최면사: 혹시 당신은 지금 동굴 안에 있습니까?

하선: (왼손 엄지손가락을 들어올린다. 손이 덜덜 떨리고 있다.)

최면사: 지금 당신은 남자입니까?

하선: (왼손 엄지손가락을 밑으로 내린다. ……그렇다면 그 생에서 하선은 여자일까.)

최면사: 내가 숫자를 셀 때마다 더 깊은 무의식의 세계로 내려갑니다. 셋, 둘, 하나. 자, 다시 동굴입니다. 지금 당신은 어떤 감각을 느끼고 있습니까?

하선: 추워요, 너무 추워서 온몸이 다 얼어붙는 것 같아요. (하선의 발음은 불분명하긴 하지만 그렇게 말하고 있는 듯하다. 온몸을 떨고 있다.)

최면사: (좌중을 돌아다보며) 혹시 오늘 이분과 같이 오신 분 있으면 손 한번 들어주시겠습니까?

사람들이 서로 고개를 둘러보고 있다. 누구도 손을 든 사람은 없다. 하선은 오늘 혼자 왔다. ……나는 가만히 한 손을 올린다. 강사는 나에게 평소에도 하선이 어둠에 대한 공포를 갖고 있었느냐고 묻는다. 그렇다고, 나는 고개를 끄덕거린다.

최면사: (하선을 돌아보며) 혹시 어둠에 대한 공포가 동굴과 연결돼 있습니까?

하선: (고개를 끄덕인다.)

최면사: 그건 그 생에 동굴에서 있었던 고통스런 경험 때문입니까? 혹시 당신은 동굴 안에서 죽었습니까?

하선: (왼손 엄지손가락을 파르르 떤다.)

최면사: 당신은 지금 캄캄한 동굴 속에 혼자 있습니까?

하선: (엄지손가락을 밑으로 떨군다.)

최면사: 자, 그럼 두려워하지 말고 동굴 속에서 당신을 보고 있는 그것을 향해 눈을 부릅떠보십시오. 그건 사람입니까, 아니면 짐승입니까? 사람이 아니라면 손가락을 올려보세요.

하선: (손가락을 치켜든다. 하선의 얼굴은 공포로 일그러져 있다.)

최면사: 당신을 그렇게 공포에 떨게 하는 건 무엇입니까?

하선: (힘들게 입술을 연다. 침이 턱 밑으로 줄줄 흐르고 있다.) 저, 눈, 아, 저 시퍼렇게 번쩍거리는 눈. 무서워요.

최면사: 자, 더 이상 피하지 말고 정면으로 쏘아보세요. 그래야만 당신은 그 두려움에서 벗어날 수 있습니다. 쏘아보세요, 도망가지 마세요!

하선: (갑자기 어깨를 뒤로 휙 돌린다. 그리고 저쪽의 보이지 않는 것을 향해 눈을 부릅뜬다.)

최면사: 그래요, 잘하고 있습니다. 소리치세요, 이제 가버리라고 마구 소리쳐보세요.

하선: (악쓰는 시늉을 한다. 하선의 입에서는 아무런 말도 새나오지 않는다. 그러나 그녀는 분명 눈에 보이지 않는 것과 집요한 싸움을 하고 있는 듯하다.)

최면사: 자, 숨을 깊게 들이마셨다가 내뱉어보세요. ……이

제 그 짐승은 더 이상 당신에게 달려들지 않을 겁니다. 그리고 어둠은 당신의 오랜 친구처럼 편안하고 낯익게 될 겁니다. 그런데 당신은 동굴 안에서 뭘 하고 있는 중입니까?

하선: 기도를 하고 있어요. 벌써 한 달 동안이나 계속하고 있어요.

최면사: 그럼 당신은 수도승입니까?

하선: (고개를 끄덕거린다.)

……하선은 1850년대 인도의 수도승이었다. 동굴 속에서 수도에 몰두하고 있을 때 커다란 짐승이 하선의 어깨를 할퀴었다. 하선이 이 생까지 짊어지고 온 어깨의 통증과 어둠에 대한 공포는 이미 그 생에서부터 시작된 것이다. 하선이 예원중학을 다니던 1학년 무렵, 돌연히 이 나라를 떠나 미국으로 건너갔지만 그 이후로도 오랫동안 아무 곳에도 발을 붙이고 살지 못한 건 전생의 기억 때문이라는 말이 된다.

그렇다면 이제 하선이 가야 할 곳은 어디인가. 그 생의 기억 이외에도 하선이 지닌 전생의 업은 너무도 두꺼워 몇 번의 퇴행을 더 거쳐야 한다는 최면사의 말이 아득하게 들린다. 그토록 아름다운 하선이 콧물과 침을 턱 밑으로 줄줄 흘리며 아직도 저렇게 울고 있다. 두 눈을 꼭 감은 채 이 많은 사람들 앞에서.

그후로 며칠이 지난 지금.

이따금씩 나는 전생 퇴행 워크숍에 다녀왔던 일이 낮잠을 자다 꾼 한바탕의 혼몽한 꿈은 아니었을까 반문하고는 하였다. 그러나 그렇게 치부해버리기에 내 눈과 가슴은 너무도 많은 것을 기억하고 있었고 아직도 나는 그 기억에서 자유롭지 못하다. 그것은 분명 꿈은 아니었을 것이다. 반나절 동안 체험했던 일들이 내 의식과 무의식의 경계를 흐릿하게 지우며, 나는 자주 이곳이 아닌 다른 세상에 있는 내 모습을 목도하게까지 되었으니까. 머릿속으로 바람이 들어왔다 나가고 그 틈에 희미한 잔상들이 떠올랐다 사라지곤 했다. 5년 전, 김석희와의 일들이 있었으니 그건 사실 처음 겪는 경험이라고 말할 수는 없겠다. 그러나 내가 나의 전생을 체험했던 사실보다 나를 더 경악과 두려움으로 몰아넣었던 건 내가 아닌 다른 사람들, 하선이나 낯선 사람들의 전생을 아무런 여과 없이 두 눈으로 응시할 수밖에 없었고 또 그것을 확인했다는 것이다.

평범하게 살아왔다고 해서 인생을 모르지는 않는다. 그리고 누구도 자신이 평범하게 살아왔다고는 이야기하지 않는다. 내가 알지 못하는 사람들 누구도 평범하게 살고 있다고, 나는 생각하지 않게 되었다. 그날 이후부터.

하선의 전생 퇴행이 끝나고 나서 30여 분 간 휴식이 있었다. 참았던 숨과 긴장으로 굳어진 몸을 풀어내며 실내에 빽빽하게 모여 앉았던 사람들이 밖으로 나갔다. 하선의 전생 퇴행이 진행

되던 내내 끊임없이 통곡을 쏟아내던 한 사십대 여인은 기어이 들것에 실려나갔다. 아직도 여기저기서 울음을 그치지 못한 사람들도 눈에 띄었다. 그러나 약속이나 한 듯 누구도 입을 열지는 않았다. 입을 여는 순간, 이 모든 것이 물거품처럼 사라지거나 꿈에서 깨어날 것을 염려라도 하는 듯이. 사람들의 얼굴은 붉게 달아올라 있었다. 간혹은 생애 가장 긴 터널 끝에서 빛을 발견한 듯한 표정과 부박했던 생의 불가결한 문제를 풀게 될지도 모른다는 기대에 찬 눈빛들도 있었다. 나는 시선을 피하며 짐짓 그들을 외면했다.

하선이 오랫동안 최면 상태에서 깨어나지 못했기 때문에 나는 하선 옆에 앉아 내 어깨에 하선의 머리를 기대게 하고 침을 닦아주고 아직도 떨림이 남아 있는 팔과 다리를 주물러주었다. 그러다 어느 결엔가 하선이 눈을 떴다. 그 애의 눈동자가 서늘하게 열릴 때, 나는 하선이 방금 전 제게 일어났던 일들을 모두 기억하고 있다는 것을 알아차릴 수 있었다. 하선 옆에 앉아 있던 동안 아마도 나는 하선이 최면에서 깨어나는 순간부터는 전생을 경험했던 기억을 모두 잊기를 바랐는지도 모른다. 그 애가 떠날 것이 두려웠던 것일까. 나는 간절히 기원하였다.

내 기원은 하선의 눈동자가 벌어지는 순간 참혹하게 무너지고 있었다. 하선의 의식은 내내 깨어 있었던 것이다. 하선은 내 팔을 뿌리치고 침착하게 자리에서 일어났다. 무슨 말인가 하려고 내가 입을 열기는 했지만 하선은 그대로 밖으로 나가버렸다.

어깨를 곧게 펴고 까만색 바지 속에 감춰진 긴 다리를 성큼성큼 내디디면서. 다시는 내게로 올 것 같지 않은 확신에 찬 발걸음이었다. 아니, 아무 일도 없었다는 듯한 뒷모습. 가슴 한가운데 둔통이 느껴지기 시작했다.

김석희를 만난 이후 나는 하선에게 그 일을 말하지 못했다. 생각해보면 숨겨야 할 특별한 이유 같은 것도 없었다. 단지 말을 하지 않았을 뿐. 이해한다는 건 전율하는 것이란 말이 사실이라면 누구도 그때 내가 경험한 이야기를 듣고 전율하지는 않았을 것이다. 그때까지만 해도 나는 전생에 관해 극도로 부정하고 있었고 내가 부정하고 있던 문제에 대해 누구에게도 설명하거나 혹은 납득시키고 싶지 않았을 따름이다. 그리고 그 일이 내가 아닌 다른 누구의 생을 변화시킬 거라고는 더더욱 생각할 수 없었으니까. 이 생의 내가 기억할 수 없었던 전생의 낯선 내 모습을 두 눈으로 확인했다는 것, 나에게 5년 전 그 여름날의 사건은 돌이키고 싶지 않은 무섭고도 낯선 경험일 따름이었다. 전생을 경험한 것이 내 생을 이해하는 데 도움이 되거나 보다 나은 생을 위한 하나의 전기라는 걸 깨닫기까지는 이토록 긴 세월이 흘렀다고, 지금도 차마 그렇게는 말하고 싶지 않다. 그건 내 마음의 작용이다.

30여 분이라는 시간은 참으로 더디고 길었다. 복도 한편의 의자들과 자판기와 화장실에는 줄곧 사람들로 붐비고 있었다. 하선을 따라 밖으로 나가보았으나 그 애의 모습은 어디에도 보이지 않았다. 캐서린과 현선생, 잭, 그리고 박치원과 서휘경은 각각 다른 장소에서 등을 돌리고 서 있거나 정면을 응시하며 앉아 있었다. 나는 사람들 틈에 섞여 복도 한가운데 우뚝 서 있었다. 누군가 나를 보기는 했을 터였다. 그들은 나에게 오지 않았고 나 역시 내가 알고 있는 누구에게도 다가가지 못했다.

암묵적으로 우리들은 서로를 외면하고 있었다. 혹여 전생을 들키게 될까 봐, 그 전생 속에 함께했던 얼굴을 이번 생의 그 장소에서 확인하게 될지도 모를 사실이 두려웠기 때문에. 김석희의 얼굴이 떠올랐다. 그가 이곳에 오지 않은 건 다행한 일인지도 몰랐다. 그렇게 생각은 했으나 과연 누구에게, 누구에게 다행한 일이란 말인가. 나는 더 이상 의문을 품지 않기로 했다. 누가 우리를 이곳으로 한날 한시에 불러들였는지에 관해서. 그건 아마도 우리가 태어나기 훨씬 이전부터 정해져 있던 일이었는지도 몰랐으니까. 나는 복도 끝과 화장실 문 앞과 자판기 앞과 서적 판매대 앞에 각각 등지고 선 사람들을 천천히 휘둘러보았다. 내 전생에 나와 함께했고 몇 겹의 시간을 지난 이번 생에 불가피하게 또다시 나와 함께할 그들의 뒷모습을.

휴식 시간이 끝난 이후의 시간도 전생으로 깊숙이 빠져들어간 사람의 공개 시범이 계속되었다. 꿈이나 순간적으로 스쳐 지나가는 생각이나 느낌을 있는 그대로 받아들일 것, 그래서 판단하지 말고 의심도 하지 말고 분석과 평가도 하지 말 것. 수동적으로 그 장면이나 그림을 육체로 받아들일 것. 강사는 당부하였다.

한 여자가 있었다. 원인을 알지 못하는 두통 때문에 신경 치료를 받은 적이 있다고 했다. 1년 전에 티베트를 여행했는데 그녀는 티베트의 사원을 둘러볼 때마다 가슴이 찢어지는 듯한 슬픔을 느꼈으며, 그 슬픔 끝에 오랜 여행을 마치고 집에 돌아온 것처럼 안도감과 익숙함을 느꼈다고 했다. 그녀는 더 깊은 무의식의 상태로 빠져들어갔다. 그리고 그녀의 전생이 130여 명의 사람들 앞에서 공개되었다. 그녀는 1400년대 티베트의 남자 수도승이었다. 수도승의 신분으로 랑모라는 여인을 사랑했다. 일생 동안 수도승으로 살긴 했으나 그 죄책감 때문에 괴로워하였다. 그녀는 죽어가는 자신의 모습을 보기까지 했다. 자신의 시체로 몰려드는 독수리떼의 모습도. 육신의 허망한 느낌 때문이었는지 그 이야기를 쏟아내면서 그녀는 몇백 년 동안 참았던 울음을 터트리기 시작했다. 이 생에서의 그녀는 성욕을 느끼거나 남자를 만날 때마다 견딜 수 없는 죄의식을 느끼곤 했다고 한다. 수도승의 흔적이 남아 있는 까닭이었다.

우리가 다시 이 생에 태어났을 땐 전생부터 짊어지고 온 업을 해결하기 위한 가장 좋은 조건으로 태어난다는 게 사실이라면 이제부터 그녀는 어떤 삶을 선택할 것인가. 문득문득 나는 그녀가 궁금해진다. 스물네 살의 그 젊은 처녀가. 가왕초펠이라는 이름의 수도승이었던 그녀가 다음 생에서는 더 좋은 인연으로 랑모라는 여인을 만나게 되기를, 나는 그 자리에서 또 기원하였다.

자신이 겪어온 여러 가지 삶의 모습 속에서, 그때의 자신을 바라보면서 현재의 모습을 보다 잘 이해하고 받아들이게 된다면 이 생은 또 얼마나 크게 달라질 것인가. 경험을 하기는 했지만 나는 아직 아무것도 확신할 수는 없다. 그러나 과거에 좋은 관계였던 영혼들은 현생에서도 좋은 관계를 맺고, 나쁜 인연이었던 영혼들은 현생에서도 석연치 않은 관계가 되는 것이 일반적인 전생의 법칙이라는 말은 믿게 되었다. 그리고 또 전생의 나쁜 인연이 현생에서 다시 만난 것은 서로의 관계에서 아직 청산하지 못한 어떤 업이 남아 있기 때문이라는 사실도. 체험 전과 체험 후의 생은 다를 것이다. 나는 다시 한 번 더 차분한 눈으로 나를 둘러싼 사람들을 눈여겨보게 되었다. 죽고 없는 엄마와 아버지, 나의 강이, 서휘경과 김석희, 박치원, 캐서린과 현선생, 그리고 잭의 얼굴들을. 또 이제는 잊고 살지만 지난 시절 내가 상처를 주었거나 나를 외면했던 사람들의 얼굴을.

또 나는 돌아보게 되었다. 나의 높이에 대한 두려움과 엄마와 나와의 관계, 혹은 엄마와 아버지의 관계, 나와 강이, 서휘경과 나, 하선을 비롯한 관계들을. 그 속에서 일어난 사건들을. 그리고 나와 전생의 어느 한 시절을 함께했던 김석희의 얼굴을.

5

일본 홋카이도에 있는 우스 산의 화산이 폭발한 다음 다음날
은 부지깽이를 거꾸로 꽂아도 산다고 할 정도로 나무 심기에 적
당한 절기라는 한식(寒食)이었다. 벚꽃 축제인 진해 군항제의
막이 오른 건 화산이 폭발한 날이다. 남쪽은 지금 천지간에 흰
벚꽃 이파리들이 휘날리고 있겠다. 나는 여기서 그 꽃길을 따라
손을 잡고 산책하는 남자와 여자, 혹은 부신 햇살에 실눈을 뜬
아이들의 웃음 소리를 듣는다.

수업이 끝난 오후에 지하철을 갈아타고 고속버스 터미널 지
하상가에 가 채송화나 달리아, 분꽃 같은 몇 종류의 꽃씨를 사
갖고 왔다. 어린 묘목을 사고 싶어 나선 길이었으나 내가 원하
는 크기나 종류는 그곳에 없었다. 사과나무의 묘목을 사고 싶었
던 건 아니었을까. 강이와 내가 태어났을 때 아버지가 마당에

심었던 사과나무의 묘목을 말이다. 아무튼 묘목이라도 지나치게 큰 것을 사봐야 딱히 심을 만한 마당도 없었으니 꽃씨를 사오는 것으로 만족해야 했다. 한식은 나무를 심기에 적당한 날이지 꽃씨를 뿌리기에는 너무 늦은 절기일지도 몰랐다.

집으로 돌아온 늦은 저녁에 가로로 길쯤한 플라스틱 화분에다 꽃씨를 묻고 물을 흠뻑 뿌려주었다. 화분에서 흘러나온 물이 베란다 바닥을 천천히 적시고 있었다. 지금 저쪽 어디선가는 또 오래된 분화구가 폭발하고 있을지도 모르고 또 어딘가에서는 배나무에 인공 수분을 하고 있을 것이다. 어둠 속에서 흰 배꽃 이파리들이 나풀거리는 게 언뜻 보이기도 하였다. 나는 꽃 이파리들을 만지기 위해 흡사 배나무의 물이 오른 열매를 따는 것처럼 짐짓 머리 위로 손을 내뻗어보기도 했다.

꽃씨를 뿌리고 나서 밥을 지어 먹고 오래오래 몸을 씻었다. 다음날 토요일 오전에는 일찍 자리에서 일어나 거실 창을 닦고 새로 커튼을 바꾸어 달았다. 얇은 커튼 사이로 불 켠 전등을 들이댄 듯 봄볕이 환하게 비쳐들었다. 이제 4월이 시작되고 있다.

토요일 오후, 워크숍에 다녀온 이후 내 일상에는 아무런 변화가 없었다. 잠시 내 전생과 나를 둘러싼 사람들의 전생과 이 생에서의 얽힘에 대해 생각해보긴 했으나 그건 단지 몽상이나 상념에 불과했을 것이다.

어쩌면 체념일지도 모르겠다. 때론 말이나 언어가 부적절하게 느껴질 때가 있다. 어쨌거나 나는 해가 바뀌면서부터 내내 마음 한쪽을 짓누르던 정체 모를 불안감과 두려움에서 조금씩 벗어나고 있었다. 그러나 바람이 불 때마다, 갑자기 정전이 시작되거나 새벽녘에 전화벨이 울릴 때마다 가슴이 더럭 내려앉는 것만은 어쩔 도리가 없다.

수강생들과 자주 저녁 식사나 술을 마시고, 아무런 약속이 없을 적에는 거리 곳곳을 산책하거나 작정도 없이 영화관에 들어가 연달아 두 편을 보고 귀가하는 날이 많았다. 어느 날인가는 연락도 없이 불쑥 집 근처로 찾아온 잭과 삼청동에 가 수제비를 먹고 공원을 한 바퀴 돌다가 헤어지기도 했다. 그러고 보면 나는 여전히 마음의 균형을 잃고 있었는지도 알 수 없다. 다만 한사코 그것을 외면하고 싶었을까. 다시 내게 닥칠, 나를 넘어선 사건 같은 것에 대해서.

학원 복도나 휴게실, 계단 모퉁이에서 현선생이나 캐서린, 잭을 만나긴 했다. 그들은 약속이나 한 듯 워크숍에서 있었던 일을 입에 올리지 않았다. 그건 나도 마찬가지였다. 설령 누군가 먼저 나에게 그 일에 관해 물었더라도 입을 다물었을 것이다. 최면에 걸려 수많은 사람들 앞에서 전생까지 내려갔다 온 하선이 내 친구인 것을 알고 있을 텐데도 그녀에 관한 언급조차 없었다.

예전처럼 시간을 맞춰 현선생과 점심 식사를 했고 그녀와 나는 역시 아무 일도 없었다는 듯 일교차가 심한 날씨와 바뀐 학원 수업과 새로 산 파스텔 빛깔의 봄옷에 관한 이야기들을 두서없이 나누곤 하였다. 캐서린을 만나도, 잭을 만나도 다르지 않았다. 서휘경이나 하선, 박치원을 만난다면 어떨까. 가끔 나는 궁금하다. 그날 이후 서휘경이나 하선, 박치원을 만나지 못했다. 김석희에게서도 다른 연락은 없었다. 다만 그들을 만날 때마다 나는 무언가 새로운 끈이 우리를 둘러싸고 있다는 느낌을 받곤 했다. 이를테면, 세상에는 전생을 믿는 사람과 전생을 믿지 않는 두 종류의 사람이 존재한다는 것. 도리 없이 우리는 전자에 속하는 사람들이라는 것. 그러나 나는 여전히 부정하고 있었다.

 ……이제 나는 전생의 정체에 대해 완전히 부정할 수는 없다. 그렇다고 내가 전생을 인정하기 시작했다는 것은 아니다. 그건 사실 하등 중요한 게 아닐지도 모른다. 다만 나는 전생을 인정하고 싶지도 부정하고 싶지도 않았다. 그건 새로운 내 마음의 움직임이다.

 경계를 안다는 건 쉽지 않은 일이다. 특히 타인과의 관계에 있어서는. 잠시 나는 주위 사람들과의 관계에 대해 혼란스러움을 겪긴 했다. 내 앞에 앉은 현선생이나 캐서린, 잭이 웃고 있어도 나는 무뚝뚝한 표정으로 찻잔을 만지거나 어깨를 스치며 지나치곤 했다. 외딴 섬에 오래 고립돼 있다 홀연히 낯선 사람들 앞에 내던져진 것처럼. 그러나 나는 곧 깨닫게 되었다. 어떤 특정한 경험을 함께 공유하긴 했으나 근본적으로 욕망이 없는 사람들과의 관계는 편하다는 것을. 특히 잭과의 관계에 있어서 말이다. 그것이 하선에게 해당된다면, 무턱대고 인정할 수만은 없겠지만.

하선은 지금 어디 있을까.

그날 이후 하선에게선 또 연락이 없다. 여전히 나는 현관문을 열어두기는 한다. 하선이 그 문을 밀고 나의 집으로 올 거라는 확신은 차츰 무너지고 있다. 4월이 시작된 이후에.

강이에게 전화가 걸려온 건 일요일 오후 5시 10분 전이었다. 그때 나는 베란다에 의자를 내놓고 앉아 고장난 신호등과 건너편 2층 찻집에 나란히 앉아 있는 사람들과 연둣빛 싹을 틔우고 있는 가로수들을 무심히 바라보고 있었다. 전화를 받기 위해 자리에서 일어나 거실 창을 닫다 말고 퍼뜩 벽시계부터 올려다봤다. 4시 50분. 강이에게는 이른 아침일 것이었다.

강이는 쉰 목소리로 나의 근황부터 물어왔다. 나는 상냥한 목소리로 그저 아무 일 없이 잘 지내고 있다고 말했다. 말 끝에 울음이 묻어나지 않도록 몸을 잔뜩 사리면서 말이다. 내 말이 끝나자마자 더는 틈을 만드는 게 힘겹다는 듯이 강이는 불쑥 결혼 날짜를 받아두었다고 말했다. 나는 재빨리 말을 받았다.

그때 너랑 내가 퀘벡으로 여행 갔다 돌아올 때 마중 나왔던 헬렌 김이니? 아니면 하선이니? 내가 아주 모르는 사람이니?

……!

네가 무슨 음식을 좋아하는지, 어떤 풍경과 사람을 좋아하는

지, 아니 네가 한밤중에 깨어나 무슨 생각에 그토록 골몰하는
지, 네가 낙서할 때 어떤 버릇이 있는지, 너를 잘 아는 사람이
니? 그러니? ……밤마다 너의 손가락을 물고 잠을 자고 너의
발을 씻겨주고 입맞춰주고 발톱을 깎아주고 옷을 갈아입혀준
나를 떠나겠다고? 강이야, 내가 세상에 태어나 처음 만난 사람
은 너였어.
……강운아.
내 이름 부르지 마!
강운아, 난……
강이 넌, 너무 많은 것을 잊고 있구나.
……!
……
……오빠.
나는 생전 처음 강이를 오빠, 라고 불러보았다. 오빠, 나의 오
빠…… 이미 끊어진 전화선을 통해 나의 그 간절한 목소리를 강
이가 들었는지 확신할 수는 없었다. 수화기를 내려놓고 나서 하
오의 햇살이 들이치고 있는 거실 바닥의 차츰 줄어드는 빛무늬
를 바라보고 서 있었다. 말없이 전화를 끊은 강이는 지금쯤 아
침 식사를 하며 신문을 읽고 있을까. 그 곁에 내가 아닌 다른 여
자가 서 있을까. 아니면 강이도 나처럼 수화기를 손에 쥔 채 꼼
짝 않고 서서 이렇게 고개를 푹 수그리고 있을까.
내가 놀란 건 예기치 않은 강이의 결혼 소식이 아니라 이제

완전히 강이가 나를 떠나겠다는 의지를 통보한 사실이었다. 대학을 마치지도 않고 미국을 떠나 캐나다에 정착할 때부터 강이는 나와 헤어지겠다고 작정하고 있었던 것은 아닐까. 그토록 오래 전부터.

밤이 오기 전에 서둘러 옷을 껴입고 밖으로 나갔다. 다시 강이의 전화를 받게 되는 것이 두려웠을까. 나는 알고 있다. 강이와 내가 또다시 긴긴 침묵을 지키게 되리라는 것을. 고장난 신호등 앞에 한동안 서 있다가 무턱대고 횡단보도를 건넜다. 자동차들이 경적을 울리며 내 옆을 지나쳤으나 고개 한번 돌리지 않고 내처 걸음을 옮겼다. 경복궁 돌담을 따라 빠르지도 느리지도 않은 속도로 걷기 시작했다. 해가 기울고 차츰 찬 기운이 목언저리로 파고들고 있었다. 어제의 일기 예보가 맞는다면 오늘 초대형 황사가 천지를 뒤덮고 있을 터이고 늦은 밤부터는 흙비가 내릴 것이다. 저무는 하늘은 먹구름이 낀 듯 모래 먼지로 뿌옇게 덮여 있었다. 북한산 능성이가 보이지 않는 것을 보면 시정(視程)이 평소의 절반에도 미치지 못하는 것 같았다. 찬 기운이 아니라 강풍이 불고 있는 듯하였다.

어느 결엔가 나는 인도에 무방비 상태로 누워 있는 나를 발견하게 되었다. 깨닫지도 못하는 사이에 새벽의 이내처럼 슬그머니 어둠이 내리고 바로 곁에서 자동차들이 빠른 속도로 지나가고 있는 인도의 한귀퉁이에서 나는 발목을 붙잡고 모로 누워 있었다. 누워 있는 게 아니라, 나무 둥치에 발이 걸려 넘어진 거라는 사실을 깨닫게 된 건 시간이 더 흐른 후였다. 그러나 나는 봤다. 내가 넘어질 때 한 끝을 밑으로 잡아당긴 듯 하늘이 기울고 나무와 자동차와 마른 땅이 한꺼번에 서서히 기우는 것을. 먼 곳의 산들과 지붕들과 교각과 저녁의 구름과 바람이 나와 함께 쿵쿵, 넘어지고 있다는 것을. 그것은 새로운 경험이었다.

*

누구에게나 한 가지 공포는 있을 것이다. 이를테면 내가 높이에 대한 두려움 때문에 엘리베이터를 타지 못하는 것처럼 누군가는 멀고먼 그린란드 출신처럼 밀폐된 공간에서 갇혀 있는 것을 두려워하거나, 어둠 때문에 불을 끈 채 잠들지 못한다거나 외로움의 공포 때문에 혼자서는 단 하루도 견디지 못하는 것처럼. 한 가지 더 내가 가진 공포가 있다면 그건 불면이다.

일주일째 불면이 지속되고 있었다. 그 일주일 동안 새벽녘에 간신히 한두어 시간쯤 깜박 잠이 들었다가 알람 시계를 맞춰놓은 듯 퍼뜩 잠에서 깨어나고는 하였다. 그것도 숙면이 아니라 가수면 상태였기 때문에 자리에서 일어나면 두통이 배가되었고 그럴 때마다 한꺼번에 진통제를 두서너 알씩 깨물어 삼키지 않으면 안 되었다. 그런다고 해서 두통이 사라지는 것도 아니었지만 딱히 별다른 방법이 있는 것도 아니었다. 그것마저 하지 않는다면 머릿속에서 면도날이 슥슥 지나다니는 고통을 고스란히 감수해야만 했으니.

이명이 들리기 시작한 건 불면이 시작된 지 6일째 되는 날부터였다. 몸을 벽 쪽으로 붙이고 침대에 누워 있으면 오른쪽 귀에서 날벌레 한 마리가 달팽이관 속으로 들어간 것처럼 웅, 웅, 웅 하는 소리가 연이어 들렸다. 방향을 바꿔 누우면 이번엔 누구 것인지 짐작이 가지 않는 굵은 목소리가 또 웅, 웅, 웅 들려왔다. 그건 봄이 오기 전, 늦은 밤에 거리의 가로수들과 전신주들을 뽑아버릴 듯 세차게 불어대는 바람 소리 같기도 했고 폭풍이 이는 날 방파제에 앉아 듣는 파도 소리 같기도 하였다. 분명한 것은 사람의 목소리는 아니라는 사실이었다. 그 상태가 지난 후에는 내 목소리까지 진공관을 통해 듣는 양 웅웅거리기 시작했다. 전화를 받을 때나 수업을 할 때, 혹은 집 안을 서성거리며 거울 앞이나 빈 식탁 앞에서 혼잣말을 할 때도 마찬가지였다. 급기야 나는 수업 시간을 제외하고는 그만 입을 꾹 닫아버리고 말았다.

불면은 언제나 기습적으로 찾아온다. 나는 아무런 원인을 발견하지 못한 듯 주위 사람들에게 불면을 호소했다. 그들은 나에게 다양한 방법을 제시했다. 미지근한 물이 담긴 욕조에 누워 뜨거운 물수건으로 어깨를 찜질하라고 충고해준 사람은 현선생이다. 독주를 마시고 춤을 출 것, 우유를 따뜻하게 데워 마실 것, 잠들기 30분 전쯤 가벼운 맨손 체조를 할 것, 등등. 물론 나는 그 방법들을 실천에 옮겨보지는 않았다.

　수업을 마치고 집으로 돌아갈 때면 버스 안에서 꾸벅꾸벅 졸곤 했다. 금방이라도 벽에 머리를 대면 꼬박 하룻밤 동안 한 번도 깨어나지 않고 숙면을 취할 수 있을 것만 같았다. 그러나 집으로 돌아가 샤워를 하고 옷을 갈아입고 침대에 누우면 그때부터 잠은 온데간데없이 사라져버리곤 하였다. 잠이 달아나는 것뿐만 아니라 누군가 내 머리 속에 들어앉아 커다란 손바닥으로 쓱쓱 문질러대는 듯 아무것에도 집중할 수 없었다. 몇 번의 지독한 불면 끝에 내가 깨달은 게 있다면 그건 불면이 지나갈 때까지 하냥 기다려보는 것이다. 다른 방법이 없다.

　금요일 이른 아침에 나는 설핏 눈을 떴다. 불을 끄고 자리에 누운 지 한 시간여나 지났을까. 무언가 툭, 툭 창문을 두드리고 있다는 느낌 때문이었다. 이 시간에 또 누가 나를 찾아왔을까. 침착하게 자리에서 일어나 불도 켜지 않은 채 소리나지 않게 방문을 열어보았다. 어쩌면 지난번처럼 배고픈 엄마와 아버지가 식탁에 앉아 있을지도 모르기 때문이었다. 내 기척 소리를 듣는다면 또 홀연히 사라져버릴 것이다.

　희부연하게 밝아오고 있는 거실에는 아무도 보이지 않았다. 어쩐 일인지 현관문도 꽉 잠겨 있었다. 거실 창을 열어보았다. 짙은 안개 사이로 봄비가 내리고 있었다. 가느다란 봄비가 거실 창을 사락사락 스치고 있었다. 그러니까 나를 깨운 것은 이른 아침의 봄비였던 셈이다. 불면이 시작되면서부터 줄곧 따라다니던 두통도 전혀 느껴지지 않았다. 얇은 잠옷만 입은 차림으로 베란다로 나가 한동안 봄비를 맞고 서 있었다. 얼룩이 번져들 듯 옷 앞섶이 차츰 젖어들고 맨발이 축축해졌다.

숄더백을 찾아 메고 집을 나섰다. 주차장에 박치원의 자동차 가 바퀴가 바깥쪽으로 휘어진 채 세워져 있었다. 불면의 치료에 관해 그에게 묻는다면 아마 내가 알지 못하는 새로운 정보를 들 려줄지도 몰랐다. 오래 혼자 살면 시시콜콜히 아는 게 많아진다 고 했었지. 그를 찾아가기에는 너무 이른 시각이었다. 어쩌면 자동차를 빌릴 수 있을 텐데. 택시를 타고 청량리역으로 갔다. 안동행, 아침 9시 기차표를 끊었다. 30여 분쯤 시간이 남아 있 었다. 학원 수업은 일요일까지 비어 있다. 이틀 여유가 있는 셈 이다. 생수 한 병과 일간지 한 부를 사고는 대합실에 앉았다가 기차에 올랐다. 기차는 9시 1분에 천천히 플랫폼을 빠져나가기 시작했다.

창가 자리에 앉아 물끄러미 창밖을 내다보았다. 서울을 벗어 나면서부터 빗줄기가 굵어지고 있었다. 제법 바람이 부는지 산 허리에 피어난 분홍의 진달래와 노란 개나리 가지들이 흔들거 리고 손목을 거꾸로 세워놓은 듯한 사과나무들도 가느다란 둥 치를 바람에 내맡기고 있었다. 어느 틈엔가 차창 안쪽에 습기가 차올라 창호지를 덧댄 것처럼 밖의 풍경이 희미하고 불투명해 보였다. 나는 검지손가락으로 유리창에 향이, 라고 써보았다. 그리고 사과나무, 꽃, 연기, 봄비, 기차, 라고 썼다. 하선도 쓰고 서휘경도 쓰고 강이의 이름도 써보았다. 창 한 면엔 금세 내가 아는 사람의 이름들로 가득해졌다.

다시 사과나무 위에 엄마의 이름을 쓰고 꽃, 연기 위에는 김석희의 이름을 써넣었다. 겹쳐진 이름들은 내가 알지 못할 새로운 무늬로 형태를 바꾸어가고 있었다. 고대의 상형 문자처럼 혹은 해석할 수 없는 마야인의 언어들처럼. 나는 내가 알고 있는 모든 사람의 이름을 쓰고 또 썼다가 손을 내려뜨리고 말았다. 몇 개의 정거장을 지나치자 그 많은 이름들이 서서히 사라지기 시작했다. 돌멩이를 주워 모래사장에 쓴 낙서들 위로 흰 거품을 안은 파도가 서서히 밀려올 때처럼. 내 안의 무언가가 스륵, 빠져나가는 느낌에 나는 꼼짝도 않고 물끄러미 차창을 바라보고 있었다. ……이제는 형체도 분간할 수 없는 무늬에서 물방울이 뚝뚝 떨어지고 희미하게 아침 햇살이 번져들었다. 차창에 내가 쓴 이름들이 아주 사라지고 없었다. 마치 처음부터 세상에 없던 이름들처럼.

안동역에 내린 것은 낮 1시가 조금 지나서였다. 역 근처 정류장에서 버스를 타고 모감주나무들과 시퍼런 종이에서 둥글게 살짝 오려낸 것처럼 짙푸른 자연 호수를 지나 안동대학으로 갔다. 카메라를 가져오지 않은 게 생각나 대학 앞의 사진관에 들어가 일회용 카메라를 샀다. 비가 그친 무거운 구름 사이로 햇살이 가늘게 퍼지고 있었다. 우산을 접어 가방에 넣고 교정에 있는 학생들에게 길을 물어 3층짜리 붉은 벽돌 건물 안으로 들어갔다.

어쩌면 처음부터 450여 년 만에 발견되었다는 그 미라를 볼 수 있을 거라는 기대가 잘못이었는지도 모르겠다. 그리 넓지도 않은 박물관을 두어 바퀴나 돌았지만 미라는 보이지 않았다. 나는 안내 데스크에 앉아 있는 여직원에게 미라에 관해 물어보았다. 여직원은 웬 뜬금없는 소리를 하냐는 듯 내 얼굴을 올려다봤다. 그리고는 이장을 할 때 발견된 그 미라는 다시 새로운 곳으로 이장을 했다고 전해주었다. 그러니까 내가 볼 수 있는 것은 미라가 발견될 당시 입었던 치마나 너른바지, 버선, 신발 그리고 손톱과 머리카락을 담고 있던 흰 쌈지와 겉옷의 일종인 신의가 전부였던 것이다. 꺼멓게 죽은 미라의 얼굴이 담긴 몇 장의 커다란 패널 사진과 함께. 누군가를 만나기 위해 먼 길을 돌아왔는데 그가 피웠던 담배꽁초나 노트, 입고 있던 외투만을 발견하게 된 것처럼 맥이 탁 풀렸다.

여직원이 잠시 자리를 비운 사이에 일회용 카메라로 이장할 때의 미라의 모습을 몇 장 찍었다. 여태도 새카만 미리카락과 움푹 꺼진 눈자위와 앙상한 어깨뼈, 그리고 누렇게 변색된 작은 버선을 신은 치마 밑의 두 다리를. 그러고 나자 더는 할 일이 없었다. 그렇다고 여직원에게 미라가 새로 이장된 장소를 물어볼 용기는 없었다. 그곳에 간다고 해도 미라를 육안으로 볼 수는 없을 터였다. 나는 20여 분 만에 박물관을 나오고 말았다.

교정을 거닐다가 학생 회관으로 보이는 건물로 들어가 매점에서 우동과 김밥을 사 먹고 커피를 한 잔 뽑아 교정 한구석에 있는 벤치에 가 앉았다. 시간은 채 3시도 되지 않았다. 할 일을 찾지 못한 사람처럼 나는 우두망찰해 있었다. 안동역으로 가 기차를 바꿔 타고 강원도로 갈 수도 있고 비행기를 타고 하선의 어머니가 있는 제주로 내려갈 수도 있다.

공중전화 부스로 들어가 하선의 전화번호를 눌러보았다. 그 애의 휴대 전화는 꺼져 있었다. 망설이다가 서휘경에게 전화를 걸었다. 수술 중이라고 했다. 그가 부재중인 것보다 적이 마음이 놓이기는 했지만 나는 누군가와 통화를 하고 싶었다. 서너 군데 더 번호를 눌러보았다. 누구와도 연결이 되지 않았다. 아주 먼 곳에 혼자 내려와 있는 느낌이 들었다. 박치원을 생각해내긴 했으나 어처구니없게도 나는 그의 전화번호를 모르고 있었다.

키가 훌쩍 크고 잎을 막 틔워내고 있는 수십 그루의 메타세쿼이아 나무 사이를 천천히 지나 교정을 빠져나왔다. 나무 꼭대기에 새 둥지가 위태롭게 매달려 있었다.

역 앞 사진관에 카메라를 맡겨두고 택시를 타고 안동댐으로 향했다. 어디로 가야 할지 여태도 작정을 하지 못한 때문이었다. 비가 그치고 햇살이 번지긴 했지만 재킷 단추를 잠가야 할 정도로 바람이 세차게 불어대고 있었다. 댐 앞에서 어슬렁거리다가 휴게소 커피숍 창가에 자리를 잡고 앉았다. 흰 새 한 마리가 댐 위를 낮게 날아다니고 있는 게 보였다. 다리가 길고 흰 저 새의 이름은 뭘까. 두 손을 감싸쥐고 있던 물컵의 뜨거운 물이 식을 때마다 찻집 구석에 있는 정수기로 가 물을 버리고 뜨거운 물을 새로 받아왔다. 그렇게 세 번, 뜨거운 물이 식고 차갑게 언 손이 녹을 무렵에야 휴게소 찻집을 나와 택시를 타고 올라왔던 길을 걸어 내려가기 시작했다.

자동차들이 지나갈 적마다 보도 위에 흩날려 있던 꽃잎들이 차 바퀴에 으깨어지고 있었다. 나는 얼른 눈을 돌렸다. 절벽 위에 피어 있는 개나리와 진달래, 버들강아지, 야생 철쭉들, 그리고 산 밑에 숨은 듯 피어난 보랏빛 시네라리아와 노란색 닻꽃, 연보라색 앵초를 눈으로 훑어가며 휘어진 길을 따라 걸음을 옮겼다. 빈 택시들이 내 앞에 주춤거리며 멈춰 서곤 했지만 내처 길을 걸어 내려왔다.

서울로 올라가는 기차는 저녁 7시에 있었다. 현상된 사진을 찾아들고 안동역 대합실로 들어갔다. 봉투를 열고 사진을 꺼내 보았다. ……! 나는 눈을 크게 뜨고 다시 차례대로 사진을 들여 다봤다. 몇 시간 전에 찍은 미라의 모습이 보이지 않았다. 흰 마스크와 장갑을 낀 사람들이 미라를 들어내고 있었지만 미라의 모습은 거짓말처럼 감쪽같이 사라져 있었고 미라가 있어야 할 자리엔 깊은 밤의 달무리 같은 흰 빛 덩어리만 뿌옇게 남아 있 었다. 하반신을 찍은 사진도 치마와 너른바지는 현상돼 있었지 만 버선을 신은 두 다리는 어디에도 보이지 않았다. 이장을 하는 사람들은 마치 눈에 보이지 않는 미라를 이장하는 시늉을 하고 있거나 퍼포먼스를 하고 있는 듯 보였다. ……미라는 사라졌다. 나는 미라만 빠진 사진 몇 장을 들여다보다가 퍼뜩 자리에서 일어나 표를 끊고 허겁지겁 기차에 올랐다. 7시 10분 전이었다.

젖은 철로 위를 달리는 저녁의 기차 안에서 나는 굴뚝에서 연기가 새어나오는 몇 채의 작은 집들과 꽃을 피워내고 있는 사과나무들과 가늘고 흰 수천 개의 바늘 같은 빗방울이 차창을 스치는 것을 조용히 목도하고 있었다.

*

박치원은 누군가를 마중 나와 있는 사람처럼 우산을 받쳐들고 버스 정류장에 우두커니 서 있었다.

연이틀 봄비가 내리고 그쳤다가 바람이 부는 날과 일교차가 심한 날씨가 반복되더니 오늘 오후로 접어들면서부터 또다시 비가 내리고 있는 중이었다. 채 우산을 준비하지 못한 나는 버스 의자에 앉아 빗방울이 듣고 있는 차창을 내다보고 있었다. 빗발이 점점 거세지기 시작했다. 버스 정거장에서부터 집까지 우산도 없이 걸어간다면 온몸이 흥건히 젖어들 거였다. 비에 젖기 시작하는 마른 땅과 나무와 보도블록의 냄새가 버스 안으로까지 스멀스멀 밀려들어왔다. 나는 삼림욕을 하듯 숨을 깊게 들이마셨다가 천천히 내뱉었다.

하차하기 위해 버스 문 앞으로 가까이 다가가다 말고 나는 박치원의 얼굴을 알아보았지만 그가 나를 기다리고 있을 거라는 짐작은 하지 못했다. 버스 안에서 박치원을 굽어보는 느낌은 각별한 데가 있었다. 오래 전부터 가깝게 지내왔던 사람처럼 익숙하고 친밀한 느낌도 들고 또 어떻게 보면 한 번도 만난 적 없는 타인의 얼굴처럼 느껴지기도 하였다. 그러나 타인이라 여겼던 얼굴이 부지불식간에 내게로 불쑥 스며들 때가 있는 법이다. 아마 박치원도 내게는 그런 사람들 중 하나일 것이다. 그러고 보니 그와 한 건물에 산 지 꽤 여러 달이 흘렀다. 박치원은 버스가 지나갈 때마다 무표정한 얼굴로 고개를 돌렸다가 다시 차가 오고 있는 쪽으로 고개를 틀었다. 아직 나를 발견하지 못한 모양이었다. 버스 안에서 나는 가만히 박치원의 이름을 불러보았다. 버스 문만 열린다면 손이 닿을 듯한 아주 가까운 거리에서. 그는 내 목소리를 듣지 못한다. 때로는 지척이 천리인 것 같기도 하다.

박치원은 성큼 내게로 걸어와 우산을 받쳐주었다. 커다란 박쥐우산 속에서 빗방울 듣는 소리가 제법 크게 울리고 있었다.

"쌀을 씻어 안치고 호박과 두부를 썰고 있다가 문득 비가 쏟아지는 소리를 들었습니다. 그리고 그 빗속을 타박타박 걸어오고 있는 향이씨의 발소리도. 앞치마를 벗어두고 얼른 우산을 갖

고 나왔습니다. 강남 쪽에서 오는 버스마다 놓치지 않고 봤는
데, 잠시 한눈을 팔고 있는 사이에 향이씨가 저를 먼저 발견하
는군요.”

박치원이 헛기침을 하듯 쿡쿡, 웃음 소리를 냈다. 한눈을 팔고
있던 건 아니었다. 내가 이렇게 그를 보고 있었는데. 박치원에게
서 찌개 냄새가 나는 것도 같다. 호박과 두부를 넣고 된장찌개를
끓이고 있었을까. 부추나 깻잎이 있다면 썰고 남은 호박을 채 썰
어 전을 지질 수도 있을 텐데. 나는 허기를 느끼고 있었다.

“이 비를 뚫고 어떻게 집까지 걸어가나 걱정하던 참이었어요.
귀가 몹시 밝은 편이신가 보군요. 이 빗속에서 제 발소리를 다
듣다니 말예요.”

“오랫동안 한 가지를 열망하면 언젠가 그 기원은 이뤄지게 마
련이죠. 마찬가집니다. 어느 한 가지에 열중하면 아무리 먼 곳
에서도 다 듣고 볼 수 있어요. 단지 우린 그렇게 하지 않을 뿐이
죠. 쫓기듯 살고 있으니까요.”

“……”

“……”

박치원과 나는 아무 말 없이 횡단보도를 건너고 주차장을 돌
아 대문으로 들어섰다. 주차장을 돌면서 박치원의 자동차 바퀴
에 진흙이 엉겨붙은 것을 보았다. 어디 먼 데를 돌아다니다 온
모양이다.

“오른쪽 어깨가 다 젖었군요. 옷 갈아입고 내려오세요. 저녁

216

식사 같이 합시다."

　박치원이 우산을 접고 혼잣말을 하듯 웅얼거렸다. 나는 계단을 올라갔다. 계단을 올라가다 말고 누가 뒤에서 등을 와락 껴안은 것처럼 나는 잠시 한 발은 계단 위에, 한 발은 밑의 계단 모서리를 밟은 불균형한 자세로 서 있었다. 뜨거운 기운이 등줄기를 타고 올라와 목덜미께로 번져들었다. 뺨이 홧홧하게 달아올랐다. 그럴 것 없어, 우산 탓이야. 다, 이놈의 우산 탓이라고. 나는 투정을 부리듯 어깨를 외틀어대며 마저 계단을 올라갔다. 접은 우산에서 떨어진 빗물이 계단참에 흔적처럼 점점이 떨어지고 있었다.

　젖은 옷을 갈아입고 양치를 하고 아무렇게나 어깨 위로 흘러내린 머리카락을 뒤로 묶고 거울을 들여다봤다. 아직도 뺨은 붉게 상기돼 있었다. 내 두 눈동자는 돌연한 열기로 번들거렸다. 그러나 비가 오는 날이면 우산을 들고 소읍의 정거장과 학교 앞에서 나를 마중 나와주던 강이는 이곳에 없다. 오랫동안 간절히 한 가지 기원을 하면 이루어진다고? 그래, 마치 죽은 나무에 물을 주면 언젠가 가지에서 싹이 돋고 꽃이 피어난다는 흑백 영화에서처럼 말이지. 허나 그 이루어짐 속에는 필연적으로 누군가의 희생이 뒤따른다는 걸 박치원은 알고 있을까.

　박치원은 앞치마를 두르고 납작납작하게 두부를 썰고 있었다. 나는 그 옆으로 다가가 소쿠리 속에 담겨 있는 달래와 호박과 깻잎을 잘게 채 썰어 박치원이 꺼내준 프라이팬에 전을 지지기 시작했다. 박치원이 뜸이 다 든 밥을 주걱을 수직으로 세워 들고 퍼담았다. 살림을 오래 해본 솜씨다. 주걱을 눕혀 밥을 푸면 쌀알이 부서진다. 국이 다 끓을 동안 나는 전을 부쳐 식탁 위에 차려놓았다. 반찬이라고는 된장찌개와 야채전, 명란젓이 고작이었지만 식탁은 어느 때보다 풍성해 보였다. 동쪽의 한적한 숲속이나 바닷가 근처 콘도에 와 있는 느낌이 들어 나는 사뭇 놀란 눈으로 사위를 둘러보는 시늉을 하며 식탁 의자에 앉았다. 박치원도 앞치마를 벗어 의자 등받이에 걸쳐두고 내 앞에 마주 앉았다. 그가 수저를 내 앞으로 먼저 내밀었다. 오늘은 박치원의 여자가 죽은 지 며칠째 되는 날일까. 그는 아직도 그 날짜를 세고 있을까.

박치원의 여자는 박치원을 만나러 달려오다가 중앙선을 침범한 탱크 로리와 충돌해 즉사했다. 집안의 반대를 무릅쓰고 결혼식을 치른 지 6개월 만이었다. 그날도 박치원은 그녀의 몸이 가로수 나뭇가지 끝의 허공까지 훅 날아올랐다가 젖은 도로로 곤두박질치는 것을 저쪽에서 봤다고 했었다. 심장이 수천 개의 조각으로 찢어져 사방 벽으로 튀어나가는 것만 같았다고 했었지. 1년 내내 입술이 갈라터져 있던 여자였다는데.

……그녀는 지금 어디 있을까요. 이따금씩 새벽에 잠에서 깨어났을 때 가슴을 가득 메우고 올라오는 슬픔의 정체 같은 걸 느낄 때가 있잖아요. 그럴 때마다 나는 곁에 그녀가 앉아 가만히 내가 하는 양을 바라보고 있다고 생각합니다. 내 가슴을 차

고 오르는 눈물은 바로 그녀의 것이죠. 그녀가 내게 그런 식으로 말을 건네고 있는 겁니다. 그런데 이상하게 시간이 지날수록 그런 느낌이 줄어들어요. 새벽에 잠에서 깨어나는 일도 드물어지고. 이젠 그녀가 나를 떠날 준비를 하고 있는 모양입니다. 그건 정말이지 견딜 수 없는 일이죠.

박치원은 얼굴을 한쪽으로 돌렸었다. 지독한 감기에 걸려 있던 내게 계피와 레몬을 넣고 끓인 레드 와인을 건네주던 저녁에.

"산림 피해 조사차 동해안으로 답사를 갔던 길에 학생들을 먼저 올려보내고 혼자 이곳저곳을 더 돌아다니다 왔습니다."

그랬다면 그녀의 위패가 있는 월정사에도 들렀을 것이다.

"충남 연기군이었던가, 한 과수원에서 분홍색 꽃봉오리가 벌어지기 시작한 복숭아나무 밑에서 노는 어린 오리떼들을 봤습니다. 독일의 어떤 작가가 복숭아나무를 두고 그랬다죠. 연약한 귀족이라고요. 꽃이 다 벌어져 있던 건 아니었지만 그 빛깔과 형태만으로도 마음이 다 환하게 밝아지는 느낌이었습니다. 아마 그 검은 사막을 지나왔기 때문일 겁니다."

……검은 사막.

화산이 폭발하듯 섬광을 내뿜으며 동해안에 산불이 난 건 내가 안동을 다녀오고 난 얼마 뒤의 일이다. 한동안 박치원의 자동차가 보이지 않았던 것도 그 무렵일 것이다. 꽤 여러 날이 흘렀다.

"그래도 그곳에서 다시 새싹이 돋고 있다고 들었어요. 얼마 전엔 산불이 휩쓸고 지나간 검은 자리에 아기 손바닥만한 연둣빛 싹이 돋고 있는 사진을 보기도 했어요. 불쑥 눈물이 솟더군요."

"까치도 날아들고 군데군데 개미도 눈에 띄었습니다. 이젠 완전히 죽은 땅이라고 생각했는데 그게 아니었죠. 불에 탄 싸리나무 밑동에서도 새싹이 돋고 그늘사초, 참억새, 큰까치수염 등은 무려 20센티미터나 자란 것도 있었습니다. 애기나리 군락과 고사리도 눈에 띄었고요, 그 화마 속에서도 용케 살아난 뱀이 스륵스륵 기어다니고 쇠뜨기와 달뿌리풀이 보였고 병꽃나무와 국수나무에서 새로 돋아난 싹도 보았죠. 고성군 토성면 운봉산 곳곳에서는 산오이풀과 우산나물과 맑은대쑥도 있었습니다. 시냇가에서 고라니 발자국을 발견한 학생들이 환성을 내지르더군요. 신비, 라는 말의 참뜻을 알게 되었습니다."

"……다행이긴 하지만, 아마 더 오래 기다려야겠죠. 그 모든 것이 복원되기 위해서는."

"10년이나 15년 후쯤에야 어린 나무가 형성되고 40년에서 100년쯤 지나야 안정된 숲을 형성할 겁니다. 나비나 길앞잡이 같은 곤충들이 나타나는 것은 적어도 어린 나무가 형성된 후일 테고, 동물이나 텃새 같이 한곳에 머무는 정주종 서식은 숲의 지붕이 형성되는 50년이 지나야 가능할 거라고 추측들 하고 있습니다. 그러니 아주 오랜 시간 기다려야 하겠죠. 숲은 마술처럼 단숨에 만들어지지 않는 법입니다."

50년이나 100년 후.

"어쩌면 우린 그 산과 나무와 꽃들을 다시 볼 수 없을지도 모르겠군요. 그토록 오랜 세월이라면."

나는 한숨을 내쉬듯 말했다. 50년이나 100년…… 이 생에서는 너무 긴 시간이다.

"봐야죠, 기다려야 합니다. 향이씨도 꼭 볼 수 있을 겁니다. 그 초록으로 무성한 숲을 말입니다."

박치원이 수저를 내려놓고 단호하게 말했다.

"……밖엔 아직도 비가 내리고 있을까요?"

"글쎄요, 한동안 귀를 닫고 있었군요. 밥 한 그릇을 다 비우는 동안에."

박치원이 찡그린 이맛살을 펴며 슬쩍 농을 던졌다.

나는 마지막까지 손에 쥐고 있던 패를 툭, 던지는 심정으로 박치원씨, 하고 그의 이름을 불렀다. 박치원이 턱을 들어 내 눈을 들여다보고 있다. 나는 그의 눈을 똑바로 응시했다.

"우린 왜 서로 아무 말을 안 하고 있는 거죠? 그날 있었던 일들에 관해서 말예요. 그건 누설하면 안 되는 비밀이나 금기 같은 것도 아닌데 말이죠."

"난 말입니다," 하고 박치원이 주먹을 입으로 가져가며 큼큼, 마른기침을 내뱉었다.

"그날 있었던 일은 모두 잊었습니다. 아주 까맣게 말이죠. 내가 어떤 말도 할 수 없다면 아마 그 이유일 겁니다. 나는 아무것도 기억하고 있지 않아요. 그게 그렇게 우리에게 있어서 중요한 사건은 아니라고 생각합니다. 낯선 경험을 해본 것뿐이죠. 그리고 그 경험에서 뭔가 깨달은 게 있다면 그건 각자의 몫이고, 또 그걸 설명하기란 쉽지가 않죠. 알겠지만 세상엔 말로도 잘 설명되지 않는 게 있는 법이잖습니까."

"하지만 납득할 수 없는 점이 많아요. 이를테면 하선, 그 앨 기억하시겠죠? 하선에게서도 통 연락이 없어요. 그날 이후 말이죠. 대체 누가 우릴 그 자리로 불러들인 걸까요."

"만물끼리의 보이지 않는 관계에 대한 해석도 어려운데 하물며 사람의 일이야 누가 함부로 말할 수 있겠습니까. ……하선씬, 아마 이곳을 떠나게 될 겁니다. 문득 그런 직감이 들더군요. 집중해서 귀를 잘 열어두세요. 살아 있는 모든 것들은 소리를 내는 법이니까요. 떠나면서 혹시 한 번쯤 하선씨가 향이씰 부를지도 모를 테니까 말입니다. 어떻게도 이곳에서는 살 수 없는 사람들이 있습니다."

나는 내 질문을 애써 회피하는 박치원에게 쐐기를 박듯 대꾸했다.

"그런 식의 분류가 가능하다면, 어떻게 해서든 이곳에서 살고 싶은 사람들도 있는 법이겠죠. 난 이제 한곳에 오래 머물고 싶어요. 외진 숲의 나무들처럼 말이에요."

6층 엘리베이터 앞에서 현선생과 잭을 만났다. 점심 식사를 하러 가기 위해 엘리베이터를 기다리고 있는 중이라고 했다. 잭이 함께 점심 식사를 하러 가자고 말했다. 엘리베이터는 9층에서 내려오고 있는 참이었다. 이번 달에 잭의 수업이 낮 시간에도 있는 줄은 몰랐었다. 집 앞으로 찾아온 잭과 삼청동에 가 수제비를 먹고 난 이후에 그를 만나기는 처음이다.

그날, 잭의 얼굴에서 혹은 자주 멈칫거리던 손놀림과 끝을 흐리던 말투에서 나는 그가 내게 무슨 말인가 하려고 왔다는 걸 직감했었다. 그러나 나는 변화가 심한 봄 날씨와 불면 때문에 몹시 피곤하고 예민해진 상태였다. 게다가 중요한 건 잭의 감정이 아니라 내게 잭에 대한 아무런 열정이 없다는 사실이었다. 열정이 없다기보다 욕망이 사라졌다는 표현이 더 적절할 것이다. 무슨 계기가 있었던 건 아니었지만 내 내면엔 분명 변화가 있었고, 나는 잭에게 그 변화에 대해 명확하게 설명할 자신이 없었다. 식사를 마치고 삼청공원 입구에서 캔 음료 하나씩을 비우고 나서 나는 서둘러 자리를 벗어났다. 말없이 뒤를 따라오던 잭과 집 앞 건널목에서 헤어졌다. 가로등 불빛 밑으로 훌쩍 키가 큰 잭의 그림자가 세 개, 혹은 네 개로 나누어져 둥근 원을 그리고 있었다. 그 원을 성큼성큼 움직여가며 잭은 시내 쪽으로 걸어갔다. 내게서 아주 멀어져가고 있었다.

그 후 꽤 여러 날 동안 잭에게서 전화가 없었다. 우연히 강사실이나 계단에서 부딪치게 되는 일도.

그들이 엘리베이터를 타고 내려가는 것을 지켜보고 있다가 10층으로 올라가 로커에 교재와 카세트테이프를 넣고는 천천히 계단을 내려갔다.

나선형으로 휘어진 계단은 어둡고 가팔랐다. 누군가 뒤에서 손끝으로 살짝 등을 떠밀기만 해도 곧장 밑으로 곤두박질칠 것이다. 나는 손바닥으로 난간을 짚어가며 눈을 크게 떴다. 한 걸음, 한 걸음, 다시 한 걸음…… 내 몸은 균형을 잃지 않은 채, 날렵하고 민첩한 고양이처럼 계단을 밟아 내려가기 시작했다. 2층쯤에서였을까. 그제야 긴 숨을 토해내면서 난간을 잡고 있던 손을 내려놓았다. 아마 지상이 가까워졌다는 안도감 때문이었으리라. 어쩌면 나는 내가 알지 못하는 사이에 엘리베이터를 타고 이 건물을 내려올 수 있을지도 모른다는 생각을 어렴풋이 하고 있었다.

그래, 미래의 어느 날. 내 생의 어느 멀고도 가까운 날. 누구에게나 극복해야 할 한 가지 숙제는 있을 것이다. 타인의 눈에는 아무리 하찮고 사소해 보이는 것일지라도. 나는 약간의 자신감을 얻고 학원 1층 유리문을 밀고 밖으로 나왔다.

유리문을 열고 나오는 순간, 순간적으로 두 눈을 손바닥으로 감싸쥐고 말았다. 내 눈동자를 후벼파기라도 할 듯 날카롭고 흰 빛무리가 한꺼번에 얼굴로 쏟아지고 있었다. 그것은 붉게 이글

거리며 스모그로 가득한 뿌연 하늘 한가운데 떠 있는 정오의 태양이었다. 녹색 빛이 들어간 선글라스를 쓴 현선생이 내 쪽을 쳐다보며 입을 벌리고 웃고 있었다.

현선생, 잭과 지하도 안에 있는 음식점에서 샌드위치로 점심 식사를 하고 나서 학원 방면으로 올라가는 지하도 계단 쪽으로 길을 돌았다. 학원 옆 건물 빵집에서 커피를 마시자고 제의한 사람은 현선생이다. 커피를 마셔도 점심 시간은 15분쯤 남을 것이다. 화장실에서 양치를 하고 화장을 새로 고칠 수 있을 만한 여유는 있다. 지하도 안은 몹시 붐비고 있었다. 이 도시에서 유동 인구가 가장 많은 지하도라고 들은 적이 있다. 갑자기 치솟은 기온 탓일까. 선글라스를 낀 사람들이 제법 눈에 많이 띄었고 간혹은 자잘한 꽃무늬가 프린트된 양산을 든 사람들도 보였다. 나는 지하도 레코드 상점에서 울려나오는 노랫말을 읊조리며 현선생과 잭의 뒤를 따라 계단을 올라갔다.

내가 등을 돌린 건 누군가 내 왼쪽 팔목을 슬몃, 잡아당겼기 때문이었다. 계단을 올라가다 말고 뒤를 돌아다봤다.

길고 두꺼워 보이는 셔츠에 검은 양복 바지를 입은 아버지가 내 등 뒤에 주춤거리며 서 있었다. 지하도의 조도가 낮다고는 말할 수 없다. 양편으로 환하게 불을 밝힌 상점들이 연이어 있었으니. 그러나 동공이 확 벌어지면서 시야가 어둑해지는 것을 느꼈다. 그 장소가 내 집 안이었더라면 상황은 달라졌을 것인가. 나는 아연한 눈으로 아버지를 쳐다보았다. 아버지 곁에는 민소매 분홍색 긴 원피스를 입은 엄마가 바싹 다가서 있었다. 엄마는 원피스 위에 보푸라기가 잔뜩 인 한겨울 카디건을 걸쳐 입고 있었다. 이 날씨에 웬 카디건이람. 나는 눈살을 찌푸리며 엄마와 아버지를 내려다봤다. 그들은 두어 계단 아래 떨어진 곳에 서 있었다.

애야, 그쪽으로 나가지 말아라.

아버지가 입술을 움직거렸다. 복화술을 하는 사람처럼 느리고 정확한 모양으로. 아버지의 두 눈에서 서늘하고 휑한 기운이 전해져왔다.

……왜요?

나는 아버지께 물었다. 분명 입을 열었다고 생각했는데 내 목소리는 들려오지 않았다. 입 안이 바싹 말라왔다. 엄마는 치아를 딱딱 마주치고 있었다. 추위에 떨고 있는 모양이었다. 오늘 낮 기온은 25도까지 올라갈 거라고 했는데.

오늘은 반대편 출구로 한번 나가보는 게 어떻겠니. 커피를 마시러 가기보단 차라리 산책을 좀 하렴. 음반 가게를 들르거나 아니면 꽃을 한 송이 사든가. 그래도 되잖겠니? 반대편 출구로 나가서 횡단보도 하나만 건너면 바로 학원이잖아. 그렇게 돌아가라. 무척이나 화창하고 아름다운 날씨구나.

엄마는 내게 아무 말도 하지 않고 입술에 웃음을 물고는 빤히 내 얼굴을 올려다보고 있었다. 나는 그 웃음이 조소라고 생각했다. 엄마는 내가 반대편 출구로 나가든지 마저 그쪽 출구로 계단을 올라가든지 아무런 상관이 없다는 태도였다.

앞서가던 현선생과 잭이 내 쪽을 돌아보다가 고개를 갸웃거리며 팔을 잡아당겼다. 아버지가 얼른 내 왼쪽 팔을 다시 잡아끌었다. 나는 오른팔은 잭에게 잡힌 채로 또 왼팔은 아버지에게 잡힌 채로 지하도 계단 한가운데 엉거주춤하게 서 있는 모양새가 돼버리고 말았다. 분주히 걸음을 놀리는 사람들이 아버지와 엄마, 나와 잭과 현선생을 부주의하게 툭툭 치며 계단을 오르내리고 있었다. 얼떨결에 잭이 잡았던 손을 놓고 말았다.

"왜 그래? 누구 아는 사람이 지나갔어?"

현선생이 선글라스를 벗어 옷 앞섶에 끼우며 내게 물었다. 그제야 그들의 눈에 내가 어떻게 비쳤을까 하는 데 생각이 미쳤다. 엄마는 연신 웃고 있었다.

"아무래도 음식점에다 로커 열쇠를 두고 온 것 같아요. 먼저들 가세요."

나는 변명하듯 서둘러 현선생에게 말했다. 빵집으로 오라는 말을 남기고 잭과 현선생이 마저 계단을 올라갔다. 그들이 완전히 지상으로 올라가버린 것을 확인하고는 뒤를 돌아다봤다. 엄마와 아버지의 모습은 보이지 않았다. 그들은 또 어디로 사라진 걸까. 이 더위 속에 온몸을 덜덜 떨어대면서.

학원 반대편 출구로 걸어나가 미련이 남은 듯 사위를 둘러보았지만 아버지와 엄마의 모습은 어디에도 보이지 않았다. 음반가게에 들르지도 않고 인도의 리어카에서 꽃 한 송이도 사지 않왔다. 그러나 나는 아버지의 충고대로 반대편 출구로 나오긴 한 셈이다. 현선생과 잭과 헤어져서. 신경질적인 빠른 걸음으로 인도를 지나 횡단보도를 건넜다. 횡단보도 맞은편엔 현선생과 잭이 기다리고 있는 빵집 앞이다. 고개를 푹 수그리고는 재빨리 빵집 앞을 지나 학원 건물로 쑥 들어와버렸다.

화장실에 들어가 양치를 하고 6층 테라스에서 자판기 커피를 뽑아들고는 외국인 강사 휴게실에서 수업 시간이 되기를 기다렸다가 601호 강의실로 들어갔다.

수강생은 채 절반도 출석하지 않았다. 날씨 탓일까. 비가 오는 날보다 외려 화창한 날에 결석생이 더 많은 법이긴 했다. 수업을 시작하고도 여느 날보다 많은 지각생들이 강의실 앞쪽 문으로 기웃기웃 들어오고 있었다. 그러고 보니 자리에 앉은 학생들끼리도 뭔가 웅성웅성하는 소리가 연달아 들려왔다. 무얼 감추거나 숨기고 싶은 이야기가 아닌가 보다. 나는 수업을 중단하고 교단을 내려왔다. 맨 앞줄에 앉은 여학생이 겁에 질린 얼굴로 내 표정을 살피고 있다가 더듬거리며 입을 열었다.

……10분 전, 그러니까 1시 50분. 내가 화장실에서 양치를 하고 있던 그 시간, 현선생과 잭이 빵집에서 오지 않는 나를 기다리며 커피를 마시고 있던 시간. 빵집 앞을 지나가던 젊은 청년이 발작적으로 기침을 터트리고는 인도 위에 쓰러졌다. 몇 번인가 사지를 파르르 떨더니 돌연 움직임을 멈췄다고 했다. 청년의 입에서 붉은 피가 쿨럭쿨럭 쏟아져 보도블록을 적시기 시작했

다. 길 가던 사람들이 비명을 지르며 둥그렇게 청년을 둘러쌌고 평온하던 거리는 금세 아수라장으로 변해버리고 말았다. 빵집 주인인가 그 옆 약국 주인인가가 나와 청년의 몸에 천을 덮어준 건 청년이 쓰러진 지 불과 채 몇 분도 지나지 않아서였다. 어디선가 사이렌 소리가 들리기 시작했다. 태양이 아주 뜨거웠다고 한다.

청년이 오랫동안 간질을 앓고 있다고도 했고 또 누군가는 약을 먹고 거리로 나온 것일지도 모른다고 했으나 그건 추측에 불과했다. 아무도 청년이 죽은 이유에 대해 알지 못했다. 어쨌거나 청년은 멀쩡히 길을 걸어가다가 오후 1시 50분의 태양 아래에서 갑자기 피를 토하고 죽어버렸다. 정확한 건 청년이 죽었다는 그 사실뿐이었다. 그리고 길 가던 많은 사람들이 한 낯선 타인의 죽음을 목격하게 되었다는 것. 그 목격자들 중에 현선생과 잭이 있었다는 것.

아마 내가 아버지의 말을 듣지 않고 현선생과 잭을 따라 지하도를 빠져나와 커피를 마시러 갔다면 나도 피할 수 없이 청년의 죽음을 목격하게 되었을 터였다. 아버지는 내게 그 죽음의 모습을 보여주고 싶지 않았던 것이었을까.

학원은 하루 종일 청년의 죽음에 관한 이야기로 어수선했고 나 역시 제대로 수업을 진행하지 못했다. 그건 다른 강사들도 마찬가지였다. 특히 바로 코앞에서 죽음을 목격한 현선생은 아예 강의실에 들어가지 못했다. 현선생은 결국 4시쯤 조퇴를 하고 말았다. 잭은 학원에 남아 있긴 했지만 수업을 하지 못하고 골똘한 표정으로 휴게실이나 6층 데스크 앞의 소파에 깊게 몸을 묻고 앉아 있었다.

나는 마지막 수업을 휴강하고 떨리는 걸음으로 계단을 내려갔다. 외면하고 싶었으나 기어이, 청년이 쓰러져 있던 자리에 흰 스프레이로 사람의 형태가 그려져 있는 것을 히뜩 보고 말았다. 그토록 짧은 시간에 청년은 이 세상을 뜬 것이다. 아마 누구도 짐작하지 못했을 것이다. 그 청년조차도. 그가 마지막에 만난 사람은 누구였을까. 마지막에 주고받은 말들은……

죽음은 생각보다 가까이에 있다, 고 버스를 기다리며 혼자 중얼거리고는 1분 뒤의 내 모습을 짐작할 수 없다는 불안과 두려움과 떨림이 가득한 눈으로 빠르게 휘휘 주위를 두리번거리며 서 있었다.

*

나는 아직도 가끔 누군가 내 나이를 물어볼 적이면 얼른 대답을 하지 못하고 아랫입술을 깨물고 있다가 슬쩍 말을 눙치거나 화제를 돌려버리고는 한다. 임종을 앞둔 엄마가 나에게 정확한 내 나이를 말해주긴 했었지만 그 사실을 인정하지는 않는다. 엄마가 괜한 거짓말을 한 건 아니었을까. 그런 의심은 사실 아무

의미도 없을 것이다. 나이가 한 살 더 많고 적은 게 아무런 의미가 없는 것처럼. 그러나 나는 내가 잃어버린, 혹은 내가 알지 못하는 새 내 육체를 지나가버린 그 1년에 대해 이따금씩 떠올려보곤 한다. 그건 어렸을 적 어느 공원이나 벌판에서 날린 꼬리연이 어디로 날아갔을까, 어디까지 가 닿았을까, 하고 훗날 돌이켜보게 되는 것과는 분명 다른 일이다. 그 1년 동안 나는 어디서 어떤 모습으로 살았을까. 누구와 어떤 인연으로.

나는 길고 붉은 다리를 가진 철새였거나 강가에 피어난 노란 원추리꽃이었거나 아니면 밤마다 푸른빛을 쏘아내며 비좁고 더러운 골목을 헤매고 다니는 고양이나 들쥐였거나 여름 한철 목이 터지도록 울어대다가 흔적도 없이 사라지고 마는 매미 같은 곤충이었을지도 모른다. 그러나 나는 간절히, 그래도 내가 사람의 모습을 하고 있었다고 믿고 싶다. 그 1년 동안. 내가 아무리 애를 써보아도 기억해낼 수 없는 그 1년이란 시간 동안 말이다.

혹은 그 1년 동안 나는 아무것도 아니었는지도 모른다. 사람도 동물도 식물도 아닌, 새로운 생을 기다리며 가느다랗게 숨을 토해내고 있는 저쪽 어둠 속의 희미한 영혼. 그런 상상과 가성은 다소 나에게 위안이 된다. 비록 시간이 퍽 흐른 지금에 와서 기억할 수는 없지만 그래도 내가 아주 아무것도 아닌 존재는 아니었다는 것일 터이니까.

이따금 어둠 속에서 눈을 감고 무위한 공상에 빠질 때가 있다. 나는 스스로에게 주문을 걸어 희고 작은 날개로 변한 두 팔을 움직이며 어둠 속을 휙, 차고 오른다. 가도 가도 끝이 없는 어둠뿐이다. 그러나 한 치 앞도 내다볼 수 없는 지독하고 농밀한 어둠 속에서 나는 내 날개와 육체를 스치고 지나가는 숨결을 느낄 수가 있다. 간혹은 속삭이듯 은밀하게 토해내는 낯선 목소리와 언어들을 듣게 될 때도 있다. 그 어둠 속에서 나는 혼자가 아니다. 나처럼 새로운 시간을 기다리는 영(靈)들과 함께 있는 것이다. 서로 얼굴을 보거나 대화를 나눌 수도 없고 여기가 어디인지 질문할 수도 없지만. 어쨌거나 그곳은 또 다른 세상인 것만은 분명하다.

……눈을 뜬다. 거울 속에서, 쾌락이 지나간 후의 탄력과 열정을 잃은 육체를 발견했을 때처럼 돌연한 부끄러움과 허탈감으로 내 얼굴은 금방 딱딱하게 굳어버린다. 눈물이 나를 삼킨다.

누구에게나 한 번쯤 쉬어가는 생애가 있을지도 모른다. 그건 김석희의 소식을 알고 난 이후 내가 떠올린 첫번째 짐작이다.

오랫동안 김석희에게서 연락이 오지 않았다. 하선과 현선생, 잭, 캐서린, 박치원, 서휘경까지 한자리에 모였던 워크숍에 다녀온 이후 나는 김석희를 가장 먼저 떠올렸다. 누가 우리를 그 자리에 다 불러들였던 걸까. 그 의문 끝에 말이다.

그후 김석희에게서 한 번 전화가 오긴 했었다. 그 전화를 이제 와서야 안타깝게 떠올리게 될 줄은 미처 몰랐었다고 하면, 얼마쯤 변명이 되지 않을까. 어쨌거나 내가 김석희의 전화를 외면해버린 건 사실이었다. 이제 다시 내가 김석희에게 어떤 변명이라도 하게 될 시간은 어떻게 해도 만들어지지 않는다.

퇴근한 후 전화 앤서링 버튼을 눌렀을 때 몇 개의 음성 중에 김석희의 목소리가 남아 있었다. 앤서링이 두 번 끊어졌을 만큼 긴 내용이었다. 나는 옷을 벗다 말고 끝까지 김석희의 음성을 듣고 있었다. 우울하고 신중한 목소리로 김석희는 내게 새로운 제안을 하였다.

김석희가 나와 함께 다시 한 번 전생 퇴행을 해보자고 제의한 건 새로울 게 없었다. 그러나 이번에는 최면사와 피음자의 역할을 바꿔보자는 것이었다. 그러니까 김석희가 피음자로서 전생 퇴행을 경험해보고 내가 최면사의 역할을 하자는 것이다. ……거기까지 듣고 나서 나는 신경질적으로 블라우스 단추를 뜯기 시작했다.

자신의 전생을 알고 싶다면, 그게 새로운 제안을 한 이유의 전부였다면 김석희는 얼마든지 혼자서 녹음 장치를 해놓고 최면에 빠질 수 있는 사람이었다. 김석희가 그 자리에 내가 함께 있길 원했던 건 자신의 전생의 모습을 내 눈으로 명확하게 확인하라는 무언의 강압과 지시와 다르지 않았다. 게다가 김석희는 자신의 전생을 누구보다 잘 알고 있는 사람이었다. 새로 전생 퇴행을 할 아무런 이유가 없었다. 내게 보여주고자 했던 게 아니라면 말이다. 그런 식으로 김석희는 내 마음을 움직여놓고 싶었던 것일까. 아직도 이토록 완강하게 내가 자신과의 인연을 부정하고 있는데.

나는 김석희가 내게 폭력을 휘두르고 있다고 생각했다. 그 앤서링 머신이 돌아가고 있는 동안.

5년 전 그해 여름. 내가 김석희의 병원에서 가까스로 전생 퇴행을 경험했을 때 물론 나는 내 전생의 어느 한 생에서 김석희와의 인연을 보긴 했었다. 그때 내 곁에 있던 사람의 얼굴이 김석희라는 것을 인정하는 데에는 많은 시간이 필요하기는 했지만 말이다. 최면사 역할을 했던 김석희의 질문에 따라 나는 꿈결인 양 그가 김석희라고 내뱉었을 수도 있다. 그러나 비록 최면에 걸려 있긴 했지만 나의 의식은 살아 있었다. 종용하고 다그치는 듯이 느껴졌던 김석희의 질문을 한사코 외면하며 입을 다물고자 했다. 내가 기어이 김석희의 이름을 발음했다면 그건 내 의지가 아니다.

그후 얼마쯤 지난 뒤, 김석희는 내게 자신의 전생에서 나를 봤었노라고 고백했다. 하긴 처음 내가 인터뷰를 하고자 김석희를 만나러 갔을 때도 김석희는 무엇엔가 크게 놀란 듯 자리에서 벌떡 일어서면서 우린 처음 만난 게 아니라고 말하긴 했었지만. 그러나 누군가를 처음 만났을 때 어디선가 본 적 있는 듯하고 아주 익숙한 얼굴이라고 해서 다 인연을 만들어가며 살 수는 없는 노릇이지 않은가. 혹여 눈빛이 한 번 얽혔다고 해도 말이다.

그러니까 김석희는 나를 목격자로 만들고 싶어했던 게 분명했다. 거기까지 생각하고 나니까 김석희의 의도가 분명해졌고 내가 김석희를 더 단호하게 외면해야 할 명분 같은 게 생겨났다. 그건 김석희를 향한 내 마음의 움직임이었다.

전화기 속에 남아 있던 김석희의 음성을 듣고 난 후, 나는 한번쯤 가정을 해보았다. 내가 김석희의 전생에 동참해서 그의 전생의 모습을 확인했을 때, 과연 무엇이 달라졌을 것인가. 내 마음은 또 어떻게 새롭게 변화했을 것인가 하고. 물론 말이나 글을 통해 보는 것보다 눈으로 확인하는 건 전혀 다른 느낌과 감정을 줄 것이다.

김석희는 날짜와 시간을 정해놓고 병원에서 나를 기다리겠노라고 말하고는 망설이다가 깊은 숨을 한번 토해내고는 전화를 끊었다. 나는 이제는 폐업해버린 병원의 치료실에서 나를 기다리고 있을 김석희의 모습을 떠올려보다가 욕실로 걸어 들어가버렸다. 다음날 아침에 깨어났을 땐 이미 김석희가 정한 날짜와 시간, 그리고 김석희가 했던 새로운 제안을 까맣게 잊고 있었다.

일요일 정오 무렵쯤 집주인에게서 전화가 걸려왔다. 라디오를 틀어놓은 채 토요일자 조간 신문을 읽고 있던 중이었다.

2층으로 내려가보니 박치원도 와 있었다. 집주인은 지난 가을에 말려두었다는 국화꽃을 우려낸 차와 다과 접시를 내왔다. 한 건물에 살기 시작한 지 4개월여가 지나고 있었지만 1층과 2층, 3층에 사는 나까지 한자리에 모이기는 처음이었다. 집주인은 이번 학기를 끝으로 학교도 그만두고 강화도로 내려가 정착을 할 거라고 말했다. 박치원의 계약 기간은 아직 1년 반이나 남았고 내 경우엔 올 12월까지였다. 내심 당황했던 건 내가 이 집을 퍽 마음에 들어하고 있었다는 사실이었다. 이 집보다는 집 근처에 있는 공원과 산책길과 커다란 산과 시내로 나가는 쪽의 정든 나무들을. 이 집을 떠나 또 어디론가 새로운 장소로 거처를 옮겨야 한다는 사실에 나는 다소 쓸쓸해지고 있었다.

집주인이 이 집을 매매할 의사가 없다는 사실을 확인하고 나서야 나는 안도가 되어 식은 찻잔을 집어들었다. 그녀는 한동안 2층이 비어 있을 거라는 사실과 박치원과 내가 계속 이 집에 머물러도 좋다는 말을 했다. 언젠가 더 오랜 시간이 지난 후, 박치원과 내가 이 집을 떠나게 될 때, 혹은 더 먼 훗날 집주인은 이 건물을 새로 개조해 전시장을 만들거나 장서나 그림을 보관하고 싶다고 덧붙였다. 집주인은 아주 멀리까지 내다보고 사는 사람인지도 몰랐다. 설령 그게 언제가 될지는 모르겠다고 했지만 말이다. 아무튼 7월 이후에는 이 건물에 당분간 박치원과 나만 남게 된다.

2층에서 나와 박치원은 아래층으로, 나는 3층으로 올라왔다.

읽다 만 신문을 마저 넘겼다. 부고란에는 신경정신과 의사 김석희의 죽음을 알리는 짧은 기사가 실려 있었다.

……왜 그런 생각이 들었을까. 영안실로 전화를 해보거나 그곳에 가보지는 않았지만 나는 김석희가 사고로 죽은 게 아니라 틀림없이 자살했다고 단정했다. 그것도 아무도 없는 어둡고 빈

병원에서. 그리고 그건 예정된 죽음이었는지도 모른다는 단정까지도. 퍼뜩 나는 학원 앞에서 나를 기다렸던 김석희를 따라 투항의 감정으로 함께 과천공원에 갔던 날, 그가 한 말을 떠올렸던 것이다. 시간이 얼마 남지 않았다는 말, 기억해두십시오. ……그래, 김석희가 그런 말을 했었지.

다른 누구보다 김석희는 잘 알고 있다. 스스로 선택한 죽음에 대해서는 다음 생에서 그 행위까지 책임을 져야 한다는 것을. 카르마의 무게가 더 무거워진다는 사실을 말이다. 그런데도 김석희는 왜 죽음을 선택한 것일까. 먼 훗날, 이번 생이 김석희에게 있어서도 한 번쯤 쉬어가는 생이었다고 그는 떠올릴 것인가.

김석희의 소식을 접한 후 내가 한 두번째 짐작은, 어쩌면 김석희와 내가 이렇게 그냥 헤어져도 아무런 상관 없는 관계는 아니었을지도 모른다는 것이다. 게다가 김석희는 이미 자신의 죽음을 나에게 암시하지 않았던가.

6

새벽 4시 10분인가? 아무도 없는 빈집에서 혼자 긴 낮잠에서 깨어나 등짝을 훑고 지나가는 서늘함과 당혹스러움으로 시계를 들여다본다. 새벽 4시 10분이 아니라 오후 4시 10분이 틀림없었다. 게다가 나는 내 집이 아니라 이렇게 학원 강사실, 창가에 서 있지 않은가 말이다. 그런데도 불구하고 좀체 오후 4시와 새벽 4시를 분간할 수 없을 정도로 사위는 갑자기 두껍고 검은 장막을 휘둘러 친 듯 캄캄해지고 있었다. 천둥 번개가 치고 우박을 동반한 소나기가 쏟아지기 시작한 건 몇 분 후부터다.

무겁고 검은 구름이 쩍 갈라지면서 번개가 친다. 나는 얼떨결에 뒷걸음질치며 창가에서 물러선다. 천둥이 치고 번개가 지나갈 때마다 내 무표정한 얼굴로 금이 간다. 창밖은 칠흑 같은 오후다.

　5시 청취 수업을 끝내고 학원을 나왔을 때에도 여전히 소나기가 퍼붓고 있었다. 버스 정거장과 택시 승강장에는 차를 잡으려는 사람들로 몹시 혼잡해 보였다. 학원 건물 앞에서 우산을 펼쳐 들고 택시 승강장까지 뛰어가는 그 짧은 순간에 머리카락이며 윗옷과 종아리가 빗물에 흠씬 젖고 말았다. 어두운 오후의 차도로 전조등을 켠 자동차들이 클랙슨을 울리고 있었다. 노란 비옷을 입은 교통 경찰이 도로 한가운데로 뛰어들며 호루라기를 불어대고 있다. 때아닌 소나기로 거리는 아수라장으로 변한다.

　이 오후의 돌연한 소나기는 구름층이 두꺼운 적란운이 서울·경기 지역을 덮으면서 햇빛 투과량이 적어지는 바람에 한밤처럼 어두운 현상이 나타난 거라는 사실을 알게 된 것은 겨우 잡아탄 택시 안에서였다. 어디선가는 배전소 고압선로의 전기 공급을 조절해주는 애자가 벼락에 파손돼 전력 공급이 끊겼다고 했으며 또 어디선가는 벼락을 맞은 신호등이 고장나 교통 정체가 시작되고 있다고도 했다. 라디오 프로그램들은 일제히 때아닌 소나기와 그 소나기로 빚어지고 있는 돌발적인 사태에 대해 전하고들 있었다.

　같은 시간, 남쪽의 아이들은 강렬하게 쏟아지는 햇살을 피하기 위해 손수건이나 모자로 차양을 만들고 있는 중이다.

　손가락 굵기의 빗줄기가 택시 유리창을 단박에 부숴버리기라도 할 듯 맹렬한 기세로 퍼붓는다. 1미터 앞도 내다보이지 않는다. 와이퍼가 쉴 새 없이 움직이고 있다. 옆 차선에서 자동차가 지나갈 때마다 함지박으로 물을 쏟아붓는 것처럼 혹은 성난 백파가 들이치는 것처럼 내가 탄 택시와 택시 안에 있는 내가 젖는다. 폭풍이 이는 바다 한가운데 무방비 상태로 노출되어 있는 듯하다. 이마가 찢어지는 듯한 통증이 나를 지나간다.

나는 택시 뒷자리에 몸을 웅크리고 앉아 숨을 죽이고 있다.

김석희의 죽음 이후 생의 어느 순간순간, 새벽녘에 잠에서 깨어났을 적이나 밥을 먹고 난 후 차가운 물 한 모금을 마실 때, 구두를 신기 위해 허리를 구부렸다 폈을 때 문득 나는 내 등을 스치고 지나가는 선득한 한줄기 바람을 느끼곤 한다. 그건 아마도 죽음에 대한 공포가 아닐까. 한 걸음 뒤를 내다볼 수 없는 낯설고도 새로운 생에 대한 공포는.

누군가 내 등에 가만히 손을 올려놓고 있는 듯한 느낌에 후딱 뒤를 돌아다봤다. 빗줄기가 택시 뒷유리창을 흔들고 있었다. 나는 그것이 죽음이 나를 툭툭, 치고 있는 것인지도 모른다는 짐작을 한다. 이렇게 내가 예고도 없이 시작된 벼락과 천둥과 번개와 우박과 소나기 속을 달리는 택시 안에서 숨을 놓는다면 누가 나의 죽음을 지켜봐줄 것인가. 누가 나를, 향이와 강운을 기억해줄 것인가. 내 몸은 얼마쯤의 마음을 이곳에 남겨놓고 홀연히 허공으로 훅 떠오를 것인가. ……캄캄한 도로를 달리고 있는 택시 뒷자리에 몸을 잔뜩 사리고 앉아서 나는 소리 죽여 흐느껴 울고 있다.

꿈을 꾼 것일까. 광화문 사거리를 지나쳐올 때쯤 빗줄기는 멈춰 있었다. 먹구름 사이로 햇살이 비쳐들기 시작했다. 빗물이 고인 차도나 인도가 아니라면 지금껏 천둥과 번개가 치고 소낙비가 쏟아졌다는 사실이 거짓말처럼 여겨질 지경이었다. 나는 택시의 창을 약간 밑으로 내리고 의혹에 가득 찬 눈으로 사위를 둘러보았다. 우산을 접은 사람들은 빠른 걸음으로 인도를 지나다니고 내내 정체가 되었던 도로는 질서를 찾고 있는 듯 보였다. 거리는 다시 평온해지고 있었다.

택시가 세종문화회관 앞을 지나칠 무렵 나는 입을 틀어막고 있던 손을 내리며 허겁지겁 기사에게 행선지를 바꿔 말했다. 급커브를 튼 택시가 어디론가 쏜살같이 방향을 바꿔 달려나가기 시작하였다.

윤기가 흐르던 검은 침목과 붉은 벽돌로 만들어져 있던 낮은 담장은 사라지고 없었다. 담장이 있던 자리에는 한해살이 꽃들과 풀들이 무릎 높이까지 자라 있었고 나무 대문은 아주 보이지 않았다. 나는 가방을 꽉 움켜쥐고 성큼 안으로 들어섰다. 어느 먼 시절, 언젠가 하선이 강이와 내가 있던 마당 안으로 들어섰던 것처럼 두려움과 떨림을 한순간 모두 잊은 채. 그리고 오래전에 이 집을 떠났던 나는 본다. 마당 안의 작은 연못과 잘 가꾼 초록의 정원수들과 희게 꽃봉오리가 진 두 그루의 사과나무들을. 사과나무 사이에 깊이 숨겨져 있을 나의 타임캡슐도.

담장과 대문이 사라진 것 외에 아무것도 달라진 게 없는 옛집 마당 안에서 나는 강이가 떠난 뒤 저녁 식사 후 소름이 돋는 어깨며 팔뚝에 카디건을 걸치고 혼자 저녁의 마당을 어슬렁거렸던 그 시절처럼 느릿느릿 마당을 걸어다니기 시작한다. 그러고 보니 그 동안 나는 나도 모르는 새 이곳을 자주 다녀왔던 것 같다. 강이가 그리워질 때나 죽은 엄마나 아버지가 내게 다녀갔던 때마다, 진땀을 흘리던 그 숱한 날들의 어둡고 긴 꿈 속에서 말이다.

내가 이곳으로 달려올 적마다 그때 주방에서 풍겨나던 음식 냄새와 강이와 엄마의 옷이나 피부에서 풍겨나던 목욕 샴푸와 익숙한 겨드랑이 냄새 같은 것들, 함께 듣던 음악들이 일제히 되살아나기 시작한다. 시간을 거슬러 올라가는 것처럼. 그런데 그 많던 고양이들은 다 어디로 사라져버렸을까. 누구도 마당 안으로 불쑥 침입한 나의 존재를 알아채는 사람이 없다. 사과나무 밑에서 나는 후룩, 깊은 숨을 토해낸다.

……나의 강이. 우리의 사과나무들은 이렇게 꽃을 피워올릴 준비를 하고 있는데. 그는 이제 나를 떠난다. 내가 존재하지 않는 곳에서 내가 아닌 다른 사람과 불 켠 주방에서 음식을 준비하고 차를 마시고 동그란 어깨에 자주 입을 맞춰가면서. 그 틈에 문득 강이는 이쪽의 나를 기억할까. 내 마음의 일부를 남겨놓고 천천히 그에게서 떠날 준비를 하고 있는 나를. 그리고 어떤 식으로든 나를 떠나간 사람들. 그래, 아주 죽는 것보단 나으리라. 그래서 영원히 볼 수 없는 것보다는.

누가 살고 있을까. 마당으로 집 안의 부드러운 실내등 불빛이 번져들고 있었다. 귀를 기울인다면 거실이나 1층과 2층 방에서 새나오는 웃음 소리도 들을 수 있을 것만 같다. 나는 어둠을 비켜나 불빛으로 환한 마당 한가운데로 나온다. 혼자서는 살 수 없거나 생의 얼마쯤도 견뎌낼 수 없는 사람이란, 온전한 혹은 완전한 사람이 아니라는 말이 사실이라면 나는 어쩌면 사람이 아닐지도 모른다. 나는 그 따뜻하고 가물거리는 불빛이 빗물에 젖은 내 몸에 온기를 주기를 간절히 소망하며 오래된 나무처럼 미동도 않고 우뚝 서 있다. 그리고 나는 조그만 목소리로 이렇게 중얼거린다. 안녕…… 안녕, 이라고.

*

거실 소파에 누워 깜박 잠이 들었던 모양이다. 어디선가 찰박, 찰박거리는 소리에 눈을 떴을 땐 틀어놓았던 영화는 이미 끝나 있었고 거실 커튼이 비바람에 휘날리고 있었다. 서실 장을 닫다 말고 나는 베란다로 나가봤다. 대여섯 살쯤이나 됐을까? 집 앞 횡단보도 못미처 노란 우비를 입은 갈래머리 여자 아이가 빗물이 괸 웅덩이 속을 들여다보며 서성거리고 있었다. 아주 가까운 거리도 아닌데, 장화를 신은 여자애가 걸음을 옮길 적마다 이쪽으로 찰박찰박거리는 소리가 들려온다. 더 가까이 귀를 가져간다면 여자애가 흥얼거리는 노랫소리도 들을 수 있을 것 같다.

건너편, 신호등 저쪽에서 한 여자가 아이를 향해 손을 까닥거렸다. 녹색 불이 들어오기를 기다렸다가 여자애가 길을 건너기 시작한다. 자동차 한 대가 신호를 무시하고 여자애 앞을 쏜살같이 지나친다. 여자애의 우산이 도로 한가운데로 휙 떨어진다. 나는 베란다에서 금방이라도 뛰어내릴 사람처럼 난간을 잡고 허리를 구부린다. 건너편 쪽에 서 있던 여자가 비명을 지르며 우산을 집어던진다. 노란 우비를 입은 여자애는 침착하게 떨어진 우산을 집어들고 횡단보도를 건너기 시작한다. 그새 신호는 붉은 등으로 바뀌어 있다. 다행히 여자애가 길을 건널 때까지 자동차들은 멈춰 서 있다. 여자애와 젊은 여인이 함께 경복궁 쪽으로 길을 도는 것을 확인하고 나서야 나는 베란다 문을 닫고 거실 안으로 들어온다. 어깨며 머리카락이 촉촉하게 젖어 있다.

유난히 비가 잦은 봄이다. 저 봄비 속에서 새순들이 화락 움트고 있을 것인가…… 팔뚝을 지나 손끝으로 내려왔던 빗물 한 방울이 바닥으로 툭 떨어진다. 동그란 빗물 한 방울이 발밑에 떨어져 내 발목을 잡고 있다. 하늘에서 떨어진 물 한 방울이 땅을 거쳐 다시 하늘로 순환하는 데는 3천 년의 세월이 걸린다. 그건 아마도 물방울 분자 하나하나가 수증기와 얼음 등의 형태에서 다시 하늘로 되돌아가는 데 그만큼 오랜 세월이 걸린다는 의미일 게다. 이 물 한 방울이 내게 오기 위해서 3천 년의 시간이 걸렸다……

이상 기온을 보이며 한낮의 기온이 27.8도까지 치솟던 이틀 동안 나는 베란다에 침구를 내다 말리고 냉장고 속의 음식물들을 정리하고 유리창과 창틀을 꼼꼼하게 청소하였다. 이제 더 이상 신지 않는 낡은 구두를 버리기도 했고 서랍장 위에 수십 개씩 늘어놓았던 액자들을 모두 서랍 속으로 집어넣기도 했다. 곧 어디론가 떠날 사람처럼. 그러나 나는 장을 봐와 냉장고에 채워넣었고 남은 구두에 약을 발라 윤이 나게 닦았으며 커튼도 세탁해 새로 걸었다. 물을 마시기 위해 냉장고를 열었다가 냉장고 안에 부위별로 나눠 차곡차곡 담아둔 고기와 몇 종류의 생선, 포기김치를 발견하고 나서야 나는 내가 이 집에 오래 머물게 될 거라는 사실을 짐작했다. 그러나 나는 내가 이 집에 머물게 될지 아니면 어느 곳으론가 떠나게 될지 확신할 수는 없다. 다만 확신할 수 있는 게 있다면, 아직은 내가 숨을 쉬고 있다는 단순하고도 명백한 한 가지 사실뿐이었다.

새삼 확인이라도 하듯 숨을 크게 내뱉었다 들이마시고 있을 때, 그러니까 비가 내리는 오후 5시 30분쯤 전화벨이 울리기 시작했다.

저쪽의 목소리가 서휘경이라는 사실을 알게 되자마자 나는 오랜 어둠 끝에 가물거리는 불빛을 발견한 듯 왈칵 사무치는 것을 느꼈다. 그건 아마도 일종의 통증이나 꽤 오래 참아낸 끝에 터진 눈물과 비슷한 감정이었으리라. 나는 전화선을 길게 빼 전화기를 통째로 들고 주방 쪽으로 걸어갔다. 수화기 저쪽에 있는 그를 이쪽으로 가까이 잡아당기기라도 하듯 말이다. 거실 바닥에 늘어진 가느다란 전화선이 구불거리며 하나의 긴 선을 만들고 있었다. 서로의 목소리를 확인하고 난 후 잠깐의 침묵이 흘렀다. 불길한 고요……라고, 그 침묵의 이름을 명명해본다. 침묵 속에서 나는 이미 숙명적으로 정해져 있을지도 모를 새로운 사실을 깨닫고 있었다. 헤어지기엔 이미 너무 늦어버렸을지도 모른다는 건 알고도 모른 척하고 있던 외면이나 거짓이었고, 서휘경과 나는 아마 이 전화 한 통으로 이별을 말하게 되리라는 것. 그것 때문에 촉촉이 봄비가 내리는 저녁에 서휘경이 내게 침착한 목소리로 전화를 걸어왔을지도 모른다는 것들을 말이다. 틀린 짐작이 아니라면 서휘경은 전화가 아니라 한밤에도 현관문을 잠가두지 않는 내 집으로 뚜벅뚜벅 걸어왔을 터였으니까.

나는 내가 더 이상 슬픔에 지치지 않기를 기원하며 낮은 목소리로 그의 이름을 불러보았다. 꽤 여러 사람들과 헤어져왔지만 여태도 이별을 하는 데 익숙해져 있는 건 아닌가 보다. 그러나 나는 안다. 불화의 느낌으로 헤어지는 게 서로에게 훗날 얼마나 큰 고통이 되는지를. 그 고통을 깨달았을 적에는 이미 서로 너무 멀리 와버리고 말았다는 것을. 또다시 사랑하라…… 나는 서휘경에게 들리지 않는 목소리로 혼자 그렇게 읊조리며 그의 말을 기다리고 있다.

"당신은 아마 창문을 열어둔 채 소파에 앉아 창밖을 내다보고 있거나 아니면 영화를 틀어놓고 영화가 아닌 다른 생각에 몰두하고 있지 않았을까. 저녁에 어떤 음식을 할까, 요리 잡지를 뒤적거리고 있었을지도 모르겠군. ……당신이 지금 뭘 하고 있는지 모르겠어. 짐작이 가질 않아서, 그게 또 궁금하기도 해서 전화 걸었지."

……궁금하다는 건 아직도 마음의 일부가 남아 있다는 뜻일 터인데. 단 한 방울의 눈물도 흘리지 않고 헤어질 수 있다면. 나는 손가락으로 전화선을 꼬아대고 있다.

"지금 어디 있는 거죠? 바로 곁에서 빗소리가 들리고 있는 것 같은데."

이쪽에서 나는 서휘경이 고스란히 비를 맞고 서서 공중전화를 붙들고 있는 것을 본다. 그는 먼 남쪽이나 동해 어디쯤에 머물고 있는 건 아닐까. 전화의 감이 아주 멀게 느껴진다.

"당신과 가까운 곳에 있어. 오후의 비 때문인지 도시가 약간 어둡군. 새 옷을 입은 당신이 지금 내 곁을 지나친다면 얼른 알아차리기 힘들 만큼 말이지."

나와 아주 가까운 곳.

"아마 비 때문일 거예요. 이제 서울의 밤은 점점 더 밝아질걸요. 가로등을 설치한 지 백 년이 지났다죠? 현재 15룩스인 영동대교나 다른 노선의 가로등을 30룩스로 바꾸는 작업을 진행하고 있다고 해요. 남대문이나 동대문시장 등 도심의 모든 가로등을 연차적으로 개선해나갈 거라고 하던걸요. 얼마쯤 더 기다리면 도시는 이제 한밤의 부화장처럼 환하고 또 환해질 거예요.
……그땐 누구도 이 도시가 어둡다는 말을 하지 못하겠죠."

얼결에 나는 이렇게 내뱉고 있었다. 에둘러 가는 내 심정을
눈치 챈 것일까, 아니면 아주 모르는 척하는지 서휘경은 애써
휘파람을 불 듯 웃음 소리를 내고 있다. 나는 그가 전화를 한 이
유를 짐짓 외면하면서 입술을 깨물고 쿡쿡 웃었다. 그와 내가
이 한 통의 전화로 인해, 아니 전화를 끊은 이후 혼자 견뎌야 할
슬픔에 지치지 말기를 기원하면서.

"강운아."

서휘경이 내 이름을 부르고 있다.

"……"

"향이야."

그가 또 내 이름을 부르고 있다. 나는 손가락을 세워 이곳에
없는 그의 입술에 대고 지그시 누른다.

"……새떼를 봤어. 검은머리물떼새들이 무릴 지어 청명한 하
늘을 날고 있더군. 아주 힘찬 날갯짓을 하고서 말야."

무인도에 갔었을까.

"난 그 새떼의 날갯짓 소리를 이쪽에서 듣고 있었죠. 당신이
그걸 보고 있는 줄은 몰랐었는데."

"묘한 기분이 들어. 당신 얼굴이 떠오르는 게 아니라 당신 집
욕실에 있는 여분의 칫솔이나 서랍장에 들어 있는 내 속옷이나
양말 같은 게 떠오르는군."

“제주 하선의 집에도, 어머닌 아마 그때 내가 남겨두고 왔던 옷가지들을 간직하고 있을 거예요. 언제고 한번……”

“언제고 한번 내려가겠군.”

“……”

“……”

“그가 죽었어요. 그런 후 나는 순간순간 등뼈가 튀어나갈 듯한 공포를 느껴요. 그토록 생생한 공포를 느껴본 적이 없어요. 하지만, 난 또 생각해요. 우리 가슴 밑바닥에는 언제나 죽음의 그림자가 따라다니고 있는 건 아닐까. 우리의 욕망이란 건 어떤 의미에서 죽음의 공포로부터의 도주일지도 모른다고요. ……하지만 염려 말아요. 나라고 해서 항상 죽음만을 생각하는 건 아니니까.”

“이제 그만 불을 켜야겠군. 당신 집이, 네가 있는 곳이 너무 어두워 보인다. 쌀을 씻어야 할 시간이 아닌가.”

서휘경과 나는 서로 무슨 내기를 하고 있는 사람들처럼 해도 그만 안 해도 그만인 이야기들을 두서없이 내뱉고 있었다. 안녕, 이라는 작별의 말을 아끼기 위해서.

그와 내가 대화를 나눠보기는 참 오랜만인 것 같다. 그때 종로의 높은 건물 레스토랑에서 만난 이후. 그뒤로 두어 번 더 만나긴 했지만 대화를 한 기억은 없다. 오래 허기진 사람들처럼 맹목적으로 섹스를 하거나 가슴을 부둥켜안고 잠을 자거나 했었지. 그땐 아마 서로 말이 없어도 소통할 수 있는 관계였을지도 모른다. 지금은, 아주 그렇다고만은 말할 수 없다. 전생 퇴행 워크숍 때 최면에 걸린 서휘경의 몸이 폭풍 속에서 사납게 흔들 리던 모습이 기억난다. 그러나 그의 두 다리는 분명 땅에 단단 히 박혀 있었지. 거친 폭풍 속에서 그의 몸이 아주 뿌리 뽑혀 허 공으로 훅 날아가버릴까 봐, 아주 사라져버릴까 봐 가슴을 떨던 때가 벌써 오래된 일 같기만 하다.

“우리가 오늘 말을 많이 하고 있군요.”

“……우린, 헤어진 사람들이기 때문이지.”

“……!”

나는 더욱 차분해진 목소리로 그의 이름을 불러봤다. 그는 대 답하지 않는다. 다시 또 그가 내 이름을 부른다면 나는 대답하 게 될까.

“어딜 가게 되면 간다고, 내게 말해줘요.”

“……”

“내게 말해줘요, 그럴 수 있죠?”

나는 가슴을 치는 불안감으로 그에게 자꾸만 다그치고 있 었다.

“……그렇게, 할게.”

거짓말. 나는 서휘경이 내게 마지막으로 거짓말을 하고 있다 고 생각했다. 그러나 나는 순하게 고개를 끄덕이고 있었다. 우 리에게 그런 시간이 올 거라고 기대하지 않으면서. 그 기대가 무너질 것을 잘 알고 있기에. 잘 있으라는 말을 남겨놓고 서휘경은 전화를 끊었다.

나는 신호음이 울리는 수화기를 내려놓지 못하고 전화선을 다시 거실 쪽으로 끌고 창가로 다가갔다. 2층 찻집이 있는 맞은편 횡단보도 앞 공중전화 부스에서 우산도 쓰지 않은 검은 형체가 부스 문을 밀고 밖으로 나오고 있었다. 주머니에 두 손을 찌른 그가 고개를 들어 내 집 쪽을 바라보고 있다. 나는 커튼 뒤에 숨어서 숨을 죽인다. 가로등 밑으로 하얗게 떨어지고 있는 빗줄기가 그의 몸을 에워싸고 있다.

당신은 알지? 내가 지금 이렇게 숨어서 당신을 보고 있다는 걸. 그리고 또 알지? 아까부터 내가 그쪽의 당신을 짐작하고 있었다는 사실을. 당신은 정말 알고 있지? 이게 우리의 마지막 모습이라는 걸.

*

길을 걷다가 퍼뜩 걸음을 멈추었다. 꽃향기를 가득 담은 커다란 애드벌룬이 바로 머리 위에서 툭, 터진 것처럼 천지간은 온통 아카시아꽃 향기로 가득 차오르고 있었다. 그건 아카시아꽃 향기가 아니라 5월의 냄새이며 봄이 가고 있는 것을 알리는 전령의 향기 같은 것이었을지도 모르겠다. 햇빛이 강한 아스팔트 위로 아지랑이가 어른거리고 사람들의 머리와 나무와 아스팔트 사이로 하얀 솜털 같은 것들이 날아다니고 있었다. 내가 깨닫지 못한 새에 벌써 5월의 꽃이 피고 꽃가루들이 흩날리고 있었던 것이다. 나는 현기증을 느끼며 아득한 눈으로 내 앞에 곧거나 혹은 구부러져 있는 길들, 혹은 거리를 지나다니는 낯선 사람들을 바라보았다. 보이지 않는 꽃향기와 꽃씨들, 수양버들 같은 식물 씨의 털들이 날리고 있는 나를 둘러싼 세상을.

어제, 목성의 달인 이오의 지표면에서 화산이 폭발했다. 수천수만 년 동안 숨죽이고 있던 수없이 많은 양의 먼지와 화산재들과 화산을 덮고 있던 흔적들이 일제히 분출되었다. 어쩌면 저 표표히 날고 있는 식물 씨앗의 흰 털들은 그 먼 곳으로부터 왔을 또 하나의 빛은 아닐까.

장님처럼 눈을 꾹 지려 감고 이마를 태울 듯 뜨거운 햇살과 지천으로 꽃씨들이 날리고 있는 거리를 천천히 걷는다. 신중하고도 조심스럽게 걸음을 옮길 적마다 그의 숨결같이 따뜻한 기운이 나를 에워싸고 있다. 저 깊은 내 안에 나도 모르는 새 숨겨져 있던 꽃씨 하나가 막 터져나오려는 듯 내 가슴은 크게 부풀고 있다. 나는 한 개의 가벼운 꽃씨가 된 듯 허공에 둥실 떠 날렵한 걸음으로 길을 재촉한다.

현선생과 캐서린, 잭은 벌써 약속 장소에 도착해 있었다. 반나절의 햇빛으로도 그들의 얼굴은 붉게 달아올라 있었고 아직

더위가 가시지 않았는지 찬 맥주를 마시고 있었다. 그들은 야유회와 체육 대회를 겸한 학원 행사에 다녀오는 길이다.

어젯밤부터 목이 아프기 시작하더니 아침에 일어났을 땐 편도선이 부었고 머리까지 지끈거리기 시작했다. 지독한 감기를 한차례 앓고 난 지 얼마 되지 않은 터라 더럭 겁에 질려 병원에서 주사를 맞고 약을 타왔다. 감기로 인한 통증이 아니라, 크림색 건물 3층에서 혼자 감기를 앓고 있대도, 또 누군가 와인을 끓여주거나 열에 들끓는 이마를 짚어줄 사람이 아무도 곁에 없을지도 모른다는 짐작이 두려웠을 것이다. 2층 주인집에 다녀온 이후 박치원을 만나지 못했다.

감기 기운만 없었어도 현선생과 캐서린, 잭처럼 청바지에 가벼운 티셔츠를 입고 야유회에 따라나섰을 거다. 약을 먹고 잠이 들었다 잠깐 깨어났을 때 행사를 마치고 서울로 자동차를 몰던 현선생에게 저녁 식사를 하자고 전화가 걸려왔다. 넷이서 함께 식사를 하는 것도 모처럼 만의 일이다. 게다가 다행히 목의 붓기가 어느 정도 가라앉고 있었다.

나는 샤워를 하고 목선이 둥글게 파진 흰 원피스에 노란 카디건을 걸쳐 입었다. 먼 곳으로부터 온 꽃씨들 때문이었을까. 약속 장소로 가는 동안, 그들이 내 가까운 곁붙이거나 오래된 연인처럼 느껴진다. 하긴 한 방울의 물방울이 다시 이곳에 오기 위해서도 3천 년이나 걸린다고 했었지.

한참 메뉴판을 들여다보고 있던 현선생이 스파게티와 볶음밥과 피자와 맥주를 한꺼번에 주문했다. 내내 모자를 눌러쓰고 있었던 듯 현선생의 머리카락이 두피에 착 달라붙어 있다.

"몸은 좀 어때? 같이 갔으면 좋았을걸. 햇빛이 얼마나 눈부셨는지 몰라. 지천에 핀 꽃들은 또 어땠고."

현선생이 씩 웃는다.

"꽃향기 때문에 현기증이 다 날 정도예요. 목련이 피었다 졌나 했더니 개나리와 진달래가 피고, 또 그것도 어느새 져버렸나 했더니 철쭉이 피었다 지고, 이젠 아카시아꽃이 피었네요."

"나이가 들긴 드는구나. 난 서른 살 전엔 꽃이 펴도 그게 눈에 안 들어오던데. 한데 이젠 보도블록 틈에 난 초록색 비름까지도 확 눈에 들어와."

"……해가, 점점 더 길어지고 있나 봐요. 오후 5시가 지났는데 아직 저렇게 천지가 밝은 걸 보면."

"아마 하지(夏至)가 채 한 달도 남지 않았을걸? 이제 곧 봄이 가고 여름이 올 거야, 또 여름이 가고 가을이 오겠지."

"……가을에, 난 내 집으로 돌아갈 거다."

내 맞은편에 앉은 잭이 얼굴을 창 쪽으로 돌리며 현선생의 말을 받는다. 돌아가겠다고. 가을이 오면.

"다시 돌아올 거다. 여기서 살기 위해서 뭘 좀 정리할 것들이 있다. 나는 이곳이 좋다. 아마 내가 기억하지 못할 예전의 어느 날엔가 난 아마 이곳에서 살았던 것 같다. 이곳의 공기와 산과 나무와 밤의 풍경과 그리고 사람들이 내겐 너무 익숙하다."

고개를 끄덕거리고 있다가 캐서린이 담배를 피워문다. 가느다란 푸른 연기가 잠깐 캐서린의 눈을 가린다. 그녀의 금발이 어깨 너머까지 내려와 있다. 아름다운 빛깔이다. 그리고 그녀의 푸른 눈동자.

"오늘 아침에 먼 나라 인도에서 십억번째 아이가 태어났다."

캐서린이 말문을 열고 있다. 오늘 아침이라면 목성의 달에서 화산이 폭발한 다음날이다.

"그 여자 아이의 이름을 뭐라고 지었는 줄 아니? ……아스타. 아스타, 라고 지었대. 힌두어로 '믿음'이라는 뜻이지."

"……!"

"믿음."

"……"

"캐서린, 더 이상 망설이지 마. 그가 너의 솔메이트일지도 몰라."

나는 캐서린의 잔에 맥주를 따라주며 그녀에게 말했다. 캐서린이 남자 친구와 결혼을 망설이는 것 그리고 임신에 대한 공포를 갖고 있다는 걸 알고 있었으니까. 이 땅으로 오기 전 캐서린이 약에 취했거나 혹은 맨정신에 2층 창밖으로 아이를 집어던진 적이 있었더라도 그건 지금의 캐서린이 아니다. 캐서린은 그때로부터 아주 멀리 와 있다고 나는 생각한다. 그 기억을 온전히 지워버릴 수는 없겠지만.

"우리 이렇게 함께 식사하는 거 되게 오랜만인 것 같은데? 음식 같이 나눠 먹고 모자라면 또 주문하자. 맥주도 좀 마시고. 누가 그런 말을 했었지? 훌륭한 저녁 식사가 하루의 일과를 마감하는 가장 좋은 방법이라고 말야."

현선생이 양쪽에 앉은 캐서린과 내 어깨를 툭툭 친다. 그래 정말 오랜만이다. 한 해가 막 시작되는 참에 방배동 음식점에서 함께 식사를 한 후론.

나는 포크로 스파게티를 둘둘 말아 입에 넣다가 문득 실내에 있는 사람들을 둘러보았다. 혹여 그때처럼 누가 나를 지켜보고 있는 것은 아닐까. 그렇다면 나는 얼굴을 돌리지 않고 이제 그를 정면으로 바라보고 싶다. 그것이 내게로 온 사랑이라면 다시 놓치지 말아야지, 그게 사랑이라는 것을 알아봐야지, 그래서 다시 잃지 말아야지…… 이별 후에야, 그것이 오랜 시간을 거쳐 찾아온 사랑이었다는 것을 깨닫지는 말아야지. 그때는 이미 모든 게 늦을 테니까.

"다음 달에 남편이 말레이시아로 긴 출장을 가. 집이 비게 되면 내가 저녁 식사를 준비할게. 이렇게 모두 모여서 식사하자. 잭, 네가 좋아하는 비빔밥과 갈비도 만들어줄게. 캐서린은 요리를 잘하니까 나를 좀 도와주고."

"캐나다로 떠나기 전에 너희를 내 집으로 초대하고 싶다. 아직 누구도 나의 집에 와보지 않았잖아."

"와우, 멋진 생각이다. 잭, 우리가 작별 인사를 해줄게. 물론 곧 다시 돌아오겠지만 말야. 내가 음식을 좀 만들어가는 게 낫

겠지? 근사한 저녁 식사가 될 거야. 강운씨가 꽃을 사올래? 아
니면 치즈 케이크 같은 건 어떨까?"

"……우리에게 다시 그런 날이 올까."

현선생과 캐서린, 그리고 잭이 눈을 들어 나를 쳐다본다. 나
는 그들의 시선을 비켜 차츰 옅은 어둠이 내리기 시작하는 창밖
으로 얼굴을 돌린다. 정말 우리에게 다시 그런 날이 올 것인가.

*

여의도 샛강 생태공원에서 알에서 갓 깨어난 일곱 마리 새끼
오리가 어미를 좇아 물장구 치는 것을 보고 집으로 돌아왔을 때
현관문이 열려 있었다. 외출하면서도 문을 잠그지 않았던 걸 기
억한다. 혹여 내가 집을 비우고 없는 사이에 누군가 내 집으로
올지 알 수 없었기 때문에. 잠긴 문 앞에서 그가 서성이다가 되
돌아갈까 봐. 하선이 거실 소파에 몸을 기대고 앉아 잠을 자고
있었다. 현관 앞에서 구두를 벗다 말고 하선의 신발을 봤다. 신
발 바깥쪽이 약간 닳아 있기는 했지만 진흙이나 먼지도 묻어 있
지 않았고 아주 새것인 양 깨끗해 보였다. 먼 길을 걸어다니다
피곤에 지쳐 내 집에 들른 것 같지는 않았다.

하선이 잠에서 깨어날까 봐 소리를 죽여가며 커튼을 치고 쌀
을 씻고 두릅을 데쳤다. 누군가 올 줄 알았다면 미리 장을 봐놨

을 텐데. 냉장고를 뒤져보았지만 마땅히 요리할 만한 재료가 보이지 않았다. 얼마 전에 수산시장에 가 생선과 새우를 사오고 고기를 재놓고 미나리며 쑥갓을 잔뜩 사놓았었는데. 비가 내리는 밤이나 출근 시간에 쫓기는 아침에도 밥을 새로 짓고 국을 끓여 혼자 그 많던 음식을 다 먹곤 했었다. 엄마와 아버지가 또 다녀갈까 봐 밥통 한가득 밥을 지어놓기도 했다. 냉장고를 채워둔 음식 재료들이 사라질 때마다 나는 내가 살아 있다는 걸 깨닫곤 한다. 캄캄한 밤에 거울을 들여다보며 손바닥으로 내 뺨과 입술과 목덜미를 만질 때처럼. 그러다가 되게 진저리를 칠 때처럼.

알이 밴 게와 쑥갓과 풋고추를 썰어 넣고 게찌개를 끓여 식탁을 다 차릴 때까지도 하선은 잠에서 깨어나지 않았다. 옷을 갈아입고 물 한 잔을 마시고 마른 타월을 개어 욕실 수납장에 넣어두며 하선이 깨기를 기다리다가 나는 그 애의 어깨를 조심스럽게 흔들었다. 찌개가 식고 있었으니까. 하선이 천천히 눈을 떴다.

하선아, 밥 먹자.

그 애가 소파에서 윗몸을 일으켜세웠다. 그리고 눈을 비비며 내 얼굴을 바라보다가 피식 웃음을 터트렸다.

왜? 왜 그렇게 웃는 거니?

나는 곧 울음이 터질 것 같은 입술을 한 손으로 틀어막으며 하선처럼 피식 웃었다. 하선이 두 손으로 제 앞에 우뚝 선 내 팔을 잡아당겼다. 나는 바닥에 털썩 주저앉고 말았다. 하선과 나는 그렇게 서로의 어깨를 끌어안은 채 한참 말없이 앉아 있었다. 너, 오늘 내게…… 나는 아무 말도 하지 않았다. 하선은 자꾸만 피식피식 웃고 있었다. 하선의 어깨를 끌어안고 있는 동안 나는 그 웃음 뒤에 숨겨진 의미를 몰래 엿듣고 있었다. 하선이 먼저 내 어깨를 두르고 있던 팔을 풀었다. 웃고 있던 그 애의 눈꼬리 끝에 눈물이 묻어 있던 걸 나는 보았다. 그래서 얼른 시선을 돌리고 나서 하선의 손목을 식탁 앞으로 이끌었다.

하선과 나는 식탁 앞에 마주 앉아 저녁 식사를 했다. 내 집에서 누군가와 마주 앉아 식사를 해보는 것도 오랜만이다. 혼자 밥을 먹는 게 참을 수 없는 날이 있다고 했는데. 그런 말을 했던 박치원은 지금 또 혼자 밥을 먹고 있는 건 아닐까. 그의 자동차는 며칠째 보이지 않는다. 또 어딜 다니러 간 것일까. 그랬다면 박치원은 다녀와서 내게 새로운 소식을 전해주겠지.

내가 설거지를 하는 동안 하선은 차를 끓였다. 욕실에서 손을 씻고 거실로 나왔을 때 하선은 텔레비전을 틀어놓고 소파에 앉아 있었다. 텔레비전에서는 석가탄신일인 내일, 오전 10시부터 오후 10시까지 종로와 동대문 등에 교통 통제가 실시된다는 보도가 흘러나오고 있었다. 제등 행렬 때문일 것이다. 하선과 나는 텔레비전 볼륨을 줄여놓고 서로 나란히 앉아 한 모금씩 차 한 잔을 아껴 마셨다. 저녁은 천천히 깊어가고 있었다. 꽃향기도, 꽃을 찾아 붕붕거리며 먼 길을 달려오던 벌떼들의 소리도 더 이상 들려오지 않았다. 그런데도 문득 하선을 처음 만났을 때 그 마당 안으로 쏟아지던 햇살 속에 몸을 내맡기고 있는 듯한 착각이 일 만큼 나는 온기를 느끼고 있었다.

하선도 그럴까. 그 애를 돌아다봤을 때, 우리들 눈이 마주쳤을 때 하선은 또 입술을 길게 늘어뜨리며 웃었다. 나는 돌연한 두려움으로 하선에게 와락 달려들며 겨드랑이께를 만졌다. 간지러움 때문이었는지 하선이 깔깔거리며 몸을 피했다. 피하면서 내 옆구리에 간지럼을 태웠다. 하선과 나는 한 몸으로 얽혀 한동안 더 서로의 몸에 간지럼을 태우면서 깔깔거렸다. 그 웃음 뒤의 공허를 그 애가 깨닫지 못하기를 간절히 바라면서 나는 웃고 또 웃었다.

자리에서 일어나 냉장고를 열던 하선이 생수가 없다고 말한 것은 8시가 지나서였다. 생수를 더 사놔야 한다는 것도 치커리나 둥굴레를 넣고 물을 끓여야 한다는 것도 깜박 잊고 있었다. 냉장고와 식탁 앞을 서성거리던 하선이 가방을 챙겨들며 편의점에 다녀오겠다고 말했다. 내가 다녀오겠다고, 가방을 집어드는 하선을 만류하려다 말고 나는 손을 늘어뜨리며 가만히 고개를 끄덕거렸다. 생수 한 병을 사러 갈 사람이 가방까지 들고 가지는 않을 테니까. 하선이 신발을 신고 현관 앞에서 나를 돌아보다가 훌쩍 몸을 돌렸다. 현관문이 스륵, 닫혔다. 찬 공기가 거실 안쪽으로까지 훅 불어왔다. 나는 텔레비전을 끄고 나서 실내복 위에 윗옷을 걸쳐 입었다. 그리고 흰 운동화를 신고 밖으로 나갔다. 하선의 모습을 봐야 하니까.

하선은 횡단보도를 지나 경복궁 돌담을 따라 걷고 있었다. 그 애의 걸음은 느렸지만 단호하고 확신에 차 보였다. 나는 아직 이렇게 작별 인사도 하지 못했는데. 미행을 하는 사람처럼 간간이 나무 뒤, 혹은 간혹 지나치는 사람 뒤에 숨어서 하선의 뒤를 따라 걸음을 옮겼다. 시청으로 꺾어지는 길목에서 하선이 발을 딱 멈추었다. 나는 숨을 죽이며 돌담 옆으로 몸을 바싹 붙였다. 하선은 뒤돌아보지 않았다. 그저 그렇게 잠시 서 있을 따름이었다. 걸음을 멈춘 채 하선은 하늘을 한번 올려다보고 제 앞을 지나가는 사람들의 얼굴을 쳐다보곤 하였다. 그리고 또 하선은 내게 작별 인사를 하고 있는지도 몰랐다. 그 애는 알고 있었으니까. 아까부터 내가 제 뒤를 따라오고 있다는 사실을.

성성한 네온 사이로 하선이 다시 걸음을 옮겼다. 지하도로 들어가버린 그 애의 모습이 완전히 보이지 않을 때까지 나는 하선의 등 뒤에 서 있었다. 하선의 어깨와 정수리가 막 지하도로 사라질 무렵, 나는 히뜩 하선의 옆에 키 큰 그림자 하나를 본 것도 같았다. 그 그림자가 하선의 어깨에 팔을 두르고 있는 듯한 모습도. 나는 눈을 비볐다. 혼자 가는 길은 멀 것이다. 누군가 하선 곁에 있다면 마음이 놓일 텐데.

잘 가라, 하선. 나는 하선이 없는 자리에서 인사를 했다. 내 작은 목소리는 구름이 잔뜩 몰려 있는 하늘과 불 밝힌 채 지나치는 자동차와 낯선 사람들 틈을 비집고 하선의 귀에까지 가 닿았을 것이다. 그렇게 하선과 나는 헤어졌다. 나는 하선이 어디로 가는지 알지 못한다. 그건 그렇게 중요한 사실은 아닐지도 모른다. 언제고 다시 돌아올 테니까. 서로 영영 잊어버리지 않을 테니까 말이다. 이 땅에서 살 수 없는 사람이 있다면 이 땅에서 살 수밖에 없는 사람이 있는 법이다. 언젠가 박치원과 했던 대화들. 박치원을 만나게 되면 그때 나는 말하게 되리라. 하선이 떠났다는 사실을. 이제 내가 기다려야 할 사람이 한 명 더 늘었다는 사실을.

하선이 떠나던 밤부터 내리던 비가 석가탄신일인 오늘 오후쯤에야 그치기 시작했다. 오전 내내 나는 집 안을 서성거리다가 현관문을 열고 아래층으로 내려가봤다가 하며 시간을 보냈다. 엄마가 살아 있었다면 부모님과 함께 이천 절에 가 연등을 켜거나 신도들 속에 묻혀 절탑을 돌기도 했을 텐데. 어쩌면 지금 절에 내려간다면 엄마를 만날 수 있을지도 모르겠다. 나는 하루 종일 집 안에 틀어박혀 있었다. 3층 건물에 집을 지키고 있는 사람은 나밖에 없었다. 다들 어디로 간 걸까.

한두 방울씩 간헐적으로 떨어지던 빗방울이 완전히 그친 저녁 무렵, 제주 하선의 어머니께 전화를 걸었다. 텔레비전 뉴스에서는 연등 행사가 벌어지고 있는 거리의 모습과 시청 앞에서 높이 15미터, 둘레 13미터 크기의 대형 봉축 조형물에 점등하고 있는 모습이 방영되고 있었다. 점등이 시작되자 아홉 마리 용들이 물을 뿜어 아기 부처를 목욕시키기 시작했다. 한 손가락을 치켜든 아기 부처상(像)에 환하게 불이 들어왔다. 아기 부처의 발밑을 둥글게 감싸고 있던 연꽃이 화라락 벌어지고 있을 때 하선의 어머니가 전화를 받았다.

"절에 다녀오셨어요?"

"그럼, 날씨가 안 좋아서 걱정했는데 다행히도 비가 그치더구나. 연등을 켰다. 네 이름을 새긴 것까지. 거긴 어떠니?"

내 이름이 새겨진 연등.

"여기도 비가 많이 왔어요. 이젠 그쳤지만. ……어머니, 뭘 기원하고 오셨어요?"

"말할 수 없는 게 있잖니. 기원이란, 말로 내뱉으면 사라지고 마는 법이라고 하더구나."

"하선일 만났어요."

"그 애가 떠난 걸 알고 있니?"

"……"

"알고 있니?"

어머니의 목소리에 간절함이 묻어난다. 어머니는 알고 있는 모양이다. 정말 그 애가 떠났다는 사실을. 하선이 제주에 한번 다녀온 것일까. 그 워크숍이 있던 날로부터 줄곧 제주에 내려가 있었던 것일까.

"혼자 간 게 아니라는 것도, 너 알고 있는 거냐?"

……그래, 혼자 간 게 아니었구나. 어젯밤 지하도를 내려가던 하선의 어깨를 감싸안고 있던 그 그림자? 그는 누구일까. 하

선과 함께 이곳을 떠난 사람은. 서휘경일까. 아니면 나의 강이
일까.

"어머니, 걱정하지 마세요. 전 다 알고 있었는걸요. 어머니 걱
정하실까 봐 미리 말씀 못 드렸어요."

"……"

"어머니."

"……"

"어머니."

"무사, 왜 자꾸만 그렇게 부르고 있니?"

"거기, 아직도 제 옷가지들 남아 있나요?"

"그럼, 다 아직 그대로 있다. 네 잠옷이며 네가 쓰던 칫솔, 그
리고 네가 화순장에서 감 끊어다 만들어놓은 책상보까지. 너만,
없구나. 언제 내려올 거니?"

"곧 한번 내려갈게요. …… 꽃들이 다 지기 전에."

"아카시아, 오리나무, 단풍나무, 포플러, 버드나무, 자작나무,
참나무, 느릅나무에서 꽃가루가 날리고 있다. 지천으로 흰 꽃씨
들이 날리고 있어. 거기도 그러냐?"

"네. 여기도 나무들의 씨앗 털들로 환해요."

"밥은 잘 먹고 있는 거냐?"

"네."

"……"

"화순시장 골목에서 팔던 그 갓 쪄낸 뜨거운 찐빵이 먹고 싶

어요, 어머니."

"강운아."

"네가 쓰던 방이 저렇게 비어 있는데."

"곧 한번 내려갈게요. 정말예요, 꽃들이 다 지기 전에."

*

주말 내내 동대문시장에서 끊어온 천으로 새 커튼을 만드느라 시간을 보냈다. 먼지가 쌓인 블라인드를 걷어내고 바꾼 지 얼마 되지 않는 무겁고 두꺼운 커튼을 떼어냈다. 시장에서 사온 천은 희고 엷은 바탕에 하늘색 줄무늬가 들어간 천이다. 커튼을 새로 바꿔단다면 아침의 빛과 저녁의 노을빛이 그대로 내 집 안으로 쏟아져들어올 것이다.

아침이면 나는 그 환한 빛에 눈을 뜨고 밤이면 또 그 빛을 곁붙이 삼아 잠이 들 것이다. 그 얇은 커튼 바깥쪽에서 누군가 나를 들여다본다면, 내가 쌀을 씻고 음악을 듣고 발톱을 깎고 욕실에서 타월 한 장을 걸친 채 나오는 모습을 볼 수도 있을 터이다. 내가 긴 꿈에 진저리를 치며 발을 버둥거리는 모습이나 새벽에 깨어나 열에 들뜬 손으로 내가 내 얼굴과 옆구리와 종아리를 쓰다듬는 그런 모습까지도. 그건 이제 두려운 일만은 아닐 것이다. 이제 나는 안다. 사랑에 관한 공포는 다른 무엇도 아닌

바로 사랑이 소멸시켜주리라는 것을.

세탁소에 맡긴 천을 찾아와 짤막하게 절반을 잘라내고 손바느질을 했다. 커튼을 새로 바꾸고 나서 나는 한동안 오후의 햇살이 쏟아져들어오는 거실을 서성거렸다. 창밖으로 새의 커다란 그림자가 휙 지나가는 것을 보거나 거실 바닥에 드리워졌던 그림자가 점점 더 길어지는 것을 묵연히 바라보았다. 이제 누군가 그 바깥에 서 있는다면 나는 아마도 그의 모습을 알아보게 되리라. 그의 종아리며 이쪽에서는 뚜렷이 보이지 않을지도 모를 그의 얼굴을. 지금은 내가 모르는 그의 이름을.

잦은 봄비도 그치고 황사로 희부연했던 하늘이 오랜만에 갠 날이다. 인왕산이나 북한산 줄기 너머로 바라본다면 북쪽 하늘의 송악산 능선까지 내다보일 정도로 맑은 날씨다. 봄비를 흠뻑 맞은 보리 싹들이 쑥쑥 자라는 소리가 이쪽으로까지 들려온다.

나는 현관문을 잠그지 않고 밖으로 나갔다. 계단을 내려가다가 2층 집주인의 현관문을 한번 잡아당겨보았다. 문은 잠겨 있었다. 아주 오랫동안 집을 비운다고 했었는데. 언젠가 다시 집주인을 만나게 된다면 나는 얼마 전부터 대문 앞 전신주에 둥지를 튼 까치들에 관해서, 그 까치들의 까치, 까치 하는 울음 소리에 관해서 혹은 그녀가 만들어준 국화차의 담백한 맛에 대해서, 내가 이 집에 오래 살고 싶은 이유들에 관해서 이야기하게 되리라.

대문을 닫고 담을 돌아 주차장을 지날 때 시동이 꺼지고 자동차 문이 닫히는 소리가 들렸다. 나는 걸음을 돌려 주차장 안으로 고개를 들이밀어봤다. 박치원이 막 주차를 마치고 자동차에서 나오고 있는 참이었다. 어디 또 먼 곳을 답사하고 돌아오는 길인 듯 긴팔 셔츠에 두꺼워 보이는 패딩 조끼를 입은 박치원이 트렁크 안에서 짐을 꺼내고 있었다. 기척을 느꼈는지 그가 뒤를 돌아다봤다. 수염이 더부룩하게 자라 있는 얼굴이 검게 그을어 있었다. 이제 막 허리를 구부리며 짐을 꺼내 들고 있는 그와 주차장 입구에 선 나의 눈빛이 마주쳤다. 그가 한 손으로 입가를 문지르며 씩 웃었다. 나는 주머니에 찌르고 있던 손을 빼고는 주차장 안으로 한 걸음 들어섰다.

"어디 또 다녀오시는 길인가 봐요?"

"네. 좀 오래 걸렸죠?"

"……집이 휑하네요. 2층도 이젠 비어 있고."

"그 숲에 다녀왔습니다. 몇 번인가 전화를 하긴 했는데, 잘 연결이 되지 않더군요."

그랬던가. 간혹 이른 아침이나 퇴근 후 샤워를 하고 있을 때 거실에서 들려오던 전화벨 소리가 박치원이 건 전화였을까. 끊어진 수화기를 통해 들려오던 조요로운 바람 소리와 파도 소리 또한.

"불에 타 허리가 잘린 아카시아나무에 둥지를 틀고 새끼 네 마리를 낳은 호랑지빠귀가 새끼들을 보살피고 있는 걸 봤어요. 또…… 들려줄 이야기가 많은데."

"……"

"어디 나가시는 길입니까?"

"산책요. 집 안에만 있기엔 날씨가 참 좋아서."

"그래도 아직 일교차가 심합니다. 돌담까지만 갔다가 돌아오세요. 저, 이제부터 밥을 지어 저녁 식사를 할 생각인데, 괜찮으면 함께 듭시다."

지금부터 쌀을 씻어 밥을 안친다면 넉넉히 30여 분 정도는 걸릴 것이다. 게다가 국까지 끓인다면 40여 분 정도? 산책을 하기엔 너무 촉박하거나, 아니 넉넉한 시간이다. 그런데도 나는 선뜻 대답하지 않는다. 걸음을 돌리려는데 박치원이 내 이름을 부른다. 그가 자동차 문을 다시 열고 보조석 쪽으로 손을 뻗는다. 화분 하나를 들고 절룩거리며 박치원이 내게로 다가오고 있다. 나는 한 걸음, 박치원 앞으로 다가선다.

"매발톱꽃이에요."

"……!"

"돌아오는 길에 일산에 약초원을 하는 친구 집에 들러 한 포기 얻어왔습니다. 귀한 꽃이라는군요. 약용으로도 쓰이는 모양인데, 눈의 피로를 풀게도 하고 마음을 진정시키는 효과도 있다고 하더군요. 향이씨가 한번 길러보지 않겠어요?"

"……저도 얼마 전에 꽃씨를 뿌렸어요. 싹은 돋았는데 아직 꽃은 피지 않았죠. 꽃이 피면 베란다가 온통 환할 거예요. 게다가 커튼까지 새로 바꿔 걸었거든요."

얼떨결에 두 손으로 화분을 받아들면서 나는 눈을 내리깐 채 생각나는 대로 아무 말이나 내뱉고 있었다. 화분 속의 연보랏빛 매발톱꽃이 아프게 눈을 찌르고 있었다. 나는 공연히 눈을 비비고 또 고개를 숙였다가 박치원의 더러워진 운동화와 바지와 셔츠를 올려다보다가 그의 야윈 뺨을 바라봤다. 옆자리에 화분 하나를 싣고 조심스럽게 운전하며 집까지 돌아온 박치원의 얼굴을.

박치원과 나는 주차장 앞에서 헤어졌다. 그는 쌀을 씻기 위해 대문을 열고 들어가고 나는 오후의 산책을 위해 그와 반대편으로 길을 돌아 횡단보도 앞에 가 섰다. 횡단보도 앞에 서 있던 어린 여자애가 호기심이 가득한 눈으로 내 손에 들려 있는 화분을 자꾸만 기웃거렸다. 이 꽃이 시들기 전에 집으로 돌아가야 할 텐데. 공연히 조바심이 일고 있었다. 녹색 불이 들어왔다. 다시 맞은편 신호등을 건너 경복궁 돌담을 따라 걷기 시작했다. 내 그림자가 차도 밑으로까지 길게 늘어져 있었다. 나는 잠깐 화분을 보도블록 위로 내려놓은 채 풀어져 자꾸만 발에 밟히는 운동화 끈을 단단히 조여 맸다. 먼 길에서 돌아온 박치원은 내게 어떤 이야기를 들려줄까. 호랑지빠귀들과 검게 타버린 능선에 피어나는 초록의 식물들과 또 그 밖의 어떤 이야기들을. 벌써 밥이 다됐을지도 모를 텐데. 내 걸음은 점점 더 빨라진다.

어디쯤에서였을까. 내 앞을 지나가는 사람의 뒷모습을 눈여겨보다 퍼뜩 걸음을 멈추고 말았다. ……? 서휘경인가. 아니면 김석희나 나의 오빠 강이나 누군가와 함께 이 땅을 떠난 하선의 모습? 그 사람의 뒷모습은 오랫동안 한 집에 살았던 사람처럼 익숙하고 낯익어 보였다. 내 앞을 지나가는 서너 사람의 뒷모습, 혹은 방금 막 나를 지나쳐 가는 사람들의 모습은 기이할 정도로 그네들의 모습과 닮아 있었다. 나는 의혹에 찬 눈을 두리번거리며 사위를 살폈다. 알지 못하는 새 한적하고 고요하던 거리에 점점 더 늘어난 사람들이 내 앞을 지나치고 있었다.

한꺼번에 일제히 꽃봉오리가 터지듯 수십 명, 수백 명으로 불어난 사람들이 나를 에워싼다. 그 틈에 문득 허공 속의 엄마와 아버지가 다리를 뻗고 앉아 있다가 손에 쥐고 있던 것을 확 풀어놓는다. 나무들의 씨앗 털들이 분분히 휘날린다. 나는 화분을 들지 않은 한 손을 앞으로 내뻗으며 누군가의 이름을 부르려 애를 썼다. 내가 알고 있던 사람들, 나를 떠나간 사람들의 이름이 차례대로 떠올랐다 사라졌다. 꽤 오랫동안 나는 누구의 이름도 부르지 않고 살아왔던 것 같다. 뜨거운 숨이 입 밖으로 훅훅 새어나왔다.

나는 누군가 내 등을 툭, 치거나 내 어깨에 크고 두꺼운 손바닥을 얹어놓은 것처럼 홀쩍 등을 돌려보았다. 헛것을 본 것일까. 거짓말처럼 거리엔 아무도 보이지 않았다. 단 한 사람의 모습도 찾아볼 수 없다. 서서히 내려앉기 시작하는 저녁의 어둠이 내 그림자를 지우고 거리엔 하나둘씩 가로등이 켜지고 불을 켠 자동차들이 소리도 없이 미끄러지듯 차도를 달려가고 있었다.

꿈이었다는 것을 확인이라도 하듯 손에 들고 있던 화분을 내려다봤다. 절뚝거리는 걸음으로 내게 다가와 박치원이 건네준 매발톱꽃이 든 화분이 여태 손에 들려 있었다. 분명 꿈을 꾼 것은 아닐 것이다. 그런데도 나는 미련이 남은 눈으로 지금은 곁에 없는, 풀 끝의 이슬처럼 사라져버린 사람들을 집요한 눈으로 찾고 있었다.

그들은 다 어디로 갔을까. 왜 이렇게 누구의 모습도 보이지 않는 것일까…… 이른 저녁의 어둠 속에서 나는 홀연히 내가 누구인지 모른다는 사실을 발견한다. 아마도 그건 내 곁에 아무도 없기 때문일 것이다. 내 생의 한 시기를 함께했던 사람들이 사라졌기 때문에. 내가 누구인지 알기 위해서는 내 옆에 누가 있는지를 알아야 하는 법이기에. 그러나 우리는 영원히 헤어지지는 않을 것이다. 단지 잠시 사라진 것일 뿐. 지금은 잠시 헤어진 것일 뿐. 한번 인연을 맺은 영혼들은 거듭되는 생에서 다시 만날지니.

그리고 나는 믿는다. 3월의 바람과 4월의 비로 5월에는 꽃이 필 거라는 전설을.

작가의 말

　이월과 사월 사이에 전주 송광사, 금산사, 파주 보광사, 부산 범어사를 다녀왔다. 범어사에 갔을 때, 철사로 대강 꼴을 만들어놓은 연등에 척척 풀을 바른 색색깔의 한지를 붙이고 있는 보살들을 보곤 한동안 그 자리에 멈춰 서 있었다. 산 어디선가 꼴꼴 물 흐르는 소리가 들리고 마음을 위무하는 듯 찬란한 햇살 속에서 산들바람이 불어왔다. 그 자리에 폭삭 주저앉아 연등이나 만들고 살았으면, 싶었다. 전생에 밥짓는 보살도 아니었을 텐데, 여행 떠나면 인근 절을 찾아다니고 곁의 사람들에게 미안하고 고마운 게 많아지는 걸 보니 나이가 들고 있나 보다. 혼자서만 신발 끈이 풀린 채 다른 사람들 뒤를 졸졸 따라다니는 것 같던 초조함과 불안도 이젠 나를 그렇게 고통스럽게 하진 않는다. 신발 끈이 풀리면 풀린 대로 내처 걷거나 그 자리에 앉아 하늘도 올려다보고 맨손으로 땅도 한번 쓸어보곤 한다. 그러나 어느 땐 그런 여유가 두려울 때도 있는 걸 보면 아직 가야 할 길이 많은 모양이다.

'이오에서 온 빛'은 일 년 전 이맘때 마친 나의 첫 연재소설이다. 이야기를 전개해나갈수록 애초에 내가 떠올렸던 것과는 다르게, 인물들이 때로는 내가 원치 않는 사람들을 만나고 헤어지고, 또 새로운 인물이 등장해 새 인연을 만들기도 해서 정작 소설을 쓰고 있는 나를 당황하게 만들었던 기억이 난다. 스스로 만든 그 인연 속에서 각각의 인물들이 조금이라도 자유를 느낄 수 있었다면 좋을 텐데. 인사동 사과나무, 예술의전당 앞 라리, 하이텔 문학관, 호출기, 칠월미술학원, 프리지어, 룰루, 낙산비치호텔, 「고도를 기다리며」. 연재하는 동안 나와 함께했던 것들이다. 책을 내면서 '우리는 만난 적이 있다'라고 제목을 바꾼다.

원고를 보기 위해 홍천의 한 숙소에서 며칠 머물렀었다. 창밖으로 잔설이 남은 산이 보였는데 등성이 너머로까지 네 갈래 길이 보였다. 아침에 일어날 때마다 오늘은 저 길로 가봐야지, 내일은 꼭 가봐야지 했는데 어느 길로도 한번 가보지 못한 채 돌아오고 말았다. 돌아오고 나서도 가보지 못했던 그 길들이 두고 온 그리운 사람처럼 자주 떠오른다.

2001년 5월

조경란